Torsten Siekierka

ABSEITS BERLIN

Kriminalroman

Torsten Siekierka

ABSEITS BERLIN

Helene Eberles dritter Fall

Kriminalroman

Impressum

Bibliografische Information der Deutschen Nationalbibliothek:
Die Deutsche Nationalbibliothek verzeichnet diese Publikation
in der Deutschen Nationalbibliografie; detaillierte bibliografische Daten sind im Internet über http://dnb.dnb.de abrufbar.

© 2023 Torsten Siekierka
Gestaltung Buchcover: Thorsten Dörp
Foto Buchcover: Pexels
Herstellung und Verlag: BoD – Books on Demand, Norderstedt
ISBN: 978-3-7578-2659-8

Liebe LeserInnen,

die folgende Geschichte spielt im Frühjahr 2018. Zu dieser Zeit spielen Hertha BSC und Union nicht gemeinsam in der zweiten Liga. Die beiden Amateurvereine Besiktas Berlin und Durumspor suchen Sie auf der Berliner Fußballlandkarte vergeblich. Auch den Fanclub *Herthakingz* gibt es nicht. Kurzum: Die Geschichte beruht auf keiner wahren Begebenheit. Mögliche Überschneidungen sind rein zufällig.

Mein Dank geht an die Medienabteilung von Hertha BSC, die die Verwendung des Vereinsnamens gestattet hat und natürlich an Sie, als KäuferIn dieses Buches. Und so wünsche ich Ihnen beste Unterhaltung und genussvolle Stunden mit dem dritten Teil des Berlin-Krimis ...

Samstag, 14. April
17:35 Uhr, Sportplatz Waldeckpark, Kreuzberg

Schiedsrichter Thorben Hoffmann verstand die meisten Sprüche nicht, die ihm die Trainer und Betreuer auf der einen und die Zuschauer auf der anderen Seite zubrüllten. Doch der Ton machte bekanntlich die Musik. Und es war nicht zu überhören, dass die Nerven zum Bersten gespannt waren. Neben, aber auch auf dem Kunstrasenplatz, über dem Neubaublöcke auf der einen und Bäume auf der anderen Seite wachten. Zwischen den Bäumen und dem Sportplatz befand sich ein eingezäunter Bolzplatz, der zwar kleiner als der Kunstrasenplatz war, dafür aber moderner wirkte. Der 38-jährige Mann in Schwarz zeigte mit seiner linken Hand auf das Tor. Der Ball gehörte also dem Torwart. Dann schielte er kurz auf seine Armbanduhr. Die letzten fünfzehn Minuten brachen an. Hoffentlich nur noch fünfzehn Minuten. Hoffentlich gab es keine Verlängerung.

Hoffmann war im Berliner Fußball-Verband bekannt. Was weniger der Tatsache geschuldet war, dass er dem berühmten Schiedsrichter Pierluigi Collina zum Verwechseln ähnlichsah.

Viel mehr lag es an seiner geruhsamen Art, an seiner rauhen Schale. Hoffmann konnte einiges ab. Für ihn war es nicht nur ein Kompliment, es war eine Auszeichnung, dass man ihn vor vier Tagen fragte, ob er nicht kurzfristig einspringen könne. Man brauche dringend einen besonnenen und kompetenten Schiedsrichter für das Viertelfinale im Berliner Fußballpokal zwischen Besiktas und Durumspor. Seine Freundin war über seine Zusage wenig begeistert und trat mit dem zweijährigen Eric trotzig die geplante Urlaubsreise an. Thorben Hoffmann versprach, noch heute Abend nachzukommen. Der letzte Zug fuhr eine Stunde nach Spielende. Eine Verlängerung käme also ungelegen.

Hoffmann konzentrierte sich weiter auf das Geschehen auf dem Platz. Jeden Zweikampf beäugte er mit Adleraugen. Ein Fehler von ihm und die Stimmung würde überkochen. Es brodelte bereits, seit Besiktas nach sechzig Minuten der Ausgleich gelang. Der glatzköpfige Schiedsrichter musste die Emotionen immer wieder herunterfahren. Dann unterbrach er, bat, dass alle bitte mal kurz durchatmeten, um das Spiel fair zu Ende zu bringen.

Der Spieler mit der Nummer 9 von Durumspor klärte in einem Duell den Ball zum Eckstoß. Natürlich gab er das nicht zu, doch Hoffmanns Arm zeigte stur Richtung Eckfahne. Die gelborangene Fahne des Schiedsrichterassistenten Markus Gallwitz tat es ebenso. Der Ball segelte vor das Tor. Jemand drosch das Leder gegen das Lattenkreuz, ehe es ein Spieler von Durumspor gelang, das Spielgerät aus dem Strafraum zu klären. Damit leitete er gleichzeitig den Gegenangriff ein. Die Nummer 13 nahm den Ball noch in der eigenen Hälfte mit der Brust an, spielte ihn links an seinem Gegenspieler vorbei, während er selbst rechts vorbeilief. Der Gegenspieler stolperte über seine eigenen

Füße und konnte nicht mehr folgen. Keine halbe Minute später trudelte der Ball durch die Beine des gegnerischen Torwarts über die Torlinie. Auf den Trainerbänken saß jetzt niemand mehr.

Thorben Hoffmann beobachtete das Geschehen am Spielfeldrand aus dem Augenwinkel. Er sah, dass sich die Betreuer und Ersatzspieler von Besiktas nur mit Mühe vom Spielfeld fernhielten. Diesmal vernahm Hoffmann in gebrochenem Deutsch, dass ein Spieler im Abseits gestanden hätte.

Klar, ihr Pfeifen, dachte Hoffmann. Es ist neuerdings abseits, wenn der Gegenspieler in der eigenen Hälfte mit dem Ball lossprintet und bis zum Torerfolg durchzieht. Lest mal ein Regelbuch. Er und Markus Gallwitz lächelten sich zu. Ein Spieler der führenden Mannschaft holte den Ball aus dem Tor und drosch ihn über die kleegrüne Umzäunung. Neben einer gelben Karte brachte das zwei weitere Minuten Nachspielzeit ein. Mindestens. Zum Ärger von Thorben Hoffmann. Am liebsten hätte er den Trottel mit der Rückennummer 7 vom Platz gestellt. Aber dafür war der Mann in Schwarz zu diszipliniert.

Die letzten Spielminuten brachen an. Zehn Feldspieler stürmten unentwegt auf das Tor der Gäste. Sie wollten unbedingt noch den Ausgleich erzielen. Um alles in der Welt musste Hoffmann den Überblick behalten, dabei Ruhe und Gelassenheit ausstrahlen. Mehr als sonst. Es folgte ein Foul, nur ein Rempler. Hoffmann unterbrach das Spiel.

»Fünf Minuten Schiri, fünf Minuten nachspielen, und Rot.«

»Ja, ja. Zehn Minuten und lebenslang. Ich treffe hier die Entscheidungen.« Hoffmann massierte seine Glatze und strich mit seinem Ärmel über seine schweißnasse Stirn. Er platzierte sich an der Strafraumgrenze und pfiff wieder an. Es folgten zahlreiche Eckstöße für die Gastgeber.

9

Nach der fünften Ecke sprintete sein Assistent zur Mittellinie. Das war das Zeichen, dass der Ball die Torlinie überschritten hatte. Hoffmann selbst konnte es nicht sehen, aber genau dafür hatte er seine Assistenten. Hoffmann pfiff und zeigte auf die Spielfeldmitte. Das Tor sorgte bei dem Schiri für die gleichen Gefühle wie bei den Gästen. Nur aus einem anderen Grund. Das Spiel würde wohl in die Verlängerung gehen. Deshalb musste Hoffmann seine Fahrt an die Nordsee auf morgen verschieben. Seine Freundin würde entsprechend sauer sein. Aber der Ball war hinter der Torlinie, wenn auch nur für einen Moment. Seinen Assistenten konnte Hoffmann bedingungslos vertrauen. Die Spieler in Rot und Schwarz hielt jetzt nichts mehr. Auch die Trainer und Betreuer stürmten auf den Schiedsrichter zu. Markus Gallwitz und Pierre Lauber, Hoffmanns Assistenten, stürmten ebenfalls auf das Feld, stellten sich schützend vor ihren Kollegen, auf dessen Wangen bereits verschiedenste DNA-Spuren hinunterliefen. Dem Schiedsrichter kam der nächste Schubser nicht ungelegen. Kurzerhand erklärte er das Spiel für abgebrochen. Nun war es doch wieder möglich, seinen Zug zu erreichen.

Doch Hoffmann irrte. Die Chancen, noch heute Abend seine Frau und seinen Sohn an der Nordseeküste in die Arme zu schließen, sanken mit dem Spielabbruch ins Bodenlose.

Samstag, 14. April
18:30 Uhr, Metzer Straße, Prenzlauer Berg

Ihre Augen brannten vor Müdigkeit, ihre Arme hingen schlaff herunter. Aber sie lächelte. Dann flüsterte sie: »Ich kann es immer noch nicht glauben. Nach sechs Monaten. Endlich angekommen.« Walter Paul atmete den Duft von Pfirsich-Vanille ein, streifte zärtlich zwei braune Strähnen aus Helenes Gesicht und drückte seine Lippen zart auf ihre. Sie schaute ihn verliebt an. Sie konnte sich nicht daran erinnern, jemals so glücklich gewesen zu sein.

»War eine harte Zeit. Aber jetzt hast du es geschafft. Jetzt bist du endgültig in Berlin angekommen.«

»Du meinst, dass wir es geschafft haben. Du und ich.«

»Lass das nicht Dietmar und den Schönagel hören.«

Helene Eberle lehnte sich gegen die Tür des Kühlschranks, der auf dem Flur stand, und glitt hinab. Für Paul sah das aus, als wenn in diesem Moment die letzten sechs Monate wie Ballast von seiner Freundin abfielen.

Die Flucht nach Berlin, vor ihrem alkoholkranken Ehemann, das Wohnen auf engstem Raum bei ihrer Mutter, der lange Krankenhausaufenthalt von Klarissa, die vergebliche Wohnungssuche. Da war aber auch Walter Paul, ihr neuer Kollege, der sich in sie verliebte. Und Helene gab den Kampf gegen ihre Gefühle irgendwann auf. Von ihrer Liebe durfte im LKA aber niemand erfahren, wenn sie weiter zusammen in der Bereitschaftsmordkommission arbeiten wollten. Vor allem nicht Kriminaloberkommissar Dietmar Schulz und Dezernatsleiter Frank Schönagel. Deshalb zog Walter Paul zwar mit in die Metzer Straße, gemeldet blieb er aber bei seinen Eltern. Wo er vor über zwei Jahren Zuflucht fand, nachdem seine erste Frau und sein Sohn bei einem Verkehrsunfall tödlich verunglückt waren. Und nun saßen beide auf dem weiß-grauen Laminat und nahmen sich in den Arm. In der neuen Wohnung roch es nach Farbe. Und Helene grinste noch immer.

Samstag, 14. April
20:25 Uhr, S-Bahnhof Tempelhof

Thorben Hoffmann beobachtete die vorbeifahrenden Autos, auch wenn ein armeegrüner VW Passat im dumpfen Laternenlicht kaum zu erkennen gewesen wäre. Regen mischte sich mit Abgaswolken. Rechts über ihm donnerte eine S-Bahn über eine Brücke. Zwei grelle Lichter steuerten aus dem laufenden Verkehr auf die Busspur und kamen vor Hoffmann zum Stehen.

»Hi, Bremen?«

»Richtig.«

»Super. Pack dein Gepäck hinten rein.« Das ließ Hoffmann sich nicht zweimal sagen. Der Kofferraum öffnete automatisch. Zwei Minuten später bog der VW nach rechts auf die Stadtautobahn.

»Ich hoffe, das ist okay für dich, wenn ich nochmal kurz am Rasthof halte? Ich will mir noch einen Kaffee an der Tanke ziehen und dann können wir von mir aus bis Bremen durchfahren.«

»Klingt gut.« Thorben Hoffmann tastete nach dem Hebel für die Rückenlehne, dann lehnte er sich zurück und beobachtete die Scheibenwischer, die gegen den Regen ankämpften.

»Was verschlägt dich nach Bremen?«, fragte der Fahrer.

»Meine Freundin und mein Sohn sind in den Urlaub Richtung Nordsee gefahren. Ich fahre heute hinterher. Hatte noch ein Spiel.«

»Was spielst du?«

»Ich bin Schiedsrichter. Beim Fußball!«

»Respekt! Das könnte ich nicht.« Die Worte des Fahrers sorgten bei Thorben Hoffmann für ein Grinsen, während der Regen die Windschutzscheibe einzuschlagen drohte. »Der Stress, die ganze Wut. Man ist immer der Hurensohn. Egal was passiert.«

»Das darf man nicht persönlich nehmen.«

»Ich würde ausflippen, wenn mir jemand ins Gesicht rotzen würde.«

»Das hatte ich heute erst. Mit Spielabbruch. Blöd nur, dass meine Kollegen und ich nicht mehr aus der Kabine kamen. Jemand rief die Polizei. Und selbst dem Bullenwagen rannten die noch hinterher.« Der Fahrer schüttelte den Kopf. »Aber es ist nicht meine Schuld, wenn die ihre Emotionen nicht im Griff haben. Nur blöd, dass ich deshalb meinen Zug verpasst habe. Umso schöner, dass das kurzfristig mit der Mitfahrgelegenheit klappte.«

»Ja, das hat gut geklappt. Habe das auch erst heute Mittag ins Internet gesetzt.«

Der Wagen passierte das Dreieck Charlottenburg und beschleunigte. Erst an der Abfahrt Spanische Allee nahm der Fahrer den Fuß vom Gas und lenkte das Auto Richtung Rastplatz.

»Ich beeile mich.«

»Keine Hektik. Ich bin erleichtert, dass das überhaupt alles klappt.«

»Möchtest du auch einen Kaffee?«

»Nein danke. Ich habe meinen Mate. Der reicht mir.« Als wollte Hoffmann beweisen, was er mit Mate meinte, zog er eine Glasflasche mit Eistee aus seinem Rucksack und drehte sie auf.

Auf dem Parkplatz waren alle Parktaschen belegt. An der Ausfahrt Havelchaussee verließ das Auto wieder den Rastplatz. Der Passat bog nach rechts ab und parkte vor dem Gelände der Stadtreinigung.

»Bin gleich wieder da.« Thorben Hoffmann öffnete seinen Gurt und war erleichtert. Nun kam er heute doch noch nach Bremen. Er führte die Glasflasche zum Mund, stellte sie in der Mittelkonsole, zwischen Fahrer und Beifahrersitz, ab und griff nach seinem Telefon. Auf dem Display leuchtete die Information auf, dass er drei Nachrichten hatte. In der ersten versprach seine Freundin, ihn aus Bremen abzuholen. Plötzlich riss jemand die Beifahrertür auf. Bevor Hoffmann begriff, was geschah, packte ihn jemand an der Jacke und der Regen prasselte auf seine Glatze.

Sonntag, 15. April
02:30, An den Eichen, Abbenrode

Bevor er den Blinker setzte, schaltete er das Licht des Transporters aus. Seine Anita durfte nicht geweckt werden, weshalb er den Wagen am liebsten mit abgeschaltetem Motor auf das Gelände geschoben hätte. Er lenkte den Pritschenwagen auf den Hof. Vor dem Scheunentor zog er die Handbremse und drehte den Zündschlüssel. Rolf Schüssel glitt mit seinen Händen über sein Gesicht. Er war stolz. Den Rückweg aus Danzig absolvierte er mit nur einer Pause. Diese Tortur nahm er für seine Anita gerne in Kauf. Sie wünschte sich eine alte Vespa, mit der sie an ihrem 50. Geburtstag durch den Harz knattern konnte, also bekam sie eine Vespa, Jahrgang 1974. Er ersteigerte sie auf Ebay, musste sie aber in Polen abholen. Das war kein Problem.

Er stieg aus dem Fahrerhaus. Die nächtliche Kälte und eine Stille, wie man sie nur aus Dörfern kennt, begrüßten ihn in seiner Wahlheimat. Er schlich zur Lagerfläche vom Pritschenwagen, öffnete die Leinen und schob die Plane beiseite. Wegen der Dunkelheit tastete er blind nach dem Roller. Eine Taschenlampe aus dem Haus zu holen, wäre zu riskant gewesen. Seine Anita wachte schon auf, wenn Rolf Schüssel in der Nacht kurz hustete.

Die Vespa fühlte sich weich an. Ungewohnt weich und kalt. Schüssel ertastete etwas Längliches, was nicht zum Roller gehören konnte. Er zog es zu sich heran. Das Blut gefror in seinen Adern. Der 52-Jährige starrte fassungslos auf den Körper, der jetzt vor ihm lag. Er haute mit seiner Faust auf das Bein, mit der Hoffnung auf eine Reaktion, vergebens. Die Person auf der Ladefläche musste tot sein. Sollte Rolf Schüssel die Polizei rufen? Die würden ihm doch kein Wort glauben. Ihm, dem ehemaligen Hooligan. Fünf Jahre saß er im Gefängnis wegen schwerer Körperverletzung. Er war damals dabei. In Frankreich. 1998. Als deutsche Hooligans einen französischen Polizisten dermaßen zusammentraten, dass dieser Langzeitschäden davontrug. Es war seine letzte Aktion. Das hatte er sich damals geschworen. Trotzdem würde ihm die Polizei die Geschichte mit der unbekannten Leiche auf der Pritsche nicht abkaufen. Rolf Schüssel sah sich um, dann schaute er zum Leichnam. Er hatte keine andere Wahl. Der tote Mann musste verschwinden. An beiden Beinen zog er den Körper weiter heran und trug ihn in den Schuppen. Genau so, wie er vor vier Jahren seine Frau über die Schwelle trug. Dabei flüsterte er: »Tut mir leid Alter, aber ich habe in den letzten Jahren gelernt, erstmal an mich zu denken. Schwierigkeiten hatte ich im Leben schon genug.«

Sonntag, 15. April
12:30 Uhr, Am langen Weg, Spandau

Jerome Stark lag auf seiner blau-weißen Bettwäsche. Die Erinnerungen an gestern Abend gaben keine Ruhe. Genauso wenig wie sein iPhone, auf dem er zahlreiche Nachrichten erhalten hatte.

Hey, stimmt das, was gestern passiert ist oder sind das Fake News?
Alter, was habe ich gehört? Krass!
Stimmt das mit dem Toten? Was ist denn vorher passiert?

So oder ähnlich klangen die Fragen und Mitteilungen. Es musste also jemand geredet haben. Jetzt schon. Nach ein paar Stunden. Dabei herrschte doch Einigkeit darüber, dass die Aktion geheim bleiben sollte. Niemand durfte quatschen. Die Gefahr, dass die Bullen Wind von der Aktion bekamen, wäre dadurch nur größer geworden. Er, aber auch die anderen, die an dem Übergriff beteiligt waren, hatten schon genug Stress mit den Pigs. Und Stress mit den Pigs bedeutete für Jerome Stark auch gleichzeitig Stress mit den Eltern.

Jerome Stark lag immer noch im Bett und schaute an die Decke. Und je länger er die weiße Raufasertapete anstarrte, desto mehr Platz nahm eine Frage in seinem Kopf ein. Es war die Frage, die er nicht zulassen wollte. Er kannte doch die Antwort. Er musste nur all die Nachrichten auf seinem Telefon lesen. Er war ein Held. Genau wie die anderen, die gestern Abend dabei waren. Sicher war er das.

Donnerstag, 19. April
12:00 Uhr, LKA für Delikte am Menschen, Keithstraße, Tiergarten

Helene Eberle saß an ihrem Schreibtisch. Vor ihr lag eine Akte aus dem Jahr 1995. Sie bemerkte nicht, dass ihr Vorgesetzter Udo Golombek das Büro betrat. Und der kam nicht allein.

»Frau Eberle, das ist Staatsanwalt Schröder.« Helenes braune

Haare schnellten nach oben. Sie erkannte neben Udo Golombek einen Mann, der mit seinem Zopf an Dezernatsleiter Schönagel erinnerte. Der einzige Unterschied war die Brille. Außerdem fehlten drei Tuben Gel, die Schönagel jeden Morgen in seinem Haar verteilte.

»Ich lasse Sie mal am besten allein«, sprach Golombek, schob einen Stuhl für Staatsanwalt Schröder heran und ging zu seinem Schreibtisch.

»Ja, ... Eberle«, stotterte Helene, erhob sich und reichte ihrem Gegenüber die Hand. »Was kann ich für Sie tun?«

»Herr Golombek meinte, dass Sie die richtige Ansprechpartnerin wären, daher falle ich direkt mit der Tür ins Haus. Wir brauchen Ihre Hilfe. Aber eigentlich wissen wir noch nicht, ob wir Ihre Hilfe oder die aus Brandenburg oder Sachsen-Anhalt benötigen.« Helene legte ihre Stirn in Falten, doch sie ließ den Staatsanwalt weiterreden. »In der Gerichtsmedizin in Hannover liegt ein toter Berliner. Man fand seine Leiche letzten Sonntag auf einem bewohnten Gelände in der Gemeinde Abbenrode. In der Nähe von Braunschweig. Es gab keine Papiere, kein Handy. Am Dienstag veröffentlichten wir ein Foto des Toten. Noch am selben Tag meldete sich eine junge Frau. Sie war sich sicher, dass es sich bei dem Mann um ihren Freund Thorben Hoffmann handelt. Die beiden haben einen zweijährigen Sohn. Die Frau heißt Julia Reichwein und hat den Leichnam inzwischen identifiziert. Leider steht sie seitdem unter Schock und ist nicht in der Lage, uns weitere Informationen zu geben.«

»Der tote Berliner hat also schon einen Namen. Das ist doch ein Anfang.«

»Wir wissen auch, dass der Mann einem Tötungsdelikt zum Opfer fiel. Nur wissen wir nicht, wo die Tat geschah. Am kommenden Montag gibt es im LKA in Hannover eine Zusammenkunft ausgewählter Vertreter der LKAs aus Niedersachsen, Sachsen-Anhalt, Brandenburg und Berlin. Dazu möchte ich Sie gerne einladen.«

»Okay. Aber ich habe zwei Fragen. Weiß man schon, wie der Mann ums Leben kam? Und die ...«

»Die zweite Frage kann ich mir denken. Nein, die anderen Landeskriminalämter habe ich nicht besucht. Nur bei Ihnen bin ich persönlich gekommen, weil das Opfer definitiv aus Berlin stammt. Aber zurück zu Ihrer ersten Frage. Es gibt eine Vermutung, wie der Mann ums Leben kam. Und wenn diese stimmt, würde es sich um eine äußerst brutale Tat handeln.«

»Das heißt?«

»Kennen Sie den Film American History X?«

»Nein, ich komme kaum dazu, Fernsehen zu schauen.«

»Schade, denn dann hätten Sie gewusst, worauf ich hinauswollte.«

»Erklären Sie es mir.«

»Kennen Sie den Begriff Randsteinbeißen?« Helene schüttelte den Kopf. »Es handelt sich dabei um eine Gewalttat, bei der das Opfer seine Zähne an einem Bordstein fixieren muss, dann wird ihm in den Nacken getreten und so ein Genickbruch verursacht.« Helene schluckte. Sie brauchte einen Moment, um die zahlreichen Informationen zu verarbeiten. Dann fragte sie, ob die Freundin des Opfers schon wieder in Berlin sei.

»Das weiß ich nicht. Sehe ich Sie am Montag in Hannover?«

»Ich werde da sein.«

Nachdem sich Staatsanwalt Schröder verabschiedet hatte, ließ sich Helene Eberle auf ihren Stuhl fallen und glitt mit ihren Händen durch ihr Gesicht. Dieses Gespräch musste sie verdauen.

Eine Stunde lang spazierte sie rund um den Wittenbergplatz, ehe sie wieder an ihrem Schreibtisch Platz nahm. Sie schaute auf ihre Notizen und las den Namen des Opfers. Thorben Hoffmann. Sie tippte den Namen in die Suchmaschine ein.

Donnerstag, 19. April
15:50 Uhr, Sportplatz Waldeckpark

Graue Wolken brachen auf, als Helene und Walter Paul in Kreuzberg aus dem Auto stiegen. Das Wetter ließ keinen Sportplatz erkennen. Einzig Leo, Leo-Rufe ließen erahnen, dass Helene und Paul ihrem Ziel nah waren. Mit der Stimme eines Bären rief jemand:»Mustafa, den musst du haben.«

»Ich glaube, wir müssen da lang.« Helene zeigte nach rechts. Gepaart mit der Hoffnung, sich zügig vor dem Regen retten zu können.

Es waren keine fünfzig Meter bis zum Sportplatz, doch der Eingang des käfigähnlichen Geländes lag auf der anderen Seite. Neben einem von Graffiti gezierten Haus. Das sah aus, als wäre es wegen Baufälligkeit gesperrt. Umso verwunderter war sie, als Kinder mit ihren Sporttaschen aus dieser Ruine kamen. Wobei es sie nicht wirklich wunderte. Kinder, die auf einem Kreuzberger Fußballplatz dem Ball hinterherrannten, waren in der Gesellschaft nur wenig wert. Und wenn diese Kinder noch einen Migrationshintergrund hatten, konnten sie froh sein, sich nicht unter einem Baum umziehen zu müssen. Ein anderes Haus zog Helenes Aufmerksamkeit an.»Was ist das dort für ein Gebäude?«, fragte sie Paul und deutete auf die riesige Wand hinter den Bäumen. Die war trotz des Regens zu erkennen.

»Das ist die Bundesdruckerei.«

»Die Bundesdruckerei? Hier? Zwischen Sportplatz und Neubauten? Typisch Berlin.«

Das Geschehen auf dem Platz erinnerte Helene an Wasserball, aber die Kinder lachten. Sie hielt sich ihre linke Hand vor das Gesicht und stapfte mit ihrem Kollegen Richtung Trainerbänke.

»Entschuldigung, wir suchen jemanden, der hier zuständig ist«, schrie Paul gegen den Regen an.

»Ich bin Trainer von D-Jugend. Bin zuständig!«, reagierte ein schmächtiger Mützenträger. Sein Atem roch, als hätte er vor ein paar Sekunden noch geraucht.

»Können wir uns kurz unterhalten? Wir hätten ein paar Fragen.«

»Klar. Unterhalten. Können wir.« Paul hoffte, mit dem Mann allein reden zu können. Irgendwo, wo auch er vor dem Regen geschützt war. Vergeblich.

»Waren Sie am Samstag auch hier?«

»Samstag? Ja, ja. Samstagmittag. D-Jugend gegen Marzahn. 6:2 gewonnen. Gutes Spiel.« Der Mützenträger zog eine weitere Zigarette aus seiner Tasche, schützte die mit der anderen Hand fast schon liebevoll vor dem Regen und schaffte es so, sie anzuzünden.

»Haben Sie auch das Pokalspiel am Nachmittag angeschaut?«, mischte sich Helene ein.

»Pokal? Sie meinen die Männer? Nein, nicht gesehen. War aber Betrug. Schlechter Schiri.« Paul wedelte den Qualm weg, den der Mann beim Reden ausstieß und fragte, warum der Schiedsrichter schlecht gewesen sein.

»Habe ich gehört. Hat Spiel abgebrochen. Einfach so.«

»Im Internet stand, dass der Schiedsrichter bespuckt und geschubst wurde«, stellte Helene fest. Der Mann nahm einen tiefen Zug.

»Nein, nein. Alles Lüge. Schlechter Schiri lügt.«

Helene schaute zu Paul, dann fragte sie den Mützenträger: »Wo finden wir jemanden von der Männermannschaft?«

Der Mann hielt seine Kippe in Richtung Spielfeld. »Ömer, zum Ball laufen«, rief er. Dann stellte er fest, dass seine Zigarette gegen den Regen keine Chance hatte.

»Wo finden wir jemanden von der Männermannschaft?«, wiederholte Paul und schrie beinah. Inzwischen gab sich der Regen alle Mühe, das Dach der Trainerbank als Trommel zu nutzen, um so die Polizisten zu übertönen.

»Heute nicht. Morgen wieder. Training um 19:00 Uhr.«

»Und hier hält sich wirklich niemand auf, der am Samstagnachmittag auch hier war?«

»Nein. Keiner da.«

Donnerstag, 19. April
16:50 Uhr, Sportplatz am Anhalter Bahnhof

Auch am Anhalter Bahnhof unterspülte der Regen die Straßen. Entfernt war Kindergeschrei zu hören. Die Polizisten schwammen zum Sportplatz. Dass der Regen die Beamten nicht von ihrem Vorhaben abbrachte, hatte einen Grund. Auf der Website von Durumspor haben sie gelesen, dass für die erste Männermannschaft am heutigen Abend Training angesetzt war. Es sollte also die Möglichkeit geben, noch heute an neue Informationen zu gelangen.

Ein Mann, der Helene bis zu den Schultern ging, begrüßte die

Polizisten mit einem satten Händedruck. Seine Haare im Gesicht waren so grau wie die Wolken. Die Polizisten stellten sich vor, wurden aber unterbrochen.

»Schiri nicht gut, wir nicht gut, Besiktas nicht gut. Alle haben Fehler gemacht. So ist Fußball. Daraus lernen wir. Schiri auch.« Nein, der nicht, dachte Helene. Der kann aus seinen Fehlern nicht mehr lernen. Aber das behielt sie für sich. Sie und Paul waren sich einig, dass der Mord an dem Schiedsrichter noch nicht Thema des Besuchs sein sollte.

»Gibt es Dokumente, die das Geschehen vom Samstag belegen?«, fragte Helene.

»Ich gebe Ihnen Kopie von Spielbericht, wenn Sie möchten.«

»Gerne.« Nasse Hände kramten in einer dünnen Aktentasche, zogen eine gelbe Abschrift heraus und hielten sie den Polizisten mit den Worten »Sonderbericht fehlt noch. Muss Schiri noch schreiben«, hin. Der Regen stürzte sich auf das Blatt, weshalb Helene es direkt in ihre Windjackentasche knüllte.

Mit zwei Döner vom benachbarten Imbiss suchten Helene und Paul im Dacia Schutz vor dem Regen. Helene zog den gelben Zettel hervor und breitete ihn auf dem Armaturenbrett aus.

»1, 2, 3, 4, 5, ...« Helene zählte 32 eingetragene Spieler. »Sollen wir mit jedem sprechen? Die werden uns alle das Gleiche erzählen. Je nachdem, für welche Mannschaft sie spielen.«

»Gab es keine weiteren Schiedsrichter?«, wollte Paul wissen.

»Wieso? Ich dachte, es gibt immer nur einen.«

»Schiedsrichterassistenten meine ich. Stehen da Namen?«

»Ach so, ja. Und die kann man sogar noch erkennen. Markus Gallwitz, Pierre Lauber.«

»Die können uns mit Sicherheit mehr zum Geschehen erzählen.«

»Wen rufst du an?« Paul antwortete nicht auf Helenes Frage. Er scrollte durch seine Kontakte und hielt sich das Telefon ans Ohr.

»Ja, Udo, hier ist Walter. Wir brauchen dringend ein paar Daten. Kannst du uns helfen?«

»Ja, der erste Name lautet Markus Gallwitz. Hast du den?«

»Der zweite Name lautet Pierre Lauber. Soll ich buchstabieren?«

Gyrosduft verteilte sich im Dacia.

»Genau. Super. Ich danke dir. Bis gleich.« Paul holte tief Luft und lehnte sich zurück.

»So, jetzt lass uns was essen. Udo schaut nach den Anschriften und meldet sich.«

Helene lächelte und biss zum dritten Mal in das gefüllte Dreieck in ihrer Hand.

Nach Udo Golombeks Rückruf steckte Paul den Zündschlüssel ins Schloss und Helene programmierte das Navi auf seinem Handydisplay. Der Dacia wendete auf der Anhalter Straße, fuhr ein Stück Richtung Norden, um kurz darauf auf die Leipziger Straße abzubiegen. Doch im Berufsverkehr war ein Durchkommen nur schwer möglich. Warten, Gas geben, bremsen, warten, Gas geben, bremsen. Und dazu strömender Regen.

Nach einer halben Stunde, in der die Kriminalbeamten sechshundert Meter hinter sich ließen, schüttelte Paul den Kopf und zeigte mit seiner rechten Hand wiederholt auf die Blechlawine vor ihm.

»Meinst du, das bringt überhaupt was? Vielleicht sollten wir doch erst den Montag abwarten.«

»Ich denke schon«, antwortete Helene und genoss ihre Rolle als Beifahrerin.

»Möchtest du fahren?«

Helene winkte theatralisch ab. »Ach, lass mal. Du machst das wirklich toll.«

»Na danke.«

Nach weiteren vierzig Minuten hatte Paul keine Lust mehr, in der engen Gleimstraße eine Parklücke zu suchen. Frustriert stellte er das Auto in der Einfahrt ab.

»Reicht jetzt. Schnauze voll! Der Verkehr in Berlin wird immer krasser.«

»Ach komm. Es gibt Schlimmeres.« Walter Paul schüttelte den Kopf, öffnete die Autotür und flüchtete unter den Torbogen der Einfahrt, um sich vor dem Niederschlag zu schützen. »Wo müssen wir nochmal klingeln?«, hörte Helene ihn rufen. Dann öffnete sie die Beifahrertür, stieg aus und nannte den Namen. Paul presste seinen Daumen auf den Klingelknopf. Ohne Nachfrage betätigte jemand den Türöffner. Mit zu viel Kraft schob Paul die Tür auf. Diese donnerte gegen die Wand und sorgte für einen Knall im Hausflur. Helene griff von hinten seine Hand. Der anschließende Kuss wirkte wie Valium.

»Danke, das hat gutgetan.«

Im Dachgeschoss öffnete ein Mann die Tür. Paul starrte auf dessen Körper, der ihn schmerzlich daran erinnerte, dass er seit Wochen zu wenig Sport trieb. Der Mann mit dem rot-blonden Haar sah weniger nach Fitnessstudio aus. Eher nach Marathon.

»Herr Gallwitz?«

»Ja?«

»Paul. Kripo. Das ist meine Kollegin Eberle. Können wir uns kurz mit Ihnen unterhalten?«

»Klar, also, ... die Wohnung ist *nicht gerade aufgeräumt*, aber wenn Ihnen das nichts ausmacht. Um was geht es denn?«

»Das möchten wir gerne drin besprechen.«

Helene schaute sich unauffällig in der spärlich möblierten Wohnung um. Wenn das hier nicht gerade aufgeräumt war, wie Markus Gallwitz es nannte, was war dann ihre Wohnung? So kurz nach dem Einzug? Dazu roch es fruchtig, blumig, mit einem Hauch von Zimt. Der Duft erinnerte Helene an eine Pflanze, sie konnte aber nicht sagen, wie diese hieß. Markus Gallwitz bot seinem Besuch ein Glas Wasser an, doch die Polizisten lehnten dankend ab. Gallwitz setzte sich Helene und Paul gegenüber.

»Herr Gallwitz, Sie haben am Samstagnachmittag mit zwei anderen Schiedsrichtern ein Fußballspiel in Kreuzberg geleitet. Das brachen sie kurz vor dem Ende ab. Was ist anschließend vorgefallen?«, fragte Walter Paul.

Der Marathonmann legte seine linke Hand auf den Kopf und starrte an seinem Besuch vorbei aus dem Fenster.

»Lange Geschichte. Wieso fragen Sie? Ist was mit Thorben?« Helene wollte wissen, wie er darauf kam.

»Er hat mich gebeten, den Sonderbericht zum Spiel zu schreiben. Weil er noch am Abend an die Nordsee fahren wollte. Ich meine, war kein Problem, aber er sollte den Bericht absegnen. Immerhin war er der Hauptschiedsrichter. Ich habe ihm am Montag den Bericht per Mail geschickt. Er antwortete nicht. Ist total untypisch für Thorben. Am Dienstag habe ich versucht, ihn anzurufen. Ich sprach ihm auf die Mailbox. Keine Reaktion. Ich meine ..., also, so ist Thorben nicht. Deshalb habe ich mir Sorgen gemacht.«

Paul notierte etwas auf einen Zettel. Er schaute Helene an. War dies der richtige Zeitpunkt, Gallwitz von dem Mord an Thorben Hoffmann zu berichten?

»Ich möchte nochmal auf meine Frage zurückkommen. Was ist am Samstag nach dem Spielabbruch passiert?«

»Es begann schon vorher. Nach dem Ausgleich sind die auf Thorben zugestürmt. Die bespuckten und schubsten ihn. Ich und der zweite Assistent rannten sofort aufs Feld. Wir wollten Thorben schützen. Dann fingen die an, auch uns zu bespucken, haben irgendwelche Wörter in einer anderen Sprache zu uns gesagt. An Thorben prallt so was ab, aber ich rechnete mit dem Schlimmsten. Ich dachte, die schlagen uns zusammen. Mindestens.« Gallwitz senkte den Kopf und gab den Blick auf ausufernde Geheimratsecken frei. Dieser Anblick besänftigte Paul. Er konnte jederzeit wieder mit dem Sport anfangen, aber gegen diese Ministerwinkel half keine Haarverpflanzung mehr. »Scheiße, ich merke erst jetzt, dass mich das alles stärker belastet, als ich dachte.« Helene wollte wissen, was anschließend geschah.

»Irgendjemand musste die Polizei gerufen haben. Die fuhren mit Sirene vor und plötzlich war es schnell einsam um uns. So kamen wir erstmal in die Umkleide.«

»Und als Sie wieder rauskamen? Was passierte dann?«

»Als die Polizei uns zu ihren Autos brachte, sahen wir niemanden. Aber als der Wagen an der ersten Ampel hielt, kamen Leute aus den Büschen gerannt, schlugen gegen das Auto und beschimpften uns weiter. Ihre Kollegen schalteten deshalb die Sirene ein und gaben Gas.«

Paul strich sich durch seine kurzen, grauen Haare. »Da sind Leute, die sich ehrenamtlich engagieren und das ist dann der Dank dafür.« Helene fiel es deutlich leichter, beim Thema zu bleiben. »Würden Sie diesen Leuten zutrauen, sie heimlich verfolgt zu haben?«

»Auf jeden Fall. Auch wenn ich nicht sagen kann, wie die das hätten anstellen wollen, weil Ihre Kollegen uns bis nach Hause fuhren. Aber jetzt sagen Sie doch bitte, was ist mit Thorben?«

»Wir können Ihnen noch nichts sagen. Es gibt nur Gerüchte«, log Helene. Paul nickte dazu. Dann fragte er, wie gut Markus Gallwitz Thorben Hoffmann kannte.

»Wir pfeifen seit vier Jahren regelmäßig zusammen, sind im gleichen Verein eingetragen und treffen uns ab und an zum Laufen.«

»Wie meinen Sie das mit dem Verein?«, fragte Helene ehrlich ahnungslos.

»Jeder Schiedsrichter gehört zu einem Verein. Thorben und ich sind bei Hertha eingetragen. Weil die das meiste Geld haben. So ist es eben.«

»Herr Gallwitz, vielen Dank für Ihre Offenheit. Sobald wir konkretes wissen, melden wir uns bei Ihnen.«, sprach Paul und stand auf.

»Danke!«

Nachdem sich hinter den Beamten die Wohnungstür geschlossen hat, rückte die Kriminalhauptkommissarin mit ihrem nächsten Plan heraus. Sie wollte Pierre Lauber besuchen. Doch Paul hatte keine Lust mehr, sich vom Berliner Straßenverkehr stressen zu lassen. Allein, bis nach Hause, in die Metzer Straße zu fahren, würde Nerven kosten.

Das Marmeladenglas stand auf einer Steppdecke. Neben der geöffneten Verpackung mit dem Käse und der Butter. Helene und Paul platzierten sich auf einem der Umzugskartons. Klarissa saß im Schneidersitz auf der Decke.

»Eigentlich ist es egal, wie man frühstückt. Wichtig ist nur, mit wem.« Helenes Worte sorgten bei Walter Paul für Gänsehaut.

»Das hast du schön gesagt.«

»Jetzt werde aber nicht sentimental.«

»Genau. Jetzt werde nicht sentiti...ti... dings«, versuchte die vierjährige Klarissa ihre Mutter zu wiederholen. »Jetzt will ich nämlich mal was sagen. Ich gehe heute nicht in den Kindergarten.« Helene und Paul schauten sich an.

»Süße, wir müssen auch arbeiten gehen. Das hieße ja, du würdest alleine hierbleiben«, stellte Helene klar.

»Nicht schlimm. Hier haut mich wenigstens niemand. Und keiner bewirft mich mit Sand. Ich bin groß. Ich kann schon alleine bleiben.«

»Das weiß ich. Aber vierjährige Kinder lässt man mal fünf Minuten alleine zu Hause, wenn überhaupt. Aber keine zehn Stunden.«

»Bring mich doch zu Oma. Aber ich will nicht in die doofe Kita. Nie wieder.«

»Hör zu. Wir fahren dich hin und reden mit deiner Erzieherin. Wie findest du das?«

»Mama, ich möchte kein Judas sein.«

»Wie bitte?«

»Kein Judas. So hat mir das der Florian erzählt. Nur Judasse verpetzen andere.«

»Wer so was behauptet, ist ein Arschloch. Schöne Grüße an Florian.«

Klarissas Augen waren jetzt weit aufgerissen. »Das sage ich dem. Lass uns gleich losgehen.« Das Mädchen sprang auf und rannte in den Flur. Im Korridor kehrte es um. »Aber vorher muss ich Pipi.«

Im Kindergarten stolzierte Klarissa mit erhobenem Kopf durch das Eingangstor. Der Garderobe schenkte sie keine Beachtung. Helene ahnte, was sie mit ihren Worten angerichtet hatte. Es war schwierig, mit ihrer Tochter Schritt zu halten. Die marschierte wie eine Soldatin Richtung Gruppenraum.

»Guten Morgen Frau Peter!«, rief Klarissa der Erzieherin zu. Ohne sie anzuschauen. Mit stolzgeschwellter Brust nahm sich das Mädchen den Jungen zur selbigen. Das musste dieser Florian sein, dachte Helene. Ein dicker Junge mit schiefen Zähnen, der aber ein Kopf größer als Klarissa war. »Ich soll dir von meiner Mama sagen, dass du ein Arschloch bist.« Frau Peter schaute mit aufgerissenen Augen zu Helene.

»Finden Sie das in Ordnung?«

»Ich kann meiner Tochter nicht widersprechen. Wer andere als Judas betitelt, ist ein Arschloch.«

Bevor die entrüstete Erzieherin darauf reagieren konnte, holte Klarissas Mutter zum zweiten Schlag aus. »Bestimmt haben Sie jetzt auch Gesprächsbedarf. Wir sollten einen Termin ausmachen. Und zwar schnellstmöglich.«

»Aber man muss sich doch darüber nicht unterhalten, ob ein Kind andere Kinder als Arschloch betiteln darf. Vor allem nicht, wenn es von der Mutter ...«

»Wie gesagt. Ich wünsche ein Gespräch mit Ihnen. Die Oma holt Klarissa heute Nachmittag ab, bitte teilen Sie ihr den Tag und die Uhrzeit mit. Ich wünsche Ihnen einen angenehmen Arbeitstag.«

Bevor Helene aus der Tür trat und den Kindergarten verließ, warf sie ihrer Tochter noch einen Kussmund zu. Die tat es ihrer Mutter gleich.

Walter Paul wartete im Auto. Er sah Helene und ließ den Motor an. Wortlos setzte sich seine Freundin auf den Beifahrersitz und zog die Tür zu.

»Du wirkst entspannt.«

»Wie immer. Oder? Sag jetzt nichts Falsches.«

»Jetzt erstmal zur Dienststelle?«

»Ja, vielleicht gibt es Neuigkeiten.«

»Ich bin mir sicher, dass wir erst am Montag Neues erfahren werden. Lass uns so lange warten.«

»Ich kann nicht warten.«

»Das weiß ich.« Paul grinste. »Trotzdem würde ich mir den Weg zum Training der Männermannschaft heute sparen.«

»Du wirktest auch schon mal motivierter.«

»Ich bin maximal motiviert. Aber es macht mehr Sinn, wenn wir denen den Mord an dem Schiedsrichter auf den Tisch legen können.«

»Die Ampel ist übrigens grün.«

»Das sehe ich.«

»Ach, und warum fährst du dann nicht?«

»Du bist gar nicht entspannt. Du bist auf Krawall gebürstet.«

Freitag, 20. April
12:00 Uhr, LKA für Delikte am Menschen, Keithstraße, Tiergarten

Der erste Kriminalhauptkommissar Udo Golombek saß vor seinem Schreibtisch. Mit im Raum waren alle Mitglieder der Bereitschaftsmordkommission. Neben Helene Eberle und Walter Paul waren das Simone Otto, die wieder einmal unter der Sonnenbank eingeschlafen sein musste, Dietmar Schulz, der seinen Bierbauch gegen die Tischkante presste, und Juliane Bergmann. Udo Golombek berief aus Prinzip keine Dienstversammlung ein. Dafür fehlten schlicht neue Informationen. Bisher konnte auch niemand sagen, ob es sich bei dem Anliegen aus Hannover um einen Fall handelte, der in ihren Zuständigkeitsbereich fiel. Dietmar Schulz schob seinen Mollenfriedhof Richtung Kaffeemaschine.

»Noch jemand 'nen Kaffee?« Niemand reagierte.

»Müssen wir jetzt eigentlich alle vernehmen, die in diesen Türkenvereinen spielen? Sind ja alle verdächtig.« Helene schaute zu Schulz und kniff ihre Augen zusammen. »Was guckst du so? Für dich sind diese Ausländer ja immer unschuldig. Die können mordend durch die Straßen ziehen und du wirst deine Meinung trotzdem nicht ändern.« Helene hätte ihren Kollegen daran erinnern können, dass in dem letzten Fall, in dem ihre Abteilung ermittelte, eben kein Migrant der Täter war, sondern ein Deutscher. Und es war Dietmar Schulz, der bis zuletzt an das Werk von sogenannten Araber-Clans glaubte.

»Dietmar, vergiss nicht: Jeder ist so lange unschuldig, bis seine Schuld bewiesen ist. Zu hundert Prozent. Nach der Devise arbeitest du doch auch, oder?«

Auf die Worte von Walter Paul reagierte Dietmar Schulz ruppig. »Ach, leck mich.«

Das wollte Helene nicht unkommentiert lassen. »Das möchte ich mir nicht bildlich vorstellen.«

»Lass doch die Gutmenschen, Dietmar. Die werden schon sehen, was die mit ihrer Haltung anrichten«, mischte sich jetzt auch Simone Otto ein.

»Bitte, etwas mehr Objektivität. Lassen Sie uns bis zum Montag warten. Vorher können wir sowieso nichts unternehmen.«

»Aber Udo, mal ehrlich. Die kommen hier her, dürfen sogar eigene Fußballvereine gründen. Und was ist der Dank? Die töten deutsche Schiedsrichter.«

»Wir wissen doch gar nicht, ob es einen Zusammenhang zwischen dem Fußballspiel und dem Mord gibt«, stellte Golombek klar. Das Telefon auf seinem Schreibtisch läutete. Schulz schüttete weiter desinteressiert Kaffee daneben, die Otto tippte etwas in eine Suchmaschine ein und Paul fertigte Notizen an.

»Hannover?«, fragte Golombek. Helene lauschte dem Telefonat und beobachtete ihren Vorgesetzten, wie der den Hörer zwischen Ohr und Schulter presste, dabei ein Blatt von seinem Notizblock zog und nach einem Stift griff. Kaum war das Gespräch beendet, legte Helene ihre Zurückhaltung ab.

»Gibt es was Neues?«

»Ein bisschen.«

»Das heißt?«

»Die Freundin des Opfers trat vor einer Stunde mit ihrem Kind die Rückreise nach Berlin an.«

»Das ist doch was. Wenn ich davon ausgehe, dass ihre Anschrift die Gleiche ist wie die von ihrem Freund.«

»Wollen Sie sie besuchen?«

»Ja, ganz unverbindlich. Sie kommt als Täterin ja eher nicht infrage. Daher ist das Risiko des Besuchs gering.«

»Da haben Sie recht. Aber warten Sie bis morgen. Lassen Sie die Frau erstmal ankommen.«

Freitag, 20. April
17:15 Uhr, Bötzowstraße, Prenzlauer Berg

Wie Helene wohl auf diese Nachricht reagierte? Sicher, sie würde zuerst aus der Haut und anschließend mit Schaum vorm Mund zur Kita fahren. Sie würde die Erzieherin zur Rede stellen. Und sie würde wissen wollen, wieso ihre Tochter ein blaues Auge und eine kahle Stelle am Kopf hatte. Helene würde keine Ruhe geben, bis sie Antworten auf ihre Fragen bekam. Genau so war sie. Irene Siefert kannte doch ihre Tochter. Es klingelte an der Tür.

»Oh Mann, was machen wir jetzt?«, fragte Irene Siefert ihre Enkeltochter, die bis vor einer Sekunde noch in ihrem Kakao rührte und jetzt ins Wohnzimmer rannte. Vielleicht erfuhr ja die Mama, was im Kindergarten geschah. Bisher schwieg das Mädchen stur. »Ich habe doch immer gesagt, dass du nicht in die Kita musst. Du hättest auch bei mir bleiben können«, murmelte Irene Siefert, schlich zur Wohnungstür und drückte die Klinke herunter. Helene und Paul begrüßten Klarissas Oma mit einer kurzen Umarmung.

»Wo ist Klarissa?«, fragte Helene, die einen ersten Blick in die Küche warf. Als ob sie bereits ahnte, dass etwas nicht stimmte.

»Also ..., sie saß bis eben noch am Küchentisch. Aber Helene, bitte ..., ich habe immer gesagt, sie muss nicht in die Kita. Ich weiß auch nicht, was passiert ist.«

Im Wohnzimmer fand Helene ihre Tochter. Die vergrub ihren Kopf unter drei Sofakissen.

»Hey, was ist los?« Drei Finger streichelten behutsam über den Rücken des Mädchens.

»Geh weg. Ich schlafe heute bei Oma«, ertönte es dumpf.

»Kein Problem, aber vorher möchte ich dir wenigstens Hallo sagen.«

»Will nicht Hallo sagen. Hallo ist blöd.«

»Dann guten Tag?«

»Ist auch blöd. Doof und blöd.«

»Klarissa, du weißt, ich bin nicht der geduldigste Mensch.«

»Das stimmt«, kam es kichernd aus dem Türrahmen, in dem Walter Paul stand. Langsam, aber mit Nachdruck zog Helene das erste Sofakissen weg, dann das zweite. Das Dritte flog wie von selbst. Das Mädchen sprang auf und wollte aus dem Wohnzimmer flüchten, schaffte es aber nur bis zu Walter Paul.

»Hallo? Jetzt beruhige dich mal.« Paul packte den Lockenkopf unter den Achseln und hob ihn nach oben. Der Kopf zeigte aber weiter stur auf den Boden. Das half dem Mädchen zwar, ihr Veilchen und ihre Tränen zu verstecken, dafür war ihre kahle Stelle auf dem Kopf nicht zu übersehen. »Bekommst du eine Glatze? Ich dachte, nur alte Männer kriegen eine Glatze.« Helene begutachtete die Stelle am Kopf, die blutunterlaufen war.

»Das sieht aus, als wärst du knapp einer Platzwunde entgangen.« Helene strich vorsichtig durch die roten Locken. »Gib sie mir mal.« Kaum war das Mädchen auf dem Arm ihrer Mutter, brachen alle Dämme.

»Ich habe in der Kita nachgefragt. Niemand konnte mir etwas dazu sagen. Ich schwöre es euch.«

»Dich trifft keine Schuld. Und egal, was passierte, bis das nicht geklärt ist, gehst du da nicht mehr hin.« Diese Nachricht reichte, um die Flut an Tränen zu stoppen. Klarissa nickte und wischte sich mit ihrem Handrücken den Rotz von der Nase und die Tränen von ihren Wangen.

Eine Stunde später stiegen Paul, Helene und Klarissa in der Metzer Straße aus dem Dacia.

»Schau mal Mama, da ist Papa.« Helene wollte ihrer Tochter widersprechen, bis auch sie ihren Ex-Mann vor der Haustür erkannte. Sie blieben stehen. Helene beobachtete, wie Matthias Eberle seine Hand zur Seite ausstreckte. Eine zweite Person erschien in Helenes Blickfeld. Ihr Ex-Mann hielt Nancy Richter an der Hand. Nancy Richter aus Eutingen im Gäu. Die beste Freundin von Helene Eberle. Helene setzte sich wieder in Bewegung. Sie marschierte auf den ungebetenen Besuch zu. Paul folgte ihr, während Klarissa ihre Mutter und ihren Freund im Sprinttempo überholte.

»Was geht hier bitte ab?« Niemand antwortete auf Helenes Frage. Paul rief Klarissa zurück, doch das Mädchen saß bereits auf den Armen ihres Vaters.

Erst vor zwei Wochen meldete sich Helene offiziell um. Sie fragte sich, wie ihr Ex-Mann es schaffte, sie so schnell ausfindig zu machen. Die Antwort darauf konnte sie kaum glauben. Sie sah Nancy Richter in die Augen und fragte sie stumm:

Wieso tust du mir das an?

Was hast du mit meinem Ex-Mann zu schaffen?

Warum hast du meine Adresse weitergegeben?

»Wir dachten, wir besuchen euch mal. Jetzt, wo du richtig in Berlin angekommen bist«, sprach Nancy Richter.

»Wieso hat meine Tochter ein blaues Auge?«

»Das wird sie sich nicht im Suff geholt haben«, gab Helene provokant zurück und spielte damit auf den Grund an, weshalb sie Matthias Eberle Ende September verlassen hatte.

»Helene, was soll das? Ich hatte gehofft, du freust dich, uns zu sehen. Außerdem hat Matthias im ganzen Jahr noch keinen Tropfen Alkohol angerührt.« Genau dieser Matthias umklammerte seine Tochter jetzt fester. Dadurch war es Klarissa nicht mehr möglich, zu entkommen.

»Ich habe einen Anspruch darauf, meine Tochter zu sehen.«

»Und wir haben einen Anspruch darauf, von dir in Ruhe gelassen zu werden.«

»Also gut. Wie du willst. Komm mein Schatz, wir gehen!«

»Ich will runter. Lass mich runter. Jetzt sofort!« Das Mädchen strampelte wild, doch der Mann lief mit ihr weiter Richtung Straße. Paul schaltete am schnellsten und stellte sich Matthias Eberle in den Weg.

»Wenn Sie mit Klarissa abhauen, werden Sie ihr Leben nicht mehr froh. Das verspreche ich Ihnen.«

»Du drohst mir, du Hans Wurst?« Nancy Richters Hand auf der Schulter von Matthias Eberle beruhigte diesen nicht. Auch Helene stellte sich ihrem Ex-Mann in den Weg. Klarissa strampelte wie ein Hase, der seinem letzten Gang entkommen wollte. Matthias Eberle erneuerte seinen Griff, schaffte es aber nicht mehr, das temperamentvolle Mädchen zu halten. Helene flüchtete mit ihrer Tochter und mit Paul in den Hausflur. Nancy Richter rief ihr hinterher, dass Matthias sich geändert und jeder Mensch doch eine zweite Chance verdient hätte. Die Tür fiel ins Schloss, Helene blieb im Hausflur stehen. Sie schaute zu Paul.

»Was war das?«

»Keine Ahnung. Ich muss mich selber erstmal sortieren.«

Beide Köpfe wendeten sich wie ferngesteuert zur Haustür. Jemand schlug von außen gegen das Glas und schrie:

»Ich komme wieder. Und ich werde um meine Tochter kämpfen. Wenn es das Letzte ist, was ich tue.«

Samstag, 21. April
10:50 Uhr, Wiesenwinkel, Pankow

An der Straßenbahnstation Wiesenwinkel stieg Helene aus der Bahn. Die 34-Jährige streckte ihre Nase in den Himmel. Die Luft war hier, zwischen Einfamilienhäusern und Kleingärten, viel klarer als in der Innenstadt. Wenn sie jemand nach dem perfekten Frühlingswetter gefragt hätte, Helene hätte auf genau dieses Wetter, an diesem Samstagvormittag, hingewiesen. Die Sonne schien, der Wind breitete sich dezent aus und am Himmel war keine Wolke zu sehen. Dazu lag der Duft von verschiedenen Pflanzen in der Luft.

Helene Eberle überquerte die Straßenbahnschienen und bog in die Straße ein, die der Straßenbahnhaltestelle ihren Namen gab. Was für eine Idylle hier herrschte. Rosen und Tulpen begrüßten sie durch Zäune, Hecken waren akkurat geschnitten, und über dieser Idylle wachten Bäume. Es zählte für die Kriminalhauptkommissarin zu den gängigen Aufgaben, Angehörige von Mordopfern zu besuchen. Das änderte aber nichts daran, dass dies jedes Mal eine immense Herausforderung war. Selbst wenn, wie an diesem Tag, die Familienangehörigen schon wussten, dass ein ihnen vertrauter Mensch einem Verbrechen zum Opfer fiel. Sie spazierte weiter, bog nach rechts in den Wurstmacher Weg. Links standen, so, als wollten sie nicht auffallen, dreistöckige Mehrfamilienhäuser. Links sah die Polizistin Einfamilienhäuser, alle in Form eines Würfels. Am zweiten Würfel bog sie in den Vorgarten ein. Knopfgroße, weiße Kieselsteine ebneten der Polizistin den Weg zum Hauseingang. Die Klingel sah originell aus. Sie hatte die Form einer Klangschale. Helene fragte sich, ob sie einen Stab brauchte, um zu klingeln. Da öffnete jemand die Haustür. Eine Frau trat in Helenes Blickfeld, deren Äußeres perfekt in diese Gegend, zu diesem Garten passte.

»Guten Morgen Frau...« Helene fiel der Nachname der Frau nicht ein. Sie suchte das Namensschild an der Klangschale.

»Reichwein.«

»Frau Reichwein. Mein Name ist Helene Eberle. Ich komme von der Kripo. Mein Vorgesetzter, Herr Golombek, hat sie ja bereits über meinen Besuch in Kenntnis gesetzt.«

»Wissen Sie, das Wetter ist so schön. Lassen Sie uns auf die Terrasse setzen. Gleich um die Ecke.«

Einen Moment später stand ein Glas Wasser vor Helene. Julia Reichwein saß ihr unter einem orange-gelben Sonnenschirm gegenüber.

»Frau Reichwein, wir müssen in Erfahrung bringen, was vor dem Tod ihres Freundes passiert ist. Wann hatten Sie zuletzt Kontakt zu ihm?« Die Frau umklammerte ihr Wasserglas und antwortete mit zitternder Stimme:

»Ich glaube, bis zuletzt.« Helene schwieg. Bewusst. Sie wollte ihrer Gesprächspartnerin keine Vorlage geben. Julia Reichwein sollte frei erzählen. Möglichst ohne Einfluss. »Ich bin mit meinem Sohn schon am Freitag an die Nordsee gefahren. So wie es geplant war. Thorben hatte kurzfristig noch ein Fußballspiel zu pfeifen. Ich war traurig, aber ich wusste ja, was ihm das bedeutete. Er hatte versprochen, noch am Samstag nachzukommen. Er hatte schon eine Fahrkarte für den letzten Zug gekauft. Dann gab es wohl Schwierigkeiten beim Spiel und er erreichte den Zug nicht mehr. Aber er schrieb, dass er eine Mitfahrgelegenheit bis nach Bremen gefunden hat. Das klingt vielleicht kindisch, aber ich fand es süß, dass er alles dafür gab, doch noch am Samstag zu uns zu kommen. Ich schrieb ihm, dass ich ihn aus Bremen abhole. Ich wollte ihm sozusagen entgegenkommen. In doppeltem Sinn. Wenn Sie verstehen.« Helene nickte. »Ich glaube, es war so gegen 21:00 Uhr, als ich nichts mehr von ihm hörte. Ich machte mich mit unserem Sohn trotzdem auf den Weg nach Bremen. Wir haben uns an der Fernbushaltestelle verabredet. Es war kurz vor Mitternacht, es regnete, Thorben kam nicht. Ich erreichte ihn auch nicht mehr. Es kam mir schon an dem Abend alles gruselig vor. Er hat ja nicht mehr geantwortet.«

»Fühlte sich Ihr Freund bedroht? Oder äußerte er solche Gedanken früher einmal?« Julia Reichwein schüttelte den Kopf.

»Thorben brachte so schnell nichts aus der Ruhe. Klar, es gab hier und da mal Schwierigkeiten mit Kunden, die mit ihren Zahlungen in Verzug waren, da gab es schon mal Beleidigungen und Unterstellungen.«

»Was waren das für Zahlungen?«

»Wir haben einen Online-Shop, der gut läuft.«

»Gibt es dazu Angestellte?«

»Ja, zwei. Marcel und Susi. Die sind sehr süß, die beiden.« Helene schaute fragend. »Beide haben das Downsyndrom, sind aber trotzdem eine große Hilfe. Die Familien waren dankbar, dass wir sie eingestellt haben. So verdienen sie ihr eigenes Geld und versauern in keiner Behindertenwerkstatt.«

»Können Sie mir die Adressen von den beiden geben?«

»Gerne. Jetzt gleich?«

»Nachher reicht völlig. Gab es sonst Situationen, die sie vielleicht bedrohlicher empfanden als ihr Freund?«

»Nein.«

»Hatten Sie Feinde?«

»Ich glaube nicht.«

»Ihr Freund war Schiedsrichter. Gab es da vielleicht Neider?«

»Weiß nicht. Eigentlich hatte ich das Gefühl, dass alles gut lief. Er hatte unter den Schiedsrichtern viele Bekannte und Freunde. Ich kann mir das alles überhaupt nicht erklären. Wirklich nicht.«

Sonntag, 22. April
14:10 Uhr, Olympiastadion, Charlottenburg

Dietmar Schulz war in seinem Element. Sein altehrwürdiges Hertha-Trikot mit dem *Trigema*-Aufdruck spannte zwar inzwischen, aber das war hier egal. Hier konnte er rülpsen, brüllen und nörgeln, ohne, dass sich jemand beschwerte.

Auch das inzwischen vierte Bier trug zu einem befreienden Gefühl bei. Hier, zwischen all den anderen Fußballfans, zwischen seinen Freunden, war er kein Polizist. Hier war er Fan und genau so gab er sich. An diesem Derby-Sonntag spielte sich das Geschehen eher auf den Rängen, als auf dem Rasen ab. Nach Toren stand es noch 0:0, nach Torchancen ebenso.

Von seinem Platz aus sah Schulz auf die Ostkurve. Da standen die Ultras und badeten in ihrem Dauer-Singsang. Dazu wehten blau-weiße Fahnen. Aus diesem Alter war Schulz lange raus. Er musste sich nicht mehr mit den 18- oder 20-Jährigen von den

Herthakingz messen. Oder wie die da drüben alle hießen.

Vor fast dreißig Jahren, im Jahr 1990, sah das hier alles noch anders aus, als seine Hertha Union empfing. Damals gab es noch große Sympathien füreinander, heute sah man sich als Rivalen. Damals feierte man gemeinsam die Wiedervereinigung im Fußball, heute hielten die Jungspunde in der Ostkurve Transparente in die Luft, deren Botschaften für Dietmar Schulz kaum mehr zu erkennen waren. Was auch an den Augen des 53-Jährigen lag. Ein paar konnte er aber noch entziffern:

Der Osten verdient nur Hohn – scheiß Union!

Da hätte Schulz noch unterschrieben. Schließlich waren alle Ostler für ihn Sozialschmarotzer, weshalb auch der Soli abgeschafft gehörte.

Aus dem Arschloch einer Kuh stammt der 1. FCU!

Diesen Spruch fand Schulz daneben. Der war lange abgelutscht, und die, die diesen Reim einst kreierten, gehörten für Dietmar Schulz zu Menschen, mit denen er sich maximal beruflich beschäftigte. Frühere Stasispitzel, deren Enkel heute in der rechten Szene abhingen. Dietmar Schulz hätte sofort unterschrieben, kriminelle Ausländer in den nächsten Flieger gen Heimatland zu setzen. Auch fand er, dass jeder Asylant abgeschoben werden sollte, wenn der sich weigerte, eine Arbeit aufzunehmen. Und natürlich vertrat auch er die Meinung, dass zuerst Deutsche eine Arbeit erhalten sollten, bevor Ausländer eingestellt werden. Dass dies ein Widerspruch war, fiel ihm nicht auf. Er war stolz auf sein Vaterland und wollte, dass alles immer so blieb, wie es war. Aber mit Rechtsextremen wollte er nichts zu tun haben. Die brachten nur Ärger. Der Blick in den Gästeblock verdeutlichte ihm, dass die Fans aus Köpenick alles gaben, um sich am Niveau-Limbo zu beteiligen.

Siamesen kann niemand trennen
Schizophrene sind nie allein
Pädophile haben immer Bonbons
Und Union ist mein Verein

»Haha, ihr vergleicht euch mit Schizophrenen und mit Pädophilen. Das sieht euch Ossis ähnlich«, brüllte ein grauer Vollbart mit Hornbrille in Richtung Gästeblock. Dietmar Schulz nickte zustimmend und widmete sich wieder dem Spiel. Die Nummer 9 in blau-weiß führte einen Einwurf falsch aus. Schulz nächster Blick ging wieder Richtung Ostkurve.

Der 19.04. – ab sofort blau-weißer Feiertag – und wir kriegen euch alle!

Die Worte auf diesem Plakat verursachten bei Dietmar Schulz Fragezeichen und ein Jucken an seiner Wampe. Aber das war nichts Neues. Mit den Jahren wuchs das Unverständnis für die Jungspunde in der Ostkurve.

Dietmar Schulz schaute wieder auf den Rasen. Das Spiel bestand einzig darin, den Ball hin und herzuschieben. Wenn das erledigt war, spielte man den Ball zum Gegner. Auch die schoben den Ball hin und her, ehe die andere Mannschaft wieder an der Reihe war. Nach unzähligen Fehlpässen trudelte der Ball zur Nummer 13 der Blau-Weißen. Was dann geschah, begründete Dietmar Schulz mit seinem Bierkonsum. Der Spieler tauchte, scheinbar aus dem Nichts, an der Strafraumgrenze auf.

Schulz sprang auf.

»Jaaa! Ziiieeeh doooch!«

Der Spieler stoppte den Ball, doch die Kugel versprang und trudelte ins Toraus. Schulz stöhnte auf und der Rest seines Bieres klatschte samt Plastikbecher auf die Traverse.

Sonntag, 22. April
18:15 Uhr, Hauptbahnhof, Mitte

»Ich weine nicht, Mama. Ich bin auch nicht traurig. Wirklich nicht. Nur mein Herz hat ein bisschen Bauchweh.« Helene drehte sich zu ihrer Tochter, die auf Pauls Armen saß. Sie streichelte über ihre Wange. Gemeinsam schlichen sie durch die Eingangstür des Hauptbahnhofs, weiter Richtung Rolltreppen.

Helene dachte an den 30. September letzten Jahres zurück. Als sie hier strandete. Am Hauptbahnhof. Auf der Flucht vor ihrem alkoholkranken Mann. Eigentlich wollte sie zum Ostbahnhof. Für die gebürtige Schwäbin war das damals ein unüberwindbares Problem. Inzwischen wusste sie, dass der Hauptbahnhof nicht weit vom Ostbahnhof entfernt liegt. Das fulminante Glasgebäude des Hauptbahnhofs hatte für Helene aber auch an diesem Sonntag die Größe eines Monsters. Viel zu groß, viel zu laut. Und es sorgte für Chaos im Kopf.

Auf der ersten Rolltreppe drehte sie sich um. Paul lächelte sie an. Aber sein Lächeln konnte seine Wehmütigkeit nicht wegwischen. Das fiel auch Klarissa auf.

»Nicht weinen Waldi. Wenn du anfängst zu weinen, muss ich auch weinen.«

»Ich weine nicht. Wie kommst du darauf?«

43

»Vielleicht weil du mit Mama nicht mehr Knutschi Knutschi machen kannst, wenn sie wegfährt. Aber sie kommt ja wieder. Das hat sie mir versprochen. Und Versprechen muss man halten.« Die Wortgewalt der Vierjährigen überraschte Walter Paul immer wieder.

»Wie soll man sich hier zurechtfinden? Das ist alles irre hier«, fluchte Helene.

»Welches Gleis suchst du denn?«, fragte Paul.

»13!«

»Da müssen wir quer rüber. Wolltest du nicht noch was essen?«

»Ich hole mir was im Zug.« Helene drehte sich wieder zu Paul. Doch sie übersah den Mann, die an ihr vorbeirannte. Helenes Rucksack landete direkt in seiner Magengrube.

»Pass doch auf, Schlampe!«

»Selber Schlampe. Pass doch selber auf«, flötete das Mädchen auf Pauls Arm zurück. Der Vollbart spuckte in die Richtung der drei, aber dem Spuckeklumpen fehlte es an Energie.

»Ich würde sagen, Klarissa kommt ganz nach der Mama.«

»Natürlich komme ich nach Mama. Und nach dir. Du bist nämlich mein Lieblingswaldi.« Die Arme des Lockenkopfes umklammerten Pauls Hals.

»Ich glaube, ich werde hier nicht mehr gebraucht. Ihr werdet wunderbar ohne mich klarkommen.«

»Vergiss es. Du kommst ganz schnell wieder. Sonst holen wir dich persönlich aus Hannover ab.«

Helene ging weiter und je näher sie den Gleisen kam, desto größer wurde das Gefühl, dass das Ganze ein Himmelfahrtskommando war. Beruflich. Privat. Es gab Probleme im Kindergarten, ihr Ex-Mann hielt sich in Berlin auf und sie fuhr nach

Hannover, um in einem Ermittlungsfall weiterzukommen, für den sie vielleicht gar nicht zuständig war. Und dafür sollte sie Walter mit Klarissa allein lassen?

»Mach dir keine Sorgen. Es wird alles gut laufen.« Paul schloss Helene in den Arm. Als er den zarten Duft nach Pfirsich-Vanille einatmete, überkam ihm die Sehnsucht. Jetzt schon. Dabei stand Helene noch vor dem Zug.

»Erst will ich. Dann könnt ihr. Ihr Erwachsenen braucht ja eh immer so lange.« Helene nahm ihre Tochter auf den Arm.

»Mach's gut und pass auf Waldi auf, okay?« Klarissa nickte tapfer.

»Ich versuche, schnell zurückzukommen.« Paul griff nach Helenes Händen.

»Ich hätte nicht gedacht, dass mir der Abschied so schwerfällt.« Als Reaktion auf Pauls Worte kniff Helene die Lippen zusammen.

»Los, jetzt macht mal. Ich will nach Hause.«

»Passt du auf sie auf?«

»Versprochen. Wenn ihr jemand ein Haar krümmt, breche ich dem alle Knochen. Pass du auch auf dich auf.«

Die Türen schlossen sich. Der Zug fuhr an. Helene winkte, bis die Bahn den Bahnhof verlassen hatte. Auf ihrem Sitzplatz griff sie ihr Smartphone und rief die neuesten Nachrichten vom Tagesspiegel auf.

In letzter Sekunde: 100 Polizisten verhinderten Massenschlägerei zwischen Berliner Fußballfans.

Helene Eberle betrat den Versammlungsraum im niedersächsischen LKA. Die Wahl-Berlinerin rechnete mit zahlreichen Kollegen aus Brandenburg, Sachsen-Anhalt und Niedersachsen. Weil immer noch niemand wusste, in welchem der vier Bundesländer der Mord an Thorben Hoffmann verübt wurde. Das war aber wichtig, schließlich war das Landeskriminalamt zuständig, in dessen Bundesland der Mord geschah.

Im Raum saßen lediglich fünf Personen. Und zwei standen vorne am Smartboard.

»Guten Morgen!« Ein Mann lächelte Helene Eberle zu. Sein Gesicht sah aus, als hätte er in Jugendjahren unter Akne gelitten. Diese Jahre mussten aber schon einige Zeit zurückliegen, sein volles Haar hatte die Farbe von verbrannter Grillkohle. Die anderen im Raum reagierten nicht.

Bis auf Staatsanwalt Schröder. Der holte Helene gestern Abend sogar vom Bahnhof ab und fuhr sie ins Hotel. Schröder. Hotel. Darüber galt es nochmal zu sprechen. Keine zweite Nacht wollte Helene Eberle in dieser Absteige verbringen. Die Matratze ließ bei der Kripobeamtin den Wunsch aufkommen, auf der Straße zu schlafen. Die Lautstärke im Hotel hätte sich mit der auf der Straße kaum unterschieden. Unter der Tür zog Zigarettenqualm ins Zimmer. Die Schranktüren ließen sich nicht öffnen und Schimmel zierte die Fugen der Fliesen im Badezimmer. Doch das Gespräch über ihre Unterkunft musste warten.

Staatsanwalt Schröder startete die PowerPoint-Präsentation. Auf der ersten Seite konnte Helene Informationen zum Randsteinbeißen lesen. Bei Thorben Hoffmann kam es dadurch zu einem Querbruch der Schädelbasis.

»Wir haben es hier mit einer niedrigen Hemmschwelle möglicher Täter zu tun. Man legte eine Brutalität an den Tag, die wir eher aus Mafiakreisen kennen. Wenn es darum geht, jemanden zu beseitigen. Und genau hier, in der Beseitigung der Leiche, liegt der Widerspruch. Entweder war es eine Tat, die nicht bis zum Ende geplant war, oder jemand hinderte den oder die Täter daran, den Leichnam zu beseitigen. Und damit sind wir bei unserem bisherigen Hauptverdächtigen. Rolf Schüssel. Seine Frau fand die Leiche im eigenen Schuppen und verständigte die Polizei. Rolf Schüssel verweigert jede Aussage. Wobei, so ganz stimmt das nicht. Der einzige Satz, den er uns entgegenbringt, drückt aus, dass wir ihm sowieso nicht glauben.«

Diese Aussage warf bei Helene Eberle Fragen auf. Fragen, die niemand beantworten konnte, weil der Hauptverdächtige jede Antwort verweigerte. Der Mann mit den aschgrauen Haaren rief die nächste Seite auf. »Inzwischen stellte man Fingerabdrücke an der Leiche fest. Im Halsbereich und an der linken Wade. Diese stammen zweifelsfrei von Rolf Schüssel.«

»Erinnert sich jemand an die Weltmeisterschaft 1998 in Frankreich?«, fragte Schröder. »Mich haben diese Bilder damals geprägt. Deutsche Hooligans traten auf offener Straße einen Polizisten zusammen. Mit einer unfassbaren Brutalität. Daniel Nivel ist seitdem ein Pflegefall.«

1998! Da war Helene Eberle 14 Jahre alt. Und ihr Interesse galt damals schon nicht dem Fußball. Sie hatte andere Dinge im Kopf.

»Unser Hauptverdächtiger war damals an der Tat beteiligt«, ergänzte der Glatzkopf. Helene staunte, wie Schröder und er als Team auftraten. Ohne sich abzusprechen, ergänzten sie einander.

Jetzt war wieder Schröder dran. »Er war nicht nur beteiligt. Er wurde im Jahr 2000 als einer der Haupttäter zu fünf Jahren Haft verurteilt. Rolf Schüssel hat also die passende Vorgeschichte.«

»Aber fünf Jahre. Das heißt, er kam 2005 aus dem Gefängnis. Danach vergingen noch einmal dreizehn Jahre. Fiel Rolf Schüssel in diesem Zeitraum noch einmal strafrechtlich auf?«

»Dazu ist uns nichts bekannt. Aber ihre Frage ist berechtigt, Frau Eberle. Wir finden zwischen Täter und Opfer keinen Zusammenhang. Den gab es 1998 aber auch nicht. Wir müssen in alle Richtungen ermitteln. Daher gehen wir mal einen Schritt weg von Rolf Schüssel. Hin zu den Motiven Wut und Hass. Das Opfer, Thorben Hoffmann, leitete am Samstagnachmittag ein Fußballspiel im Berliner Amateurbereich. Thorben Hoffmann brach das Spiel ab, weil Spieler und Trainer beider Mannschaften die Schiedsrichter bedrohten. Ein möglicher Racheakt käme also ebenfalls infrage. Aber, liebe Kollegen, als ersten Ansatzpunkt suchen wir den Tatort. Denn Sie wissen ja, da wo die Tat geschah, ist die örtliche Polizei zuständig. Wir sitzen also nur hier in Hannover, weil die Leiche in einem Dorf in Niedersachsen gefunden wurde und der Tatort ..., das erwähnte ich ja bereits.«

»Das Opfer war mit einer Mitfahrgelegenheit unterwegs. Gibt es dazu schon Informationen?«

Der Mann neben Schröder beantwortete Helenes Frage. »Das berichtete uns die Freundin des Opfers ebenfalls. Und ja, wir konnten die Mitfahrgelegenheit ausfindig machen, haben den Mann aber noch nicht kontaktiert.«

»Ich würde gerne noch einen Versuch starten, mit Rolf Schüssel zu sprechen.« Staatsanwalt Schröder zeigte sich dankbar. »Das kann nicht schaden. Er sitzt noch immer in U-Haft.«

Montag, 23. April
12:00 Uhr, LKA für Delikte am Menschen, Keithstraße, Tiergarten

Es war wie vor einem halben Jahr. Wieder und wieder warf er einen Blick auf sein Telefon. Nur waren die Vorzeichen vor sechs Monaten andere. Nie im Leben hätte Paul damals gedacht, dass Helene seine Gefühle erwidern würde. Geträumt hatte er davon. Für mehr fehlte ihm der Glaube. Und nun waren sie zwar ein Paar, aber Helene in Hannover und die Sehnsucht nach ihr größer als die Entfernung zwischen Berlin und der niedersächsischen Landeshauptstadt. Heute Morgen schrieben sie sich über einen Messenger-Dienst. Für Paul war das gefühlt eine Woche her. Er vermisste Helene, sorgte sich um sie. War alles okay bei ihr? Es waren die gleichen Fragen wie vor sechs Monaten. Der nächste Blick auf den Bildschirm seines Telefons. Keine neuen Nachrichten. Ihm fehlte der Duft nach Pfirsich-Vanille. Ohne Helene roch es im Büro nach der Politur auf dem Linoleumboden. Ihm fehlte ihre Stimme.

»Mach dir nichts draus. Die hat doch in Hannover schon einen anderen kennengelernt. Geht schnell bei den Weibern.« Diese Sprüche kannte Paul von Dietmar Schulz. Und doch hörten sie nicht auf zu nerven.

»Willst 'n Kaffee?« Paul schüttelte den Kopf.

»Lieber 'n Schnaps«? Paul verneinte lächelnd.

»Such dir lieber 'nen Fußballverein. Der verlässt dich wenigstens nicht. Ich meine nicht so ein Krüppelding wie dieses schwule Tebe. Was Richtiges. Werde doch Bayernfan. Da haste auch mal Erfolg.« Paul kratzte sich am Hals.

»Stimmt. Ich glaube, ich werde Hertha-Fan. Wie du. Dann lasse ich mir jede Woche für meine alte Dame die Fresse polieren.«

»Was ist denn das für 'ne bescheuerte Anspielung? Du meinst das mit gestern nach dem Spiel, wa? Das waren keine Herthaner. Das waren irgendwelche Hools, die sich überhaupt nicht für Hertha interessieren. Wollten nur Randale machen. Aber stimmt. Zu Tebe würden die nicht gehen. Da wären die ja die Einzigen.« Schulz schnappte seine Kaffeetasse und zog sich lachend hinter seinen Schreibtisch zurück.

»Du scheinst ziemlich realitätsfremd zu sein. Dreißig verletzte Polizisten, mehr als einhundert Festnahmen, da scheinen viele da gewesen zu sein, die sonst nie da sind.«

»Sag ich doch.«

»Und wo haben die die Tickets herbekommen? Soll doch schwierig gewesen sein, für das Derby an Karten zu kommen.«

»Weiß ich doch nicht. Von mir haben die keine bekommen.«

Montag, 23. April
14:10 Uhr, Waterlooplatz, Hannover, LKA

Helene streifte den Ärmel ihrer Bluse zurück und schaute auf ihre Armbanduhr. Seit zehn Minuten redete sie auf Rolf Schüssel ein. Doch der schwieg. Für Helene war das keine Überraschung. Schüssels Körperhaltung erinnerte an einen Sack. Und Helene erkannte, dass es im Inneren des Mannes nicht anders aussah. Diese Gestalt hatte eine gebrochene Seele. So verhielt sich kein Hauptverdächtiger. So verhielten sich Menschen, die unter Schock standen. Wobei ein Schock natürlich keinen Mord ausschloss. Hier, im tristen Besucherraum, kam Helene nicht vorwärts. Schüssel brauchte keinen Polizisten, er benötigte einen Therapeuten. Oder seine Frau. Helene stand auf, verließ den Raum und ließ sich an der Schleuse ihr Handy aushändigen. In der Handytasche steckte der Zettel, auf dem Staatsanwalt Schröder vorhin die Telefonnummer von Anita Schüssel notierte. Helenes Finger kopierten die Zahlen auf das Display.

»Frau Schüssel? Guten Tag, mein Name ist Helene Eberle. Ich rufe Sie aus dem LKA in Hannover an. Ich sitze hier bei ihrem Mann.«

»Ich möchte mit ihm nichts mehr zu tun haben. Bitte verstehen Sie das.«

»Ich verstehe das. Trotzdem bitte ich Sie, dringend herzukommen.«

»Wieso?«

»Frau Schüssel, jeder Mensch ist so lange unschuldig, bis seine Schuld bewiesen ist. Wir als Polizei suchen den Täter. Dafür brauchen wir Beweise. Ob jemand wirklich schuldig ist, können und dürfen wir nicht beurteilen. Verstehen Sie, was ich meine?«

»Ich glaube schon.«

»Wann können Sie hier sein?«

»16:00 Uhr?«

»Super! Dann treffen wir uns um 16:00 Uhr im LKA in Hannover. Bitte melden Sie sich nachher beim Pförtner.«

Montag, 23. April
15:30 Uhr, Bötzowstraße, Prenzlauer Berg

Paul rannte die Stufen des Altbaus hinauf. Seit Stunden tobte in ihm die Vorfreude auf Klarissa. Auch wenn der vierjährige Lockenkopf nicht seine leibliche Tochter war, freute Paul sich auf all das, was er noch vor Jahren mit seinem Sohn tun durfte. Gemeinsam Abendessen kochen, Zähne putzen, eine Gute-Nacht-Geschichte vorlesen.

Vor der Wohnungstür betätigte Paul die Klingel. Er hörte, wie Kinderfüße so schnell zur Tür flitzten, wie er die Treppen hochrannte. Klarissa riss die Tür beinahe aus den Angeln.

»Oma, Waldi ist da! Ich bin abgeholt.« Paul lächelte und das Mädchen hing an seinem Hals. Irene Siefert kam zur Tür geschlendert.

»Schön, dass du da bist. Möchtest du noch etwas trinken?«

»Das ist lieb, aber ich habe zu Hause noch einiges zu tun.«

»Du kannst Klarissa auch hierlassen, wenn du zu Hause Ruhe brauchst.«

»Ach, ich freue mich schon den ganzen Tag auf die Kleine.«

»Auf die Kleine? Ich bin nicht mehr klein.«

Auf dem Heimweg deckten sich Klarissa und Paul beim Bäcker noch mit ausreichend Kuchen ein, ehe sie in der Metzer Straße aus dem Dacia stiegen. Paul beobachtete, wie Klarissa erst Richtung Haustür rannte, ehe sie ihr Tempo verringerte und schließlich stehen blieb. Ihre Hände stemmte sie in die Hüften. Paul schaute fragend auf Klarissa hinab. Bis er die Ursache für ihren Stopp erkannte. Sofort verringerte er den Abstand zu Klarissa, griff die Hand des Mädchens und schlug einen Bogen Richtung Haustür. Er war erleichtert, dass das Mädchen dies zuließ. Sie hätte sich auch losreißen und zu ihrem Vater rennen können.

»Du musst auf mich aufpassen. Das hast du Mama versprochen.«

»Ich halte meine Versprechen.« Doch das war schwieriger, als Paul sich vorstellte. Matthias Eberle folgte beiden zum Hauseingang, baute sich vor der Tür auf und breitete beide Arme aus.

»Hey, magst du nicht zu deinem Papa kommen?«

»Du hast mir das letzte Mal fast mein Herz gebrochen, als du mich nicht heruntergelassen hast.«

»Aber das war nicht meine Schuld. Das war wegen deiner Mutter.«

»Es ist besser, wenn Sie uns aus dem Weg gehen. Wir möchten gerne ins Haus.«

»Was willst du denn jetzt? Und was machst du überhaupt hier? Du bist hier nicht mal gemeldet.« Das stimmte zwar, aber woher wusste Matthias Eberle davon?

»Wir möchten gerne ins Haus. Bitte lassen Sie uns vorbei.«

»Und?« Matthias Eberle machte einen Schritt auf Paul zu und schubste ihn zurück. »Na, was ist, du Waschlappen?« Paul behielt das Gleichgewicht und die Ruhe. Für Klarissa. Die stand mit aufgerissenen Augen neben der Haustür. Matthias Eberle stampfte weiter auf Paul zu, drängte ihn Richtung Straße.

»Du hast hier nichts verloren. Lass die Finger von meiner Tochter.« Wieder hatte Paul Schwierigkeiten, das Gleichgewicht zu halten.

»Wir sollten das nicht vor dem Kind klären. Außerdem bringt es nichts, gewalttätig zu werden.«

»Gewalttätig? Ich kann gerne gewalttätig werden.«

»Bitte beruhigen Sie sich.« Mit diesen Worten versuchte Paul, auch sich zu beruhigen. »Wir sind erwachsene Menschen und können reden.« Matthias Eberle drängte Paul weiter zurück. Der stolperte rückwärts über eine tiefe Absperrung und landete im Blumenbeet.

»Du bist sogar zu dämlich zum Rückwärtslaufen. Und so ein Versager soll auf meine Tochter aufpassen?« Pauls Konkurrent beugte sich über ihn. Ein Aufstehen war unmöglich. »Was ist los, du Lohle?« Paul konnte nichts mehr sagen, weil die rechte Hand von Matthias Eberle seine Wangen zusammenkniff.

»Sagst ja gar nichts mehr. Dann kann ich ja mal sprechen. Ich nehme meine Tochter und sorge dafür, dass sie endlich wieder glücklich ist. Und du Wichser wirst mich daran nicht ...« Matthias Eberles Pupillen drohten herauszufallen, ehe er winselnd zur Seite fiel. Im Liegen hatte Paul seinem Widersacher erst ein- dann zweimal zwischen die Beine getreten. Er kletterte aus dem Blumenbeet, was mit zitterndem Körper nicht einfach war. Er atmete ein und aus. Ganz bewusst. Was sollte er jetzt machen? Die Polizei rufen? Sich zuerst um Klarissa kümmern? Die sah er nicht mehr. Paul schaute in alle Richtungen. Wo war Klarissa? Wie gerne hätte er jetzt seine Wut und seine Verzweiflung auf den sich noch immer am Boden krümmenden Matthias Eberle regnen lassen.

Du Bastard, wenn Klarissa etwas passiert ist, mache ich dich dafür verantwortlich, hätte er ihm gerne entgegengebrüllt. Aber jetzt zählte nur das Mädchen.

»Klarissa? Klarissa?« Jemand zog beklommen die schwere Haustür auf. Paul erkannte die roten Locken. Auch die Gesichtsfarbe des Mädchens war so rot wie ihre Haare.

»Eine Frau hat mich hereingelassen. Und sie hat schon die Polizei gerufen.«

»Es tut mir leid. Ich habe gesagt, ich passe auf dich auf.«

Das Mädchen umklammerte Paul mit ganzer Kraft.

»Ich habe dich lieb, Waldi.« Klarissa und Paul schauten zu Matthias Eberle, der noch immer im Staudenbeet lag. Auf Paul wirkte das, als hätte er mit den zwei Tritten mehr den Stolz seines Widersachers verletzt als dessen Genitalbereich.

Klarissa tackerte sich noch immer an ihn. Ihren Griff löste sie erst, als tanzende, blaue Lichter vor der Haustür erschienen.

Montag, 23. April
16:05 Uhr, Hannover, Waterlooplatz, LKA

Staatsanwalt Schröder beobachtete, wie Helene die fünfte Geleebanane mit ihren Zähnen zerteilte und eine Hälfte in ihrem Mund verschwinden ließ. Helene fühlte sich ertappt, als sie mitbekam, dass sie jemand beobachtete.

»Möchten Sie auch eine?«, fragte sie und hielt dem Staatsanwalt die gelbe Packung hin.

»Um Gottes willen. Wenn ich eine esse, kann ich nicht mehr aufhören.«

»Das geht mir nicht anders.«

»Aber bei Ihnen setzt das wohl nicht so an, wie bei mir.«

»Das ist mir egal. Ich lebe schließlich nur einmal.«

»Darf ich Ihnen auch einen Kaffee bringen?«

»Gerne. Wie spät ist es überhaupt?«

»Kurz nach 16:00 Uhr.«

»Dann hoffen wir mal, dass Frau Schüssel in den nächsten Minuten eintrifft.«

Schröder stand auf und stellte kurz darauf zwei dampfende Plastikbecher auf Helenes und auf seinen Platz. Der leicht bittere Duft nach Kaffee zog durch den Raum.

»Was versprechen Sie sich von dem Gespräch mit der Frau? Meinen Sie, in ihrem Beisein gesteht Rolf Schüssel?« Helene tunkte die zweite Hälfte der Geleebanane in das koffeinhaltige Heißgetränk, schob sie in den Mund und kaute genüsslich.

»Schwierig. Wenn ich ehrlich bin ..., die Körpersprache von Schüssel ... also, Täter verhalten sich anders. Der denkt, wir glauben ihm sowieso nicht. Und daran verzweifelt er. Dabei versucht er es nicht einmal.«

»Sie meinen, er ist unschuldig?«

»Jeder ist unschuldig. Bis man das Gegenteil beweisen kann. Im Grunde haben wir einen Mord und über dreißig Verdächtige. Schüssel, die Spieler und Funktionäre der Fußballmannschaften, der Fahrer der Mitfahrgelegenheit ... wir haben keine Wahl. Wir müssen über das Ausschlussverfahren an den Täter kommen.«

»Es bestünde auch die Möglichkeit, dass es eine spontane Tat war, Täter und Opfer sich nicht kannten.« Es klopfte an der Tür. Helene wollte aufstehen. »Bleiben Sie sitzen. Ich gehe schon. Wenn es okay ist, würde ich Sie mit der Frau allein lassen?« Helene nickte erleichtert. Genau darauf hatte sie gehofft. Der Staatsanwalt bat Anita Schüssel herein und verließ das Büro. Müde Augen schlichen auf den Tisch zu. Erst auf den zweiten Blick sah Helene Eberle der Frau ihre 49 Lebensjahre an. Ihre Haare mussten braun gefärbt sein. Vielleicht, um das Grau zu überdecken.

»Danke, dass Sie so kurzfristig herkommen konnten.« Die Frau nickte, gab Helene die Hand und setzte sich. Sie streifte ihren Pony zurück und gab damit noch mehr Traurigkeit preis. »Frau Schüssel, würden Sie nochmal erzählen, wie Sie die Leiche auf ihrem Hof gefunden haben?« Die Frau zögerte kurz, suchte Worte.

»Ich jogge jeden Morgen bei uns durch den Ort. Als ich meine Runde beendete, ... ich musste so nötig auf die Toilette, hätte es nicht mehr bis nach drinnen geschafft, wir haben in der Scheune ein kleines Campingklo ..., und dann sah ich diesen Körper im

Stroh liegen. Ich schrie. Ich glaube, so laut habe ich noch nie geschrien. Es dauerte eine Weile, bis Rolf aus dem Haus kam. Er glotzte mich an und meinte, er könne mir alles erklären. In mir brach eine Welt zusammen. Ich habe gedacht, er hätte sich geändert. Wissen Sie, als wir uns kennenlernten, machte er relativ früh reinen Tisch. Kennen Sie seine Geschichte?«

»Ja, aus den Akten.«

»Er schwor, so etwas nie wieder zu tun. So viele Jahre glaubte ich ihm.« Anita Schüssel schaute zur Decke und presste ihre Lippen zusammen. Helene beobachtete, wie ihre Gesprächspartnerin immer wieder den Kopf schüttelte.

»Was hat Ihr Mann noch gesagt?«

»Er meinte immer wieder, er könne mir alles erklären. Er packte mich. Ich schrie wieder. Ich wollte die Polizei rufen, riss mich los und rannte ins Haus. Ich hörte, wie Rolf flehte, dass ich das nicht tun solle. Die würden ihm eh nicht glauben. Aber das war mir egal.«

»Glauben Sie an die Unschuld Ihres Mannes?« Der Kopf wakkelte mehrere Male nach rechts und nach links. Helene bekam den Eindruck, als fehlte der Frau der Mut, ihrem Mann zu glauben. »Sie müssen auf die Frage nicht antworten. Aber gab es Gewaltvorfälle in Ihrer Ehe?«

»Nein, dann hätte ich mich sofort getrennt. Das wusste Rolf auch.«

»Frau Schüssel, Ihr Mann redet nicht mit uns. Das macht die Sache nicht einfacher. Nicht für uns, nicht für ihn. Und das ist der Grund, warum ich Sie gebeten habe, zu uns zu kommen. Sie sind unsere letzte Chance, Ihren Mann zum Reden zu bewegen.« Wieder strich Frau Schüssel ihren Pony zurück. Sie kaute auf ihrer Unterlippe. »Wären Sie bereit, mit mir gemeinsam zu

Ihrem Mann zu gehen? Sie sind die einzige Möglichkeit, seine Unschuld zu beweisen.«

»Gehen Sie denn davon aus, dass er unschuldig ist?«

»Ich möchte ehrlich sein. Und was ich Ihnen jetzt sage, teilte ich auch schon der Staatsanwaltschaft mit. So wie sich Ihr Mann hier präsentiert, verhält sich kein Mörder. Vielmehr erinnert sein Verhalten an ein bockiges Kind, das zu Unrecht beschuldigt wird.«

Montag, 23. April
16:50 Uhr, Am langen Weg, Spandau

Der schwarze Tiguan kam unter dem Carport zum Stehen. Blaue Augen starrten Jerome Stark durch zwei Brillengläser an.

»Das ist das dritte Mal innerhalb eines Jahres, dass wir dich aus der Gefangenensammelstelle der Polizei abholen müssen. Junge, du setzt deine Zukunft aufs Spiel.«

»Ich habe nur eine Zukunft. Und die ist blau-weiß.«

»Du weißt ja nicht, was du alles riskierst. Du hättest mit Florentine eine tolle Frau, ihre Eltern würden euch ein Haus finanzieren, wenn ihr mit eurem Studium fertig seid. Du wirst das alles irgendwann ...« Jerome Stark stöhnte, öffnete die Tür des SUV und sprang heraus. Seine Mutter schaute ihm voller Sorge nach. Sorgen machte sich Jerome Stark auch. Aber aus anderen Gründen. Er dachte pausenlos daran, dass diese rot-weißen Spinner aus dem Südosten Berlins an der Vorherrschaft seiner Hertha in Berlin kratzten. Nichts wäre schlimmer, wenn seine Hertha als Nummer eins in der Stadt abgelöst werden würde. Es wäre nicht nur eine Kränkung, es wäre eine Peinlichkeit. Eine

Blamage, eine Bloßstellung. In der Stadt, im ganzen Land, ja, sogar in Europa.

»Hey Jerome, ich wollte dich aus der GeSa abholen, aber du warst schon weg.« Ein großgewachsener Mann mit Nickelbrille und leichtem Bauchansatz ging mit großen Schritten auf Stark zu und nahm ihn brüderlich in die Arme.

»Scheiße, dass dich die Bullen gestern kassiert haben.« Stark verzog das Gesicht. »Aber du warst ja nicht der Einzige. Zumindest nicht von uns. Schon krass, wenn man mal sieht, wie viele die Bullen von uns kassiert haben und wie wenige von Union.«

Union. Niemand aus Starks Bekanntenkreis sprach diesen Namen freiwillig aus. Davon abgesehen, wenn sie *scheiß Union* riefen. Kai Blume war der Einzige. Und der stand jetzt mit den Händen in den Hosentaschen vor Stark.

»Willst du nochmal reden? Wegen gestern?«

»Nee, lass mal. Ich muss eh noch für die Uni lernen.«

»Kann ich nicht trotzdem noch mit reinkommen?«

»Lieber nicht. Meine Mutter ist eh schon voll gestresst, weil sie mich von den Bullen abholen musste. Da brauche ich nicht noch mehr Ärger.«

Montag, 23. April
17:10 Uhr, Schulenburger Landstraße, JVA Hannover

Seit mehreren Minuten starrte Anita Schüssel aus dem vergitterten Fenster. Das Fenster antwortete mit einem trüben Grau. Auch der Deckenbeleuchtung gelang es nicht, den Besucherraum aufzuhellen. Dazu lag der Duft nach Desinfektionsmittel in der Luft. Dieser Duft weckte bei Helene Eberle Erinnerungen an den letzten Winter, als sie mit ihrer Tochter im Krankenhaus lag. Sie wehrte sich gegen Gedanken an Einsamkeit und depressiven Verstimmungen. Was an einem Ort, in dem Menschen eingesperrt waren, schwerfiel. Geräuschvoll öffnete jemand das Gitter. Rolf Schüssel betrat mit Handschellen den Besuchersaal.

»Anita!« Mit dem ersten Wort schossen dem stämmigen Mann Tränen in die Augen. »Anita, bitte glaube mir. Ich habe nichts getan. Ich schwöre es dir. Ich liebe dich. Wirklich. Ich würde nie etwas tun, was deine Liebe zu mir gefährden würde.« Helene staunte, wie schnell Rolf Schüssel in einen Redeschwall verfiel, sobald er seine Frau sah. »Ich würde dich so gerne in den Arm nehmen ...« Schüssel schaute melodramatisch auf die Handfesseln.

»Herr Schüssel, Sie haben mich bereits kennengelernt. Mein Name ist Eberle.« Schüssel drehte seinen Kopf zur Seite, doch diese Ignoranz hatte Helene auf dem Zettel. Sie zog ihr Programm weiter durch. »Setzen Sie sich doch.«

»Anita, bitte. Glaube mir.« Anita Schüssel verneinte stumm.

»Wenn Sie mit mir reden, reden Sie auch mit Ihrer Frau. Sie sitzt in unserem Boot. Ihnen bleibt nichts anderes übrig, als mit der Kripo zu sprechen.«

»Anita, was soll das? Ich habe mich geändert. Das habe ich doch all die Jahre bewiesen.«

»Rede mit der Polizistin, Rolf. Sie ist nicht so, wie du denkst.« Rolf Schüssel schüttelte den Kopf und schaute dabei auf den pissgelben Linoleumboden.

»Die Polizei hat mir noch nie geglaubt. Warum soll das jetzt anders sein?«

»Vielleicht, weil du jetzt unschuldig bist. Im Gegensatz zu damals. Und es ist schwer, etwas zu glauben, was nicht ausgesprochen wird.« Der 52-Jährige schüttelte wieder mit dem Kopf und hielt seine Hände vor den Mund. So, als wollte er verhindern, dass Wörter herausrutschen.

»Ihre Frau erzählte mir von glücklichen Ehejahren mit Ihnen. Für Ihre Frau haben Sie sogar Ihrem Fußballverein den Rücken gekehrt. Das würde nicht jeder Mann machen.« Rolf Schüssel starrte ins Leere. »Ich möchte Sie gerne als Täter ausschließen. Aber dafür müssen Sie mit mir reden.« Schüssels Mimik gab mehr und mehr preis, dass Helene Eberle kurz davor war, den Korken aus der Flasche zu bekommen. Sie schaute Schüssel weiter an. Ein erstes Nicken. »Haben Sie eine Erklärung dafür, wie der Leichnam in Ihren Schuppen gekommen ist?« Hätte Schüssel noch Haare auf dem Kopf, sie wären vom Schütteln durcheinandergeraten. »Sie haben wirklich keine Ahnung? An der Leiche fand man Ihre Fingerabdrücke. Sie sollten mit der Wahrheit herausrücken.«

Schüssel schwieg und schluckte.

»Rolf, bitte rede.« Beide Frauen erkannten, wie es in dem Mann arbeitete. Der schaute zu den Lampen an der Decke.

»Ich fand die Leiche im Transporter. Hinten auf der Pritsche. Keine Ahnung, wie sie dahin kam.«

»Bei der Leiche handelt es sich um Thorben Hoffmann, wohnhaft in Berlin. Kannten Sie den Mann?«

»Nein, ich schwöre Ihnen, ich habe den noch nie gesehen und auch den Namen nie gehört.«

»Waren Sie mit Ihrem Transporter zuletzt in Berlin oder in der näheren Umgebung unterwegs?« Wieder schüttelte Schüssel den Kopf.

»Das ist nicht mein Transporter. Ich habe mir den von einem Freund geliehen. Und ich war nicht in Berlin.« Helene hätte gerne den Namen des Freundes erfahren, aber sie wollte Schüssel nicht unterbrechen. »Moment, doch. Ich bin durch Berlin gefahren. Also über die Stadtautobahn. Ich war in Danzig. Ich wollte für dich ...«, Schüssel deutete auf seine Frau, »... eine Vespa kaufen. Du hast doch mal erzählt, du wolltest mit so einem alten Teil an deinem 50. Geburtstag durch den Harz knattern. Es sollte eine Überraschung werden. Auf dem Rückweg war ich so bescheuert, ich wollte ohne Pause durchfahren. Das habe ich natürlich nicht geschafft. Ich fuhr noch auf der Berliner Stadtautobahn, als mir fast die Augen zufielen. Deshalb habe ich den Transporter in der Nähe eines Rasthofs abgestellt. Dort war nicht so viel los. Ich habe mich auf der Rückbank lang gemacht und bin eingeschlafen.«

»Wie hieß der Rasthof?«

»Ich weiß nicht. Moment, doch. Ich habe mich noch gewundert, weil da zwei Namen dran standen. Grunewald, das kennt man ja, und Spanische Allee. Genauso hieß das.«

»Sind Sie sicher?«

»Absolut. Das war mein einziger Zwischenstopp.«

Helene Eberle lächelte. Das war das fehlende Puzzleteil zum Tatort. Denn was Julia Reichwein, die Freundin des Opfers berichtete, passte mit dem zusammen, was Schüssel sagte.

»Herr Schüssel, Sie haben uns sehr weitergeholfen. Ich bin mir sicher, dank Ihnen wissen wir jetzt, wo der Mord stattfand. Ich muss telefonieren. Es dauert nicht lange.«

Helene verließ den Besucherraum und ließ sich an der Schleuse ihr Handy aushändigen. Sie rief Staatsanwalt Schröder an.

»Grüß dich, hier ist Helene. Das Gespräch mit Schüssel war ein Volltreffer.«

»Inwiefern?«

»Das erzähle ich dir später. Habt ihr inzwischen die Mitfahrgelegenheit kontaktiert?«

»Ja, Michael Träumer könnte aus beruflichen Gründen aber erst am Freitag aus Bremen anreisen. Oder wir laden ihn offiziell vor.«

»Das dauert mir zu lange. Wenn der nicht nach Hannover kommt, fahre ich nach Bremen.«

»Das wäre auch eine Möglichkeit. Zu wann soll ich dich ankündigen?«

»Das überlasse ich dir. Nenne mir Zeit und Ort und ich werde da sein.«

Dienstag, 24. April
11:50 Uhr, Hauptbahnhof, Bremen

Im ICE von Hannover nach Bremen nickte Helene Eberle für dreißig Minuten weg. Doch nach dieser halben Stunde war sie fitter als nach einer Nacht auf einer durchgelegenen Matratze eines schäbigen Hotels. Und auch der anschließende Cappuccino aus dem Bordbistro schmeckte besser als der Kaffee vom Hotelbuffet.

Helene verließ den Bremer Hauptbahnhof durch den Hinterausgang. Sonnenstrahlen begrüßten die Kriminalbeamtin. Das Navi ihres Smartphones leitete sie durch Bremens Straßen.

Sie erreichte die Ecke *Am Dobben/Beanstreet* und schaute sich um. Helene suchte die Hausnummer 40. Irritiert starrte sie auf das weiß gestrichene Haus vor ihr. Es war eine Mischung aus Alt- und Neubau und unter den Fenstern war ein Stoffwarengeschäft untergebracht.

Fünf Minuten später betätigte Helene Eberle den Klingelknopf an einem Holzschild, auf dem der Name Träumer eingeritzt war. Eine Frau öffnete die Tür.

»Guten Tag, Sie sind Frau Eberle?« Die Frau streckte Helene ihre linke Hand entgegen. Mit der rechten hielt sie ein Baby auf dem Arm. Helene war von diesem Anblick kurz fasziniert. Nicht nur von dem kleinen Menschending, auch die perlweißen Zähne der Mutter fielen ihr auf. Die stellten einen Kontrast zu den schulterlangen schwarzen Locken dar.

»Und Sie sind Frau Träumer?« Die Frau nickte.

»Kommen Sie ruhig rein.«

»Vielen Dank!«

»Einfach durchgehen.« Zahlreiche Umzugskartons zierten den ohnehin schmalen Korridor der Wohnung. Helene schlich im Slalom durch den Flur.

»Wir sind gerade im Umzugsstress. Deshalb sieht es hier etwas chaotisch aus.«

»Das kenne ich. Ich bin auch gerade umgezogen.« Ein Mann mit Igelfrisur, Drei-Tage-Bart und Jogginghose war dabei, den Wohnzimmertisch auseinanderzuschrauben. Bis er den Besuch bemerkte.

»Entschuldigen Sie die Unordnung. Aber wir ziehen am Wochenende um.«

»Ja, ihre Frau erwähnte das bereits.«

»Wir können uns in die Küche setzen. Da ist Platz.«

Der Mann erhob sich und stöhnte dabei, als hätte er Schmerzen. Er stapfte Richtung Küche. Helene folgte ihm.

»Möchten Sie etwas trinken?«

»Gerne einen Kaffee, wenn es keine Umstände macht.«

»Wir begnügen uns im Moment mit türkischem Kaffee, weil

alles schon in den Kartons ist. Schmeckt aber auch.« Helene fragte sich, was mit türkischem Kaffee gemeint war. Diese Antwort erhielt sie Minuten später.

»Darf ich fragen, wo Sie hinziehen?«

»Zurück nach Berlin. Sechs Jahre in Bremen reichen. Es war eine schöne Zeit hier. Ich habe es endlich geschafft, beruflich Fuß zu fassen. Aber es gibt eben nur eine Heimat. Und das ist Berlin. Da kann ich in einer renommierten IT-Firma anfangen.« Helene lenkte das Gespräch jetzt in eine von ihr gewünschte Richtung.

»Sie haben Thorben Hoffmann am 14. April in Ihrem Auto mitgenommen.«

»Ja, ich habe Samstagmittag erfahren, dass ich bis Dienstag Überstunden abbummeln kann. Also suchte ich spontan ein paar Mitfahrer, um nicht allein auf den Spritkosten sitzenzubleiben. Dann meldete sich dieser Typ.« Frau Träumer stellte eine Kaffeetasse vor Helene auf den Tisch. Helene bewunderte für einen Moment ihre schwarzen Locken, dann pustete sie in die braune Brühe. Sie erkannte es deutlich. Der Kaffeesatz schwamm oben. Sie hatte Mühe, ihren Ekel zu verbergen. »Sie sind aus dem Westen, oder?«

»Wie kommen Sie darauf?«

»Sie scheinen keinen türkischen Kaffee zu kennen. Warten Sie ein paar Minuten. Der Kaffeeboden setzt sich noch.« Helene nickte hoffnungslos. Auf Reste des Kaffeesatzes zwischen ihren Lippen hatte sie keine Lust.

»Lassen Sie uns zurück zum Thema kommen. Wo haben Sie Herrn Thorben Hoffmann zum ersten Mal gesehen?«

»Als ich ihn am S-Bahnhof Tempelhof eingesammelt habe.«

»Und wann zum letzten Mal?«

»Ich sagte ihm, dass ich mir noch irgendwo einen Kaffee ziehen will. Er hatte nichts dagegen, wirkte total entspannt. Ich kann mir sein Verschwinden überhaupt nicht erklären.«

»Sie legten also eine Rast ein. Wo genau?«

»Spanische Allee.«

»Da war es aber schon voll. Also parkten Sie außerhalb des Rasthofs.«

»Das stimmt. Ich parkte vor diesem BSR-Hof.«

»Wie lange haben Sie gebraucht, um einen Kaffee zu holen?«

»Ich musste noch aufs Klo. Und die Tanke hatte keine Toilette. Also lief ich rüber zum Hotel. Bin danach wieder zur Tanke und habe mir meinen Kaffee abgeholt. Ich glaube, es waren so zehn Minuten. Zu einhundert Prozent weiß ich das aber nicht mehr.«

»Haben Sie in der Nähe des BSR-Hofs einen Transporter gesehen?«

»Boah, möglich. Mit Gewissheit kann ich das aber nicht sagen.«

»Was passierte, nachdem Sie den Kaffee holten?«

»Ich bin zurück zum Auto. Es war zwar dunkel, aber trotzdem erkannte ich schon von Weitem, dass die Beifahrertür offenstand. Zuerst dachte ich, der Typ erleichtert sich irgendwo. Ich wartete. Wieder zehn Minuten. Dann rief ich ihn an und sah sein Telefon unten im Fußraum aufleuchten.«

»Was ist anschließend passiert?«

Michael Träumer verzog seine Mundwinkel. Er schaute durch den Raum, als suchte er eine Ausrede. Helene versuchte, Träumers Blick wieder einzufangen.

»Ich war sauer. Ich wollte weiter. Habe insgesamt eine halbe Stunde gewartet. Ich weiß, es wäre besser gewesen, hätte ich die Polizei gerufen. Aber es war spät. Und ich hatte schon so viel Zeit verloren. Schließlich bin ich ohne ihn gefahren.«

»Hatte Thorben Hoffmann Gepäck dabei?« Träumer kratzte sich am Ohr.

»Ja.«

»Was haben Sie mit dem Gepäck gemacht?« Helenes Gegenüber schaute abwechselnd zum rechten und zum linken Tischende.

»Ich stellte seinen Koffer auf den Gehweg. Und sein Telefon legte ich obendrauf.«

»Das ist alles okay. Wichtig ist nur, dass Sie uns die Wahrheit sagen.«

»Ja, das ist die Wahrheit. Ich habe sein Gepäck nicht, wenn Sie das glauben.«

»Nein, das glaube ich nicht. Zeigen Sie mir bitte mal Ihr Auto!« Träumer nickte, stand auf und schlich in den Flur. Dort schlüpfte er in seine Latschen, griff nach einem Schlüsselbund und begab sich zur Wohnungstür. Die Frau mit den schwarzen Locken stand im Korridor und ließ ihre blendend weißen Zähne leuchten. Dieses Paar erinnerte Helene an Daisy und Donald Duck. Sie: bildhübsch. Er: ungehobelt. Vielleicht waren sie aber auch wie Salz und Zucker und ergänzten sie sich gut.

In einer Parktasche stand der armeegrüne Passat. Helene öffnete die Beifahrertür, bückte sich vor den Sitz und inspizierte den Platz. Dann erhob sie sich wieder und ging um das Auto herum. An der Heckscheibe sah Helene genauer hin.

»Ist das ein Aufkleber von dieser Union?«

»Das heißt nicht dieser Union. Nur Union.« Helene konnte nicht folgen. An Michael Träumers Blick erkannte sie aber, wie bedeutend dem diese Berichtigung war. Vielleicht lag das an irgendeiner Ehre oder an falschem Stolz. Fußballfans waren für Helene eine Gattung Mensch, die sie nie verstehen würde. Sie dachte an den Zeitungsbeitrag im Internet zurück, den sie auf der Fahrt nach Hannover las. An der Massenschlägerei, die nur knapp verhindert wurde, waren auch Fans dieser Union dabei. Oder wie sollte sie das aussprechen? »Ich bin seit meiner Geburt Mitglied. Deshalb bin ich auch froh, dass wir zurück nach Berlin ziehen. Ossis kann man nicht verpflanzen. Und vor allem keine Unioner. Habe ich jetzt selber gemerkt.« Helene wunderte sich, wo manche Menschen ihre Prioritäten setzten. »Früher, im Osten, tranken alle immer nur türkischen Kaffee. Aber die Wessis sind sich zu fein dafür.« Kaffee. Helene brauchte dringend einen. Egal ob gefiltert oder aus der Maschine. Hauptsache der Kaffeeboden schwamm nicht oben.

»Ich muss kurz telefonieren.« Helene Eberle zog ihr Telefon aus der Hosentasche und hielt es beinahe entschuldigend in die Luft. Es klingelte zweimal. »Hallo Udo. Wir haben jetzt definitiv den Tatort.« Helene fiel es schwer, Golombek zuzuhören. Sie wollte die neuen Informationen unbedingt loswerden. »Ja, genau. An einem BSR-Hof nahe dem Rasthof Spanische Allee. Der Fahrer stellte das Gepäck von Thorben Hoffmann auf den Gehweg. Kannst du mal schauen, ob es diesbezüglich eine Meldung gibt, die uns weiterhelfen könnte? Ich meine, wenn irgendwo ein herrenloser Koffer gesehen wird ...« Selbst ihre Pupille wendeten sich jetzt dem Telefonhörer zu. »Genau. Ich danke dir. Und ich stehe jetzt hier vor dem Auto, in dem Thorben Hoffmann mitfuhr. Soll ich das erstmal sicherstellen?« Michael Träumer schaute Helene an und zeigte ihr einen Vogel. Dabei lächelte er höhnisch. »Alles klar. Mach's gut und hoffentlich bis morgen.«

»Ich brauche das Auto. Ich kann das nicht hergeben.«

»Jetzt bleiben Sie mal ganz entspannt. Haben Sie das Auto in den letzten acht Tagen gereinigt?«

»Nein, ich habe es mir vorgenommen. Aber die Zeit ...«

»Dann ist unser Glück leider Ihr Unglück. Thorben Hoffmann saß in diesem Auto und wurde erschlagen. Wir müssen es auf mögliche Spuren untersuchen und daher beschlagnahmen.«

Dienstag, 24. April
15:15 Uhr, Am langen Weg, Spandau

Jerome Stark kramte seinen Haustürschlüssel zwischen den Uni-Sachen hervor. Bevor er den Schlüssel ins Schloss steckte, legte ihm jemand eine Hand auf die Schulter. Stark zuckte zusammen. Wer war das? Einer von den Bullen? Die trieben sich doch inzwischen überall herum. Oder war es Kai Blume?

Stark hatte Angst vor der Antwort, die in jedem Fall unangenehm war. Denn egal, wer es war, derjenige würde in jedem Fall den Nachmittag stören. Der war durchgeplant, weil Stark sich nach einem Scheißtag an der Freien Universität nur noch nach Ruhe sehnte, vorher aber noch lernen musste. Außerdem knabberten noch die Vorkommnisse vom letzten Sonntag an ihm. Und er musste sich noch auf das Treffen heute Abend vorbereiten. Die Runde mit den Jungs würde helfen, die letzten Spuren vom Sonntag von der Seele zu wischen. Zudem galt es, das Heimspiel am nächsten Sonntag vorzubereiten. Es kam, wenn überhaupt, nur einmal in der Saison vor, dass zwei Heimspiele hintereinander angesetzt waren. Und dann ausgerechnet nach dem Derby.

Stark drehte sich um und sah in wässrige Augen. Seine schlimmsten Befürchtungen bewahrheiteten sich nicht. Sie wurden noch übertroffen.

»Jerome, ich möchte jetzt eine Entscheidung. Ich will nicht

mehr länger warten. Seit Wochen werde ich hingehalten. Was ist jetzt mit uns?«

Stark fiel es schwer, seine Genervtheit zu unterdrücken.

»Florentine, ich ...«

»Wollen wir drin reden?«

»Nee, ich kann es dir auch hier draußen sagen.« Stark drehte der jungen Frau den Rücken zu und steckte schon mal den Schlüssel ins Schloss. »Florentine, ich liebe Hertha. In meinem Herzen ist kein Platz für zwei Frauen.«

»Zwei Frauen? Du redest hier über einen Fußballverein.« Dieser Kommentar reichte Stark. Er schmiss die Haustür von innen ins Schloss.

Dienstag, 24. April
21:10 Uhr, Mommsenstadion, Charlottenburg

»Und wie lange jetzt noch?«

Paul schaute entnervt. Klarissa mit ins Mommsenstadion zu nehmen, wo Tebe im Halbfinale des Berlin-Pokals spielte, hatte er sich anders vorgestellt. Klarissa zeigte mehr Interesse an den Grashalmen, die zwischen den Traversen wuchsen. Die pflückte sie und versuchte anschließend, sie zusammenzuknoten. Und auch Tennis Borussia, der Lieblingsverein von Walter Paul, gab auf dem Rasen keine gute Figur ab. Kurz vor Spielende las man auf der postmodernen Anzeigetafel, dass Tebe mit 1:3 zurücklag. Und es sah nicht so aus, dass sich dieses Ergebnis in den letzten Minuten noch ändern würde. Aber Paul gab die Hoffnung nicht auf. Vielleicht ging ja doch noch was.

»Schau mal, jetzt kommt der Torwart mit nach vorne.«

Klarissa hob ihren Kopf. »Und? Ist dann Ende?«

An ihrer Fußballbegeisterung musste er noch arbeiten. Er schaute wieder auf den Rasen und sah, wie ein Spieler der gegnerischen Mannschaft auf das verwaiste Tor zulief, den Ball zärtlich ins Netz schob und lächelnd abdrehte.

»Ach, lass uns gehen.«

Mit dem Dacia fuhren Paul und Klarissa zum Hauptbahnhof. Müde Augen schauten einem ICE dabei zu, wie dieser in den Bahnhof einfuhr. Klarissa klammerte sich an Pauls Hals. Türen öffneten sich. Trotz der späten Uhrzeit strömten zahlreiche Menschen aus dem Zug.

»Du schaust da lang, ich gucke in die andere Richtung«, befahl Pauls Begleitung, zeigte erst nach links, dann nach rechts und rieb sich die Augen.

»So machen wir das.« Paul entdeckte Helene zuerst.

»Dreh dich schnell zur anderen Seite.« Das Mädchen tat, was Paul sagte.

»Maaamiiii!« Paul ließ Klarissa herunter. Das Mädchen rannte auf wackeligen Beinen ihrer Mutter entgegen. Die staunte nicht schlecht, dass ihre Tochter um diese Uhrzeit noch wach war.

»Entschuldige. Sie wollte unbedingt mit.« Paul begrüßte Helene mit einer Umarmung. Endlich roch er wieder den zarten Duft nach Pfirsich-Vanille.

Zu Hause angekommen half Helene ihrer Tochter bei der Zahnpflege, zog sie um und brachte sie ins Bett. Klarissa kuschelte sich in ihre Einhorn-Bettdecke und schaute ihre Mutter fragend an.

»Hast du noch was auf dem Herzen?« Das Mädchen nickte.

»Mama, findest du Fußball auch so langweilig?«

»Wie kommst du denn darauf?«

Klarissas Antwort gestaltete sich ausgiebig. So ausgiebig, dass Helene weitere Fragen hatte. Aber nicht an ihre Tochter, sondern an den Mann unter der Dusche.

Bei einem Glas Rotwein auf dem Balkon stellte Helene Paul zur Rede.

»Du warst mit Klarissa nicht etwa bei einem Fußballspiel?«

»Ich kann dir das erklären.«

»Da bin ich aber gespannt.«

»Die Story mit deinem Ex-Mann erzählte ich dir ja schon am Telefon. Ich dachte, ich bringe Klarissa dadurch auf andere Gedanken. Sie tat mir leid. Es konnte doch niemand wissen, dass sie es langweilig findet.«

Helene schüttelte den Kopf.

»Du schleppst meine Tochter mit in ein Fußballstadion, während wir einen Mord an einem Schiedsrichter aufklären?«

»Aber das eine hat doch mit dem anderen nichts zu tun.«

»Gab es wenigstens Randale? Wie viele Festnahmen gab es? Ist ordentlich Blut geflossen?« Paul wusste inzwischen, wie er mit Helenes Sarkasmus umgehen musste.

»Das hätte Klarissa wenigstens interessant gefunden. Aber wenn es dich beruhigt, sie interessierte sich nur für die Grashalme auf den Tribünen. Sie kommt eben nach ihrer Mama.«

»Ich habe letztens erst gelesen, dass es Randale bei einem Fußballspiel gab. Hier in Berlin. Das möchte ich meiner vierjährigen Tochter gerne ersparen.«

»Helene, wir waren bei Tebe. An einem Dienstagabend. Vor nicht einmal eintausend Zuschauern. Das kannst du nicht mit Hertha oder Union vergleichen. Das ist viel friedlicher. Da haut sich niemand aufs Maul. Weißt du was? Komm doch einfach mal mit.« Helene stand kopfschüttelnd auf und verließ den Balkon.

Walter Paul war klar, dass Helene eher Veganerin werden würde, ehe sie ein Fußballstadion betrat.

Doch er irrte.

Mittwoch, 25. April
09:00 Uhr, LKA für Delikte am Menschen, Keithstraße, Tiergarten

Nieselregen sprenkelte gegen die Fensterscheiben des Versammlungsraums vom LKA. Die Lampen an der Decke waren maximal gefordert, um den großen Raum zu erhellen. Der erste Kriminalhauptkommissar Udo Golombek sah wartend in die Runde. Helene Eberle trug einen schwarzen Wollpullover, der zwei Nummern zu groß war, dazu eine Jeans. Ihre Hände wärmte sie an einem mit schwarzer Koffeinbrühe gefüllten Keramikgefäß. Walter Paul passte sich seiner Partnerin an. Abgesehen von der Frisur. Und er zog einem Wollpullover einen schwarzen Hoodie vor. Dietmar Schulz saß Helene Eberle gegenüber und wartete mit dem Finger in der Nase auf den Beginn der Dienstversammlung. Simone Otto betrachtete die künstlichen Fingernägel an ihren Händen, während Juliane Bergmann mit verschränkten Armen ins Nichts starrte. Udo Golombek schaute auf die Uhr. Nach weiteren zehn Minuten startete er die Dienstversammlung. Dann eben ohne Dezernatsleiter Frank Schönagel. Niemand im Raum bedauerte seine Abwesenheit.

»Ich begrüße Sie recht herzlich zur Dienstversammlung. Und ich möchte direkt beginnen. Frau Eberle, würden Sie uns über die Informationen aus Hannover in Kenntnis setzen?«

Helene stand auf und brachte die Kollegen der Mordkommission auf den aktuellen Stand. Nachdem sie erwähnt hatte, dass Michael Träumer vermutlich nicht mehr mit der Polizei kooperieren würde, weil diese sein Auto beschlagnahmte, übernahm Golombek wieder die Gesprächsführung.

»Ich danke Ihnen. Inzwischen hat die Presse von dem Fall Wind bekommen. Durch den Berliner Fußballverband. Der sagt für das kommende Wochenende alle Amateurspiele ab und startet einen Spendenaufruf für die Familie. Für einen Teil der Medien stehen die Täter bereits fest.«

Helene Eberle meldete sich wieder zu Wort. »Warum ging dieser Verband erst jetzt an die Öffentlichkeit?«

»Weil sie erst vor kurzem von dem Mord an Thorben Hoffmann erfuhren. Die Tat fand außerhalb der Verbandszugehörigkeit statt. So nannten sie es.«

»Hertha hat auch erst jetzt eine Traueranzeige für ihren Schiedsrichter geschaltet«, mischte sich Paul ein.

»Besser jetzt als nie«, stellte Dietmar Schulz fest. »Aber für unseren Kollegen da drüben ist das natürlich bitter. Wenn die Amateure nicht spielen, spielen die Homos von Tebe auch nicht. Sind ja auch Amateure.«

Golombek sah, wie Helene Eberle und Walter Paul auffordernd zu ihm schauten. Und er verstand.

»Herr Schulz, solche Äußerungen haben nichts in einer Polizeidienststelle verloren. Und im Jahr 2018 sind solche Äußerungen generell unangebracht. Bitte mäßigen Sie sich.« Dietmar Schulz verzog das Gesicht. »Und jetzt bitte zurück zum eigentlichen Thema: Lassen Sie uns zuerst die beiden Mannschaften abarbeiten, die an Hoffmanns letztem Spiel teilnahmen. Herr Paul, Frau Eberle, Sie übernehmen bitte die

Mannschaft von Durumspor, Frau Otto und Herr Schulz, Sie befragen bitte die Spieler von Besiktas.«

»Na, die werden vor Freude in die Luft springen. Als Migrant von einem Rassisten befragt zu werden. Es kann nichts Schöneres geben.« Diesen Kommentar konnte und wollte sich Paul nicht verkneifen.

Mittwoch, 25. April
18:10 Uhr, Sportplatz am Anhalter Bahnhof

Noch am Vormittag kontaktierte Helene die Verantwortlichen von Durumspor. Die versprachen, alle Spieler, die beim Pokalspiel dabei waren, zusammenzutrommeln. Schon während der ersten Gespräche spürten die Polizisten, dass die Wut auf Thorben Hoffmann längst abgeflaut war. Was auch daran lag, dass regionale und sogar nationale Boulevardblätter die beiden türkischstämmigen Vereine wie Schlachtvieh durch das Dorf trieben.

Mord an deutschem Schiedsrichter! Türkenvereine verbieten, Straftäter konsequent abschieben – stand in großen Lettern auf der Titelseite.

Ein anderes Blatt skandierte: *Mord an Schiedsrichter – wann werden Migrantenvereine endlich vom Spielbetrieb suspendiert?* Weitere Schlagzeilen witterten: *Krieg auf deutschen Sportplätzen – welche Schuld tragen Ausländer? Verfehlte Asylpolitik auf Berliner Sportplätzen angekommen* und *Türkische Gewalttäter töteten deutschen Schiedsrichter – wann wird endlich durchgegriffen?*

In den folgenden Gesprächen servierten alle Spieler ein Alibi. Viele waren am Abend feiern, andere bei ihren Familien. Zuletzt

75

saßen Helene und Paul auf der Trainerbank mit dem Geschäftsführer des Vereins zusammen.

»Als wir von Mord hörten, wir waren fassungslos. Wir wollen Benefizturnier machen. In vier Wochen. Vier Vereine haben schon zugesagt. Sogar Tebe. Großer Verein. Viele Fans werden kommen.«

Paul grinste. Tennis Borussia gehörte zwar schon lange nicht mehr zu den besten Fußballvereinen in Berlin, trotzdem war Paul stolz auf seine Lila-Weißen. »Geld geht direkt an Familie. Würden wir nicht tun, wenn wir Mörder wären. Bitte glauben Sie. Niemand hier würde Schiri töten. Niemals.«

Auf dem Trainingsplatz bildete sich eine Menschentraube. Helene und Paul vernahmen Wörter wie *Hurensöhne* und *Bastarde*. Die friedliche Stimmung kippte. Auch der Geschäftsführer rannte auf den Platz. Helene und Paul betraten ebenfalls den Kunstrasen. Gesichter pressten sich auf Handydisplays. Wut war greifbar. Der Geschäftsführer schrie etwas für die Beamten Unverständliches und stapfte auf Paul und Helene zu.

»Jetzt haben wir Strafe. Gerade aus Internet erfahren. Verband hat uns für restliche Saison gesperrt. Damit wir sind abgestiegen. Wir sind unschuldig. Alle. Warum tun Leute das?«

Paul versuchte, beruhigend auf den Mann einzuwirken.

»Wir können Sie nur bitten, weiter mit der Polizei zu kooperieren. So können wir die Unschuld ihrer Spieler am schnellsten beweisen.«

»Nichts beweisen. Sie sollen gehen. Jetzt. Sofort. Sie sollen gehen.«

Der Handywecker stellte das Foltern nicht ein. Zum dritten Mal ertönte ein ohrenbetäubendes Piepen. Helene drückte das Kissen auf ihren Kopf. Sie tastete nach Paul. Aber neben ihr lag nicht Paul. So fühlte sich kein 42-jähriger Mann an. Eher ein vierjähriges Mädchen. Wo war Paul?

»Morgen, auch schon wach? Ich habe uns Frühstück gemacht. Frühstück auf der Picknickdecke.« Helene blinzelte dem Schatten im Türrahmen entgegen. Das Licht der Stehlampe im Flur ließ Paul wie einen Engel wirken.

»Hast du Kaffee?«

»Alles fertig.«

»Dann stehe ich auf!« Helene ließ sich von ihrem Freund in die Senkrechte ziehen. Anschließend spürte sie seine Lippen auf ihren. Ein Gefühl, als legte jemand eine Schmusedecke um ihre Schultern. Jetzt wollte sich Helene wieder ins Bett legen. Mit Kaffee, frischem Toast und Walter Paul.

»Seit wann bist du wach?«

»Seit zwei Stunden.«

»Wie bitte?«

»Klarissa kam in der Nacht rüber, weil sie nicht mehr schlafen konnte. Ich erzählte ihr eine Geschichte, bis sie wieder einschlief. Aber sie war sehr unruhig. Ihre Tritte gegen meinen Rücken waren wie eine Massage. Schlafen konnte ich aber nicht mehr.«

»Das tut mir leid.« Paul lachte und fragte, warum es Helene leidtat.

»Du hast gepennt wie ein Stein. Wir hätten die Musik aufdrehen können, du hättest trotzdem weitergeschlafen.«

77

Helene trottete ins Badezimmer und spülte mit der Duschbrause die restliche Müdigkeit vom Körper. Walter Paul weckte Klarissa und zog anschließend das Blech mit den Brötchen aus dem Ofen. Auf der Picknickdecke wartete bereits aufgebrühter Kaffee, Kakao und Rührei mit Schinkenwürfel.

Eine Stunde später chauffierte Paul *seine* Damen zum Kindergarten. Er war einverstanden, dass Helene das Gespräch mit der Erzieherin unter vier Augen führte. Walter Paul verabschiedete sich von Klarissa, gab Helene einen Kuss und wünschte viel Erfolg. Mutter und Tochter betraten das zweistöckige Gebäude. In der Luft lag der Geruch von vollen Windeln und Pfefferminztee. Wieder marschierte das Mädchen stur geradeaus. Klarissa riss die Tür des Gruppenraumes auf.

»Frau Peter? Meine Mama ist jetzt da. Frau Peter?« Helene folgte ihrer Tochter in den Gruppenraum. Und sie wäre gerne wieder rückwärts hinausgegangen. Auf einem Flughafen war es leiser. Suchend drehte sich Helene nach der Erzieherin um. Statt Frau Peter saß ein Mann mit schwarzen Haaren und eingefallenem Gesicht in der Ecke. Behäbig stand er auf und ging auf Helene zu. Er war einen Kopf kleiner als sie.

»Guten Morgen, ich habe ein Gespräch mit Frau Peter«, schrie Helene gegen den Lärm an.

»Mein Name ist Xi Ling. Ich bin von Zeitarbeit. Wer ist Frau Peter?«

Helene fragte sich, ob sie in der falschen Kita war.

»Frau Peter ist nicht da«, stellte auch Klarissa fest.

»Hör zu, du ziehst dich in Ruhe in der Garderobe aus und ich gehe ins Büro.« Die roten Locken wippten auf und ab.

Noch im Flur begegnete Helene Eberle der Kitaleiterin.

»Guten Morgen, ich habe um 08:00 Uhr ein Gespräch mit Frau Peter.«

»Frau Peter hat sich heute krankgemeldet. Am Montag ist sie vermutlich wieder da.«

»Dann spreche ich mit Ihnen. Jetzt.«

»Elterngespräche führe ich grundsätzlich nicht. Das machen die Gruppenleitungen.«

»Ich rede jetzt mit Ihnen und Sie geben das dann weiter.«

»Ich finde Ihre Art sehr anmaßend.«

»Ich finde es sehr anmaßend, dass Kinder hier unter den Aggressionsproblemen anderer Blagen leiden.«

»Sie können sich gerne eine andere Kita suchen.« Helene wusste, dass es in Berlin, und vor allem im Prenzlauer Berg, an Kitaplätzen mangelte, doch abspeisen ließ sie sich nicht.

»Ich kann mich auch gerne an die Medien wenden. Die finden das ja immer interessant, wenn arme, kleine Kinder Gewalt erfahren müssen. Und das in der Kita.«

»Wollen Sie behaupten, dass es hier Gewaltvorfälle gibt?«

»Man zwang meine Tochter, Sand zu essen. Sie weigerte sich und daraufhin riss man ihr die Haare aus und verpasste ihr ein Veilchen. Brauchen Sie weitere Beispiele?«

»Das ist Aufgabe der Gruppenleitung, über so etwas zu sprechen.«

»Die ist aber nicht da.«

»Dann müssen Sie einen neuen Termin ausmachen.«

»Oder ich rede mit Ihnen. Wobei mir einfällt, dass ich und Frau Peter bereits geredet haben. Und es brachte nichts. Also sind Sie meine nächste Ansprechpartnerin.«

Helenes Hartnäckigkeit zahlte sich aus. Minuten später schloss sich die Bürotür hinter den Frauen. Das Arbeitszimmer der

Leiterin wirkte auf Helene, im Vergleich zu den Gruppenräumen, wie ein Buddha-Tempel. Es war hell, Kindergeschrei war weit weg, dazu roch es, statt nach Waschpulver und Stuhlgang, nach Flieder. In der Ecke stand ein Affenbrotbaum. Durch das Fenster war das Piepen von Spatzen zu hören. Dann entwickelte sich ein verbissener Wortwechsel. Die Leiterin verwies darauf, dass Helenes Tochter sich doch wehren solle, wenn sie das nächste Mal Sand essen soll. Helene beharrte darauf, dass nicht das Opfer Bedingungen zu erfüllen hätte, sondern die Täter. Das Opfer, in dem Fall ihre Tochter, hätte das Recht auf Hilfe.

»Nein, Kinder müssten lernen, sich zu wehren!«, wiederholte die Kitaleiterin.

Helene gab nicht auf, verwies darauf, dass Gewalt sinnlos wäre und nichts, außer Konsequenzen, mit sich brachte. Und das müsse man schon Kindergartenkindern beibringen. Die Nuss, in Person der Kitaleiterin, war erwartungsgemäß hart. Und doch hörte Klarissas Mutter aus den Worten ihrer Gesprächspartnerin heraus, dass die Meinungen gar nicht so weit auseinanderlagen. Das Problem war ein anderes. Die Kitaleiterin hatte Angst, ihr Gesicht zu verlieren.

Donnerstag, 26. April
11:30 Uhr, LKA für Delikte am Menschen, Keithstraße, Tiergarten

Im Büro der Mordkommission aktualisierte Helene die Akten. Paul setzte Kaffee auf, Simone Otto bemalte ihre Fingernägel und Juliane Bergmann recherchierte im Internet. Dietmar Schulz blätterte in einem Boulevardblatt.

»Was kam eigentlich bei eurem Besuch raus?« Dietmar Schulz hob den Kopf.

»Du meinst bei den Türken? Genau das, was ich vorausgesagt habe. Die geben sich alle gegenseitig ein Alibi.«

»Habt ihr die Alibis überprüft?«, wollte Helene Eberle wissen.

»Nee, noch nicht. Aber schaut euch das mal an.« Schulz drehte die Zeitung um und hielt sie in die Luft. »Beim Derby sind die doch nach dem Spiel aufeinander losgegangen. Jetzt ermittelt die Staatsanwaltschaft wegen Landfriedensbruch und gefährlicher Körperverletzung. Endlich mal. Die gehören alle weggesperrt. Alle. Die sind doch bekloppt.«

»Entschuldige, aber das ist nicht unsere Baustelle. Viel interessanter ist, dass dieses langgezogene Wappen von dem einen Verein auf der Heckscheibe der Mitfahrgelegenheit klebte.«

»Ach komm, dieser Hoffmann war kein Fußballfan. Der war Schiedsrichter«, widersprach Dietmar Schulz. »Das ist ein Unterschied.«

»Schiedsrichter bei dieser Hertha«, ergänzte Helene.

»Bei dieser Hertha«, äffte Schulz seine Kollegin nach.

»Der noble Fußballfan legt größten Wert darauf, dass man nur Hertha sagt. Man darf auch nur Union sagen. Nicht die oder das davor«, klärte Paul Helene auf. Die dachte an die Situation mit Michael Träumer zurück, als auch der sie darauf hinwies, dass man niemals *die Union* sagen dürfe. Verständnislos legte sie ihr Gesicht in Falten und schüttelte den Kopf. Das sah auch Dietmar Schulz, der zum nächsten Angriff überging.

»Man merkt echt, dass du nicht von hier bist.«

»Na und? Es wird auch Menschen geben, die von hier sind und es ebenfalls nicht verstehen. Aber egal. Der Mann war Schiedsrichter bei der ... also bei Hertha. Der Fahrer, Michael Träumer, ist Fan von diesem anderen Verein. Das hat er mir in einem Gespräch sogar bestätigt.«

»Du meinst Union«, ergänzte Paul.

»Dass du den Namen aussprechen kannst. Du kommst doch auch aus'm Westen. Und Tebe kann doch mit denen auch nicht.«

»Aber ich sitze hier als Kriminalbeamter, nicht als Fußballfan.« Jetzt schüttelte Schulz seinen Kopf und verzog die Mundwinkel. »Außerdem stamme ich ursprünglich aus Sachsen-Anhalt.« Dietmar Schulz wollte direkt weiter ledern, aber die Chance gab ihm Paul nicht. Der sprach in die Runde: »Wir sollten uns vielleicht nochmal mit dem Fahrer unterhalten.«

»Der ist in Bremen. Ich gebe das mal an die Kollegen dort weiter. Die werden sich freuen, mit dem zu reden. Der ist doch immer noch wütend, weil er im Moment kein Auto hat.« Juliane Bergmann schaute von ihrem Monitor hoch.

»Darf ich euch für einen Moment unterbrechen?« Es antwortete zwar niemand, aber alle starrten gespannt auf die Kollegin hinter dem PC. »Bei Besiktas Berlin spielen übrigens nicht nur Menschen türkischer Abstammung. Ein gewisser Jeff Erdmann ist in Berlin geboren und hat die deutsche Staatsbürgerschaft. Laut dem Protokoll von Dietmar und Simone gab der auch an, ein Alibi zu haben. Er soll an dem Abend nach dem Spiel an der mannschaftsinternen Geburtstagsfeier teilgenommen haben. Erdmann blitzte man aber am 14. April. Um 21:10 Uhr, kurz vor der AVUS, Richtung Innenstadt. Und wem das nicht reicht, Jeff Erdmann spielte bis zur Winterpause bei Hertha Zehlendorf.«

»Na und? Das ist 'ne andere Hertha. Das hat mit meiner Hertha überhaupt nichts zu tun.«

»Jetzt lass sie doch mal ausreden«, knurrte Helene.

»Jeff Erdmann gilt immer noch als vielversprechendes Talent. So steht es im Internet. Sein Vertrag bei Hertha Zehlendorf wurde aber aufgelöst, weil er Verletzungen vortäuschte, um nicht spielen zu müssen. Stattdessen erkannte man ihn im Olympiastadion. In der Ostkurve. Er ist auch Mitglied bei den *Herthakingz*. Seit dem Rausschmiss hält er sich bei Besiktas fit. Und wenn ihr wissen möchtet, wie ich auf den gekommen bin, der Name Jeff Erdmann steht nicht auf dem Spielberichtsbogen von dem abgebrochenen Pokalspiel. Er hat an dem Spiel also nicht teilgenommen, war aber vor Ort, als Dietmar und Simone nach dem Training mit allen Spielern sprachen. Laut Internet ist es genau so, wie ich es sagte. Er hält sich dort fit, ist aber kein aktiver Spieler, daher kam mir das spanisch vor, dass der an der Geburtstagsfeier teilnahm. Wäre natürlich möglich gewesen, aber dann hätte man von ihm nicht zur gleichen Zeit ein Foto an der AVUS machen können.« Helene Eberle sah zu Walter Paul. Sie wollte wissen, was die AVUS war.

»Die AVUS ist eine ehemalige Rennstrecke, heute gehört sie zur Stadtautobahn. Und die AVUS-Tribüne steht noch.« Dann wendete sich Walter Paul wieder Juliane Bergmann zu. »Wenn du uns die Adresse von diesem Jeff Erdmann gibst, wissen wir, was als Nächstes zu tun ist.«

Vierzig Minuten später ließ Walter Paul erst die Manteuffel- und anschließend die Martin-Luther-Straße hinter sich, eher er den weißen Dacia hinter dem S-Bahnhof Schöneberg schwung- voll auf die A 103 lenkte. Helene wollte Pauls Pläne nicht schlechtreden, aber sie zweifelte von Minute zu Minute mehr an seinem Vorhaben.

»Meinst du, der ist zu Hause?«

»Keine Ahnung. Wenn nicht, warten wir.« Helene konnte ihre

Skepsis nicht mehr unterdrücken.

»Wird schon klappen.«

»Bestimmt. Wir haben ja Zeit.«

»Genau. Und warum fährst du dann so schnell? Hier ist 80. Nicht 120.« Paul bremste entschuldigend ab. Am Wolfensteindamm bog er nach links und fuhr anschließend den Hindenburgdamm entlang.

»Ich kann mich nicht daran erinnern, wann ich das letzte Mal so gut durch den Straßenverkehr kam. Außer nachts.« Am Teltowkanal lenkte er den Dacia in die Königsberger Straße. Keine zehn Minuten später parkte er das Auto so, dass sie freie Sicht auf die Hausnummer 14 in der Parallelstraße hatten.

»Hier wohnt der? Noble Gegend. Das konnte ich mir mit zwanzig Jahren nicht leisten.« Helene schaute auf die prächtigen Altbauten, die die schmale Straße verzierten.

»Die Leute, die hier wohnen, haben es nicht nötig, ihren Reichtum zu präsentieren. Deshalb kaufen die hier noble Altbauwohnungen statt Häuser.«

»Aber doch nicht mit zwanzig.«

»Vielleicht durch die Eltern? Lass uns mal klingeln.« Helene nickte und stieg aus. Fünf Minuten später öffneten sich erneut die Türen vom Dacia und die Beamten stiegen wieder ein.

»Wie lange warten wir?«

»Keine Ahnung.«

»Weißt du was? Ich habe Hunger. Und da das hier noch dauern wird, werde ich mal unauffällig nach einem Dönerstand Ausschau halten.«

»Döner? Hier?«

»Vorne war doch ein Bahnhof. An Bahnhöfen gibt es oft Döner. Ich gehe gucken. Soll ich dir was mitbringen?«

»Einmal komplett mit Kräuter-Scharf.«

In diesem Moment rauschte die Cabrio-Variante eines Nissan Micra an Paul und Helene vorbei, bremste ab und schob sich, etwas unbeholfen, in die freie Parklücke vor dem Dacia. Ein junger Mann stieg aus.

»Das ist der.« Helene widersprach.

»Nein, das ist der nicht.«

»Das sagst du nur, weil du Hunger hast.«

»Nein, guck dir den an. Vom Alter mag das vielleicht hinkommen, aber der sieht aus, als käme der gerade vom CDU-Parteitag.«

Auf der gegenüberliegenden Straßenseite öffnete jemand die Autotür eines Golf GTI. Der Fahrer fiel beinahe aus dem Auto, weil er es so eilig hatte. Er rief: »Hey Jeff, altes Haus.« Erdmann drehte sich um und ging auf den Mann mit Brille zu.

»Schau mal. Selbst sein Freund sieht wie ein Parteikollege aus«, stellte Helene fest.

»Aber der Vorname passt.«

Die Polizisten konnten es deutlich hören. Erdmann versuchte, den Mann mit der Brille höflich abzuwimmeln. Er erzählte etwas von Training und einem anstrengenden Arbeitstag und dass er etwas später zum Treffen käme. Helenes Magen schrie nach dem Döner. Der Mann mit der Brille legte seinen Arm um Erdmanns Schulter.

»Der Typ wirkt auf mich wie ein Drogendealer«, flüsterte Helene. Erdmann schaffte es nicht, den Mann abzuwimmeln. Als beide im Hausflur zu verschwinden drohten, wurde Paul aktiv.

»Los, komm.« Er öffnete die Autotür und lief zügig Richtung Hauseingang.

»Herr Erdmann?« Keine Reaktion. Paul rief ein weiteres Mal. Diesmal lauter. Beide Männer blieben im Durchgang stehen. »Paul, Kriminalpolizei. Es geht um Ihr Alibi ...« Der Mann mit der Brille zog Erdmann in den Hausflur und schmiss die Tür krachend ins Schloss.

Donnerstag, 26. April
19:10 Uhr, Am langen Weg, Spandau

Das abendliche Treffen der *Herthakingz* sollte zur Vorbereitung auf das Heimspiel am kommenden Sonntag genutzt werden. Doch die Stimmung war schon zu Beginn am Tiefpunkt. Trauer, Verzweiflung und das Licht einer Stehlampe füllten die Garage aus. Inzwischen war es jedem in der Runde klar. Sie beförderten am 14. April kein Unionschwein ins Jenseits. Sie traten einen von ihnen tot. Einen Herthaner.

»Ich frage mich immer noch, wie das passieren konnte«, sprach ein junger Mann im Adidas-Trainingsanzug. Irritierte Blicke trafen ihn. »Es ist mir total egal, ob wir ein Unionschwein oder einen Herthaner totgetreten haben. Wir haben einen Menschen getötet. Wenn das in der restlichen Fanszene bekannt wird, stehen wir im Abseits.« Irritierte Blicke verwandelten sich jetzt in überforderte Gesichtsausdrücke. Ein Mann mit Nickelbrille, der um einiges älter als die anderen Ultras wirkte, stand von seinem Hocker auf.

»Und? Was sollen wir jetzt tun? Zur Polizei gehen? Nein! Nichts auf der Welt rechtfertigt es, mit den Pigs zusammenzuarbeiten. Das, was passiert ist, kann niemand mehr rückgängig machen. Das Einzige, was jetzt noch hilft, ist bedingungsloser

Zusammenhalt. Niemand darf über das, was passiert ist, reden. Vor allem nicht mit den Bullen.«

»Und was ist, wenn die Bullen uns auf die Schliche kommen?«, fragte der junge Mann im Adidas-Anzug.

»Das können die nicht, wenn wir zusammenhalten. Wir brauchen absoluten Zusammenhalt. Und wenn die Bullen irgendwann aufmarschieren sollten, was ich aber nicht glaube, werden wir das Thema trotzdem totschweigen.«

»Das hat ja bisher prima funktioniert«, warf Jerome Stark ein. Dann erzählte er, dass er schon am Morgen nach der Tat Nachrichten erhielt. Von Leuten, die nicht am Tatort waren. Jeff Erdmann berichtete, dass die Bullen ihn heute zu Hause besuchten. Und wieder mischte sich der Mann mit der Nickelbrille ein.

»Genau. Ich war dabei. Und ich sage euch, es kann nur noch heißen: Hass, Hass, Hass wie noch nie.« Dabei streckte er bei jeder Silbe seine Arme in die Luft.

»All Cops are Bastards, A.C.A.B.«, riefen die anderen im Chor.

Freitag, 27. April
10:10 Uhr, LKA für Delikte am Menschen, Keithstraße, Tiergarten

Helene Eberle und Walter Paul betraten das Büro der Bereitschaftsmordkommission. Zu ihrer Überraschung war der Raum leer. Hinter ihnen schaute Udo Golombek durch die Tür.

»Guten Morgen, man erwartet Sie schon.«

Die beiden Hauptkommissare schauten ihren Vorgesetzten fragend an.

Er musste seine Begrüßung erklären. »Die Leute der Abteilung 6 sind im Haus.«

Helene kniff die Augen zusammen. »Abteilung 6?« Helene fragte sich, was es damit auf sich hatte. Und was bedeutete das für sie?

»Egal, was passiert, ich stehe hinter Ihnen. Kommen Sie bitte mit.«

Drei Minuten später betraten Helene und Paul den Versammlungsraum. Helene wünschte sich, dass jemand ein Fenster öffnete, weil die Luft sprichwörtlich stand. Ein freier Platz war nicht mehr zu finden. Links am Tischende erkannte Helene Dietmar Schulz. Ging Helene nach seinem Blick und seinen verschränkten Armen, stand der Weltuntergang bevor. Simone Otto saß neben ihm und ließ ihr Zungenpiercing mit ihrer Unterlippe spielen. Daneben saß Juliane Bergmann, ebenfalls mit verschränkten Armen. Auf der gleichen Seite, vier Stühle weiter vorn, erkannte Helene Oberstaatsanwalt Horst Klöckner. Er sah blass aus, schien den Beginn der Versammlung aber kaum abwarten zu können. Dann riss Helene erst die Augen auf, und kniff sie anschließend zusammen. Sie hätte ihre Augen auch reiben können, wie im Film, aber das hätte zu theatralisch gewirkt. Neben dem Staatsanwalt saß der Brillenträger. Der, der Jeff Erdmann gestern aufsuchte. Es war die gleiche Hornbrille. Unverkennbar. Dazu trug der Typ exakt die gleichen Klamotten. Und ganz vorne ... Helene wich seinem Blick aus. Dezernatsleiter Frank Schönagel. Seine welligen Haare waren, wie immer, zu einem Zopf gebunden. Und, wie so oft, war seine Kleidung overdressed.

»Frau Eberle! Schön, Sie zu sehen. Kommen Sie doch bitte direkt nach vorne.« Kurz zögerte die Hauptkommissarin. Sie traute

Frank Schönagel so sehr wie einem hungrigen Wolfsrudel. Sie schob ihr Kinn drei Etagen nach oben und drängelte sich vor. »Nehmen Sie doch Platz!« Das lehnte Helene dankend ab. Hätte sie sich gesetzt, hätte sie zu Schönagel aufschauen müssen. Auf diesen Trick fiel sie nicht herein. Schönagel schaute sie an, als wollte er fragen, woher sie sich das Recht herausnehme, ihm, ihrem Vorgesetzten, zu widersprechen. Doch Schönagels Blick stärkte Helene zusätzlich. Nach außen. Sie fragte sich, was hier vorging. Hatte sie etwas falsch gemacht? Wenn ja, was? Helene wollte unbedingt die Ruhe bewahren.

»Meine Damen und Herren, ich begrüße Sie herzlich zu unserer außerplanmäßigen Dienstversammlung und gebe das Wort direkt an Dirk Krause von der Abteilung 6 weiter.«

Krause sprang auf, sein Stuhl knallte gegen die Wand. Schweißperlen schmückten seine Glatze und auch die Stirn. Der Mann, der so hoch wie breit war, schob seinen Zeigefinger Richtung Helene und startete einen Schrei-Marathon.

»Was bildest du dir eigentlich ein? Was glaubst du, wer du bist? Du torpedierst unsere Ermittlungen in der Fußballszene. Unsere jahrelange Kleinstarbeit machst du an einem einzigen Tag kaputt.« Während Helene dagegen ankämpfte, loszulachen, hatte Dirk Krause damit zu kämpfen, nicht komplett auszurasten. »Du bist schuld daran, dass Fußballfans jetzt gegen die Polizei Stimmung machen. Du allein. Was erlaubst du dir, du inkompetente weiße Maus? Nur weil jemand geblitzt worden ist, stattest du dem einen Hausbesuch ab? Ich verlange eine Antwort!«

»Jetzt reiß dich mal zusammen, Alter. Komm mal wieder runter.« Helene erhielt Unterstützung. Und das von ungewohnter Seite. Dietmar Schulz platzte der Kragen. »Du glaubst doch nicht ernsthaft, dass Helene daran schuld ist, dass Fußballfans gegen uns Stimmung machen. Das gab es vorher auch schon. Echt, wenn du das glaubst, machen du und deine Abteilung echt 'ne scheiß Arbeit.«

Freitag, 27. April
17:30 Uhr, Metzer Straße, Prenzlauer Berg

Helene wachte über das Gyros in der Pfanne, während Walter Paul die sechste Niederlage im Uno zu kassieren drohte.

»Vielleicht musst du mehr üben, damit du besser wirst. Weil, wenn du immer gegen mich spielst, werde ich ja auch gleichzeitig besser.« Paul lächelte Klarissa zu.

»Mach dir um mich keine Sorgen. Irgendwann gewinne ich auch mal.«

»Aber nicht traurig sein, ja?«

»Weil du mich andauernd im UNO schlägst? Nein. Das ist doch nur ein Spiel.«

»Trotzdem wirkst du traurig. Irgendwie. Oder Mama? Obwohl, Mama, du wirkst auch traurig.« Helene wollte ihrer Tochter vermitteln, dass alles in Ordnung sei. Doch das Mädchen ließ sich keinen Bären aufbinden.

»Ich gehe mal in mein Zimmer. Dann kannst du mit Waldi ein bisschen UNO üben.« Helene schaute Klarissa hinterher.

»Unfassbar, dass sie in dem Alter schon über so viel Empathie verfügt. Wie die Mama.« Helene schob die Gyrosstreifen auf der Pfanne umher und löschte die Flamme unter dem Topf mit dem Reis. Helenes und Pauls Blicke trafen sich. Es herrschte Stille in der Küche. Eine ganze Weile.

»Ich liebe dich auch mit Fettflecken auf der Bluse.«

»Was?« Helene senkte ihren Blick, griff nach einem Lappen und wischte über ihr kariertes Oberteil. Prompt hatte Paul den Lappen im Gesicht. Der schnappte das Tuch und sprang auf. Helene ging in Deckung, damit Paul ihr mit dem Wischwerkzeug nicht über das Gesicht fahren konnte. Doch statt des Lappens spürte er ihre Lippen auf seinen.

»Weißt du was? Es kann kommen, was will. Hauptsache, wir halten zusammen.«

»Das werden wir.«

Nach dem Essen spazierten Helene und Paul mit Klarissa Richtung Kollwitzplatz. Es brauchte nicht viel, vierjährige Mädchenaugen zum Leuchten zu bringen. In diesem Fall reichte ein abendlicher Besuch auf dem Abenteuerspielplatz *Kolle*. In Anlehnung an Käthe Kollwitz, deren Name den gesamten Kiez zierte. Den Kollwitzkiez.

»Nun kommt doch mal. Ihr seid die langsamsten Schnecken der Welt«, rief Helenes Tochter aus der Ferne. Klarissa rannte zurück und schob Helene und Paul von hinten der Sonne entgegen.

»Looos! Loos! Schneeelleeer!«

»Wir kommen ja schon.«

Vor dem Spielplatz setzten Helene und Paul sich auf eine Bank, denn Erwachsene waren auf dem Kolle nur am Wochenende erlaubt. Das Mädchen verschwand durch das Eingangstor und wusste, was es zuerst ansteuern wollte. Das geheimnisvolle Autowrack. Helene und Paul waren froh, ein paar Minuten für sich zu haben.

»Ich hätte nicht gedacht, dass Dietmar mir mal den Rücken stärkt.«

»Er hat so seine Eigenarten. Aber er ist loyal. Leider erwartet er das auch von anderen. Und loyal zu sein, ist bei ihm oft nicht einfach.«

»Ich muss das für mich erstmal sortieren. Dieser Typ mit der Hornbrille, wie hieß der?«

»Thomas Breitner.«

»Der hat sich gestern mit Jeff Erdmann getroffen und heute sitzt der bei uns im Versammlungsraum.«

»Der arbeitet verdeckt. Im Dezernat für operative Dienste. Und Krause ist sein Vorgesetzter. Sagt dir der Begriff szenekundiger Beamter gar nichts? Über Breitner gelangen die Kollegen an Informationen. Aber sag mal, hat dich das gar nicht getroffen, wie der Typ mit dir umgegangen ist?«

»Nein! Das traf mich nicht. Ich habe ja nichts falsch gemacht. Im Gegenteil. Und Schönagel hatte mit Sicherheit seinen Anteil daran.«

»Wie kommst du darauf?«

»Der kommt mit meiner Art nicht klar. Er versucht, mir zu jeder Gelegenheit eins reinzuwürgen. Sonst wäre dieser Schreihals nicht nur mich angegangen. Du warst doch gestern auch dabei.«

»Das hat mich auch gewundert«, räumte Paul ein. »Trotzdem frage ich mich, wie wir jetzt weiterarbeiten sollen. Wir haben die Aufgabe, in dem aktuellen Mordfall zu ermitteln, aber in der Fußballszene dürfen wir nicht agieren.«

»Und es liegt nah, dass beides zusammenhängt.«

»Lass uns das morgen auf der Dienststelle unbedingt ansprechen.«

»Golombek wird sich aber fügen. Der möchte keinen Ärger.«

»Dann machen wir allein weiter. Vielleicht bekommen wir

Dietmar auf unsere Seite.«

»Wie willst du das denn schaffen?«

»Wir tun das, was uns am schwersten fällt. Aber es muss sein.«

»Was meinst du?«

»Das erfährst du morgen.«

»Nein! Nicht die Art wieder. Du weißt doch, dass ich das nicht leiden kann.« Um Paul auf andere Gedanken zu bringen, verwies Helene auf die am Horizont ertönenden Sirenen zahlreicher Feuerwehrautos.

Fünfzehn Minuten später verließ Klarissa wieder den Abenteuerspielplatz und schlich auf die Bank zu, auf der Helene und Paul saßen. Sie lachte, als beide erschraken.

Als Helene, Paul und Klarissa aus der Kollwitz- in die Metzer Straße einbogen, entdeckten sie zahlreiche blaue Lichter auf Höhe ihres Wohnhauses. Sie näherten sich dem Geschehen, und Paul war es schließlich, der es zuerst erkannte.

Sein weißer Dacia war ein Flammenmeer.

Samstag, 28. April
08:15 Uhr, Parallelstraße, Steglitz

Nach all dem Stress endlich mal ausschlafen. Nicht früh aufstehen müssen, um zur Arbeit zu fahren. Nicht früh aufstehen müssen, um irgendein Fußballspiel zu besuchen. An diesem Samstag wollte er gemütlich in den Tag starten, wenn sein Handy nicht ununterbrochen vibriert hätte. Und sein Display machte kein Geheimnis daraus, wer das Vibrieren verursachte. Wären es seine Eltern gewesen, er hätte das Telefon heruntergefahren und seine Decke über den Kopf gezogen. Aber das wäre hier respektlos gewesen. Und sinnlos. Jeff Erdmann war klar: Es gab auch andere Wege, ihm eine Nachricht zu hinterlassen. Da kannte der Anrufer, dessen Namen auf dem Display erschien, nichts. Erdmann wischte sich mit seinen Händen durch das Gesicht. Er durfte nicht müde klingen. Keine Schwäche zeigen. Niemals. Erdmann nahm das Gespräch an und Wörter prügelten auf ihn ein. So viele Wörter, die er erst sortieren musste.

Die Bullen! Wir müssen was machen! A.C.A.B.! Nichts gefallen lassen. Zusammenhalten. Bis zum Tod. Nur zusammen sind wir stark.

Zum Glück sah der Anrufer nicht, dass Erdmann ihn stumm nachäffte. Er stand auf, trottete in die Küche, öffnete mit der linken Hand den Kühlschrank und zog die Käsepackung heraus, mit der rechten Hand hielt er weiter das Handy am Ohr. Ihm stieg ein herber Geruch in die Nase. So herb wie Käse riechen musste.

Wir müssen Zeichen setzen. Dürfen uns nichts gefallen lassen von den Pigs. Zurückschlagen. Zur Not an die Öffentlichkeit gehen. Jeder soll wissen, dass Fußballfans kriminalisiert werden.

Erdmann verzog das Gesicht und schüttelte den Kopf, als wollte er den Anrufer fragen, was der für eine Suppe laberte. Fußballfans werden kriminalisiert? Ein Mensch wurde ermordet. Da gibt es nichts zu kriminalisieren. Aber Erdmann wusste, er saß mit im Boot. Und jetzt musste auch er gegen den Sturm paddeln, sonst ging man gemeinsam unter.

Ihm blieb keine Wahl.

»Es kann jeder gewesen sein. Dein Ex-Mann, irgendein Pyromane, in Berlin brennen ständig Autos. Ich glaube nicht, dass es was mit unserem Fall zu tun hat«, sprach Walter Paul und biss in den Pfannkuchen. Das Pflaumenmus tropfte ihm am Mundwinkel herunter.

»Typisch Mann. Kaum ist er sich sicher, dass die Frau bei ihm bleibt, frisst er wie ein Schwein.«

»Helene, bitte.« Irene Siefert dachte, sie hätte sich verhört, aber Paul waren diese Sprüche von Helene nicht unbekannt. Er wusste, wie er darauf zu reagieren hatte, nahm ihre Sprüche nicht mehr persönlich. Er stopfte den restlichen Pfannkuchen in seinen Mund und erwiderte etwas, was niemand verstehen konnte. Davon angetan griff Klarissa nach dem Kuchenstück mit dem Schokoladenüberzug, stopfte so viel in ihren den Mund, dass dieser nicht mehr zu ging und gab ebenfalls etwas völlig Unverständliches von sich.

»Geheimsprache, oder was?«, fragte Helene spöttisch.

»Du musst ja nicht alles verstehen, was wir uns unterhalten«, erwiderte ein schmatzender Paul.

Helene schüttelte den Kopf und nippte an ihrer zweiten Tasse Milchkaffee. »Euch beide bekomme ich auch nicht mehr groß.«

»Na, dann sind wir ja schon drei, die niemals groß werden.« Irene Siefert konnte mit den bissigen Bemerkungen, die Paul und Helene sich zuwarfen, nichts anfangen. Aber sie wusste, dass die Frotzeleien einzig dazu dienten, auf andere Gedanken zu kommen. Aber es ließ sich nicht vermeiden. Helene und Walter Paul mussten über den Anschlag auf den Dacia sprechen.

Irene Siefert hatte dazu viele Fragen. Nicht umsonst lud sie Helene, Paul und Klarissa zum Kaffee ein.

»Habt ihr den Anschlag eurer Dienststelle gemeldet?« Paul nickte.

»Ja. Sie haben es aufgenommen. Aber dort hat man die gleichen Gedanken wie ich. Es wird nichts mit dem Fall zu tun haben.« Diese Meinung teilte Helene ganz und gar nicht.

»Woher weißt du das? Du hast doch gesehen, wie die uns gestern auf der Dienststelle angegangen sind.«

»Sie sind dich angegangen. Mich nicht. Aber mein Auto brannte. Und keiner von den Kollegen fackelt ein Auto ab. Wieso auch?«

»In Berlin traue ich allen alles zu. Und ich möchte wissen, welche Rolle dieser Breitner spielt.«

»Das habe ich dir doch schon erklärt. Das ist ein szenekundiger Beamter.« Helene stand auf und füllte ihre Tasse mit den Resten aus der Kaffeekanne.

Paul bemerkte, dass seiner Freundin diese Begründung nicht reichte. Aber was wollte sie noch wissen? Es konnte nun mal nicht für alles, was geschah, eine Erklärung geben. Vor allem nicht in Berlin. In dieser Stadt geschahen jeden Tag unzählige Dinge, für die es keine Erklärung gab. Daran musste sich auch Helene gewöhnen.

Samstag, 28. April
21:10 Uhr, Wurstmacher Weg, Pankow

Endlich kehrte etwas Ruhe ein. Der Besuch war weg und der zweijährige Eric träumte in seinem Kinderbettchen. Julia Reichwein ließ sich auf das Sofa fallen und pustete durch. Einzig das Laternenlicht erhellte das Wohnzimmer minimal.

Was war das für ein Stress in den letzten Wochen. So hatte sie sich das nicht vorgestellt. Da war das Versprechen, alles würde diskret und unauffällig ablaufen, niemand würde etwas mitbekommen. Zumindest erstmal nicht. Und dann kam der Anruf. Hektik. Sie solle sich bei der Polizei melden. Schnell. Der Plan ging schief. Die Aktion selbst klappte, aber unauffällig lief es nicht ab.

Julia Reichwein lag weiter auf dem Sofa, dann schnellte ihr Oberkörper nach oben. Ihr Handy sang *California Dreaming* von *The Mamas and the Papas* auf dem Beistelltischchen neben ihr. Ein unbekannter Teilnehmer rief sie an. Sie konnte es nicht leiden, wenn sie nicht wusste, wer anrief. Es konnte jeder sein. Mitstudierende von früher, ehemalige Kunden oder andere Menschen, mit denen sie lange abgeschlossen hatte. Aber alle hatten noch ihre Telefonnummer. Weil sie die schon länger als zehn Jahre mit sich herumtrug. Es war wirklich Zeit für eine neue Nummer.

Die Melodie verstummte wieder. Julia Reichweins Nervosität aber nicht. Wer war das? Wer versuchte, sie zu erreichen. Wieder leuchtete das Display des Smartphones auf. Sie hatte eine neue Nachricht auf der Mailbox. Sollte sie die abhören? Besser war es. Ihr konnte doch nichts passieren. Hier, in ihren eigenen vier Wänden, war sie sicher. Sie tippte auf dem Button *Mailbox anrufen*, schaltete den Lautsprecher an und legte sich auf das Sofa.

Sie haben eine neue Nachricht. Empfangen, heute, um 21:14 Uhr.

»*Guten Abend!*«, ertönte es aus dem Telefon in übertriebenem Hochdeutsch. »*Ich habe noch immer keinen Geldeingang zur Kenntnis genommen. Du weißt, was das heißt.*«

Klarissa schob die Wohnungstür auf und fiel Irene Siefert um den Hals. Das Mädchen wollte ihre Oma erst wieder loslassen, wenn Helene und Paul sie wieder abholten.

»Dank dir muss ich heute nicht in den doofen Kindergarten. Bilder ausmalen kann ich ja auch hier. Und außerdem können wir zusammen kochen. Was gibt es eigentlich?«

Helene Eberle machte ihre Tochter darauf aufmerksam, dass sie noch nie an einem Sonntag in den Kindergarten musste. Aber das Mädchen wollte nicht zugeben, dass es sich im Wochentag geirrt hatte.

»Na und? Aber montags und dienstags und mittwochs.«

»Und donnerstags. Und freitags«, ergänzte Paul.

Mit dem Gefühl, Klarissa gut betreut zu wissen, stieg Walter Paul, gemeinsam mit Helene, wieder in den schwarzen BMW eines Car-Sharing-Anbieters.

Helene schob die Rückenlehne zurück und schloss die Augen. Paul hatte damit zu tun, sich an den BMW zu gewöhnen. Wobei es sich vorteilhaft anfühlte, im Stadtverkehr ein Auto mit Automatikgetriebe zu fahren. Vielleicht wäre das ja was für die Zukunft, dachte er. Aber verdammt. Der ausgebrannte Dacia. Er war noch kein Jahr alt. Vier Monate, um genau zu sein. Aber es war nicht der Verlust des Dacias, den er erst im Januar kaufte, nachdem ein BVG-Bus seinen alten Clio zu einem Maurerklavier verarbeitete. Vielmehr war es das Gefühl, angreifbar zu sein. Und Helene auch.

Im Stop-and-go durchfuhr Paul den Tunnel vor der Baustelle

am Alexanderplatz. Die Abgase der anderen Autos drangen in seine Nase. Der Geräuschpegel wuchs. Paul drehte die Lüftung höher und schaltete das Radio an. Eine sanfte Stimme verkündete die aktuellen Nachrichten. Doch Paul hörte nicht zu. Dafür waren zu viele Gedanken im Kopf.

Es gab jemanden, der schreckte nicht davor zurück, zu ihnen nach Hause zu fahren. Diese Person fand heraus, was für ein Auto sie fuhren, und setzte es in Brand. Da war ein Mensch mit einer niedrigen Hemmschwelle. Wozu war diese Person noch fähig? Gleichzeitig war er erleichtert, so eine starke Frau wie Helene an seiner Seite zu haben. Sie ließ sich nicht verunsichern. Sie wusste, was sie wollte, was zu tun war. Sie agierte nach dem Motto: *jetzt erst recht.* Aber galt die Brandstiftung überhaupt ihnen persönlich? Oder war es Zufall? Vielleicht war es irgendein Pyromane, der mal wieder Feuer legen musste, um Glücksgefühle zu wecken. Paul schüttelte den Kopf. Wenn er eines während seiner Polizeilaufbahn gelernt hatte, dann, dass ihn sein Bauchgefühl selten täuschte. Und dieses schrie ihm regelrecht entgegen, dass es eben kein Zufall war, dass ausgerechnet sein Auto in Flammen aufging.

Den nächsten Ampel-Stopp nutzte er, um zu Helene zu schauen, die noch immer die Augen geschlossen hatte.

Er dachte an seine Worte von gestern zurück. Der Autobrand hatte nichts mit dem aktuellen Fall zu tun. Aber in der letzten Nacht, als er wieder um vier Uhr aufwachte und nicht mehr schlafen konnte, dachte er viel zu lange an das Feuer zurück. Und je länger er daran dachte, desto mehr wuchs dieses Bauchgefühl, dass ihm aufzeigte, dass er sich irrte. Es hatte, es musste was mit den aktuellen Ermittlungen zu tun haben.

Ein Hupkonzert riss Paul aus seinen Gedanken. Die Ampel stand längst wieder auf Grün.

Im LKA begaben Helene und Paul sich auf direktem Weg ins Büro. Doch Dirk Krause und seine Leute waren schneller. Sie hatten das Büro der Mordkommission besetzt. Mit dabei war, wie sollte es anders sein, Frank Schönagel. Für Helene und Paul sorgte das für ein beklemmendes Gefühl. Wo sollten sie hin? An ihren Schreibtischen war kein Platz.

»Und? Haben Sie Ihren Mörder?«

»Ich werde gleich zum Mörder!«, flüsterte Helene in Pauls Ohr, ehe sie sich Krause zuwendete.

»Wir lassen es nicht zu, dass Sie unsere Ermittlungen torpedieren. Wir erledigen unsere Arbeit, Sie kümmern sich um Ihre.« Krause sprang auf.

»Das wiederholst du nochmal!« Der Spuckefaden, der von seiner Unterlippe baumelte, störte ihn nicht.

»Das werde ich nicht. Wenn Sie es beim ersten Mal nicht kapiert haben, werden Sie es beim zweiten Mal auch nicht verstehen.« In Krause tobte ein Erdbeben. Er brauchte seine ganze Kraft, um nicht zu explodieren. Helene hatte ihren Spaß, den Vulkan weiter am Glühen zu halten.

»Sie in Ihrer Abteilung 6 sind nicht mehr als wir. Aber Sie treten hier auf, als wären Sie der Chef des BKA. Nur kann der sich weit besser benehmen als Sie. Sie kennen doch den Spruch, wer zuletzt lacht, oder? Und Sie wissen auch, was Herr Breitner für eine furchtbar schlechte Arbeit als szenekundiger Beamte abliefert. Und darüber werden wir uns am Ende des Falles unterhalten. Das verspreche ich Ihnen.« Krauses Gesichtsfarbe wechselte ins dunkle Rot. »Oder meinen Sie, Herr Thomas Breitner würde unsere Arbeit erleichtern und uns den Mörder von Thorben Hoffmann nennen?« Helene schielte, an Krause vorbei, zu Breitner. Der sprang sofort hoch.

»Das finde ich unerhört. Ihr Fall hat rein gar nichts mit Fußballfans zu tun. Also halten Sie uns da raus.« Helene erschrak kurz wegen Breitners fipsiger Stimme.

»Okay, lassen Sie uns über den Brandanschlag auf mein Auto sprechen«, warf Paul ein.

»Was sollen diese wüsten Unterstellungen? Fußballfans haben, einen Tag vor dem Spiel ihres Lieblingsvereins, Besseres zu tun, als Autos von inkompetenten Beamten in Brand zu setzen. Außerdem, wenn Fußballfans so etwas täten, wüssten wir davon«, schrie Krause. Der explodierte jetzt. Mit erhobenem Zeigefinger, Wut im Bauch und Schaum vorm Mund ging er auf Helene los. Die schaute dem Vulkan beim Ausbrechen zu. Das Magma stank nach Zwiebeln und kaltem Zigarettenqualm.

»Sucht euren Mörder bei euren Türkenvereinen. Aber Fußballfans sind unser Gebiet. Und da lassen wir uns nicht hineinreden. Vor allem nicht von so einem inkompetenten Pack wie euch. Und jetzt lass uns gefälligst in Ruhe, du dumme Schlampe.« Diese Äußerung hätte locker für ein Disziplinarverfahren gereicht, wenn Helene es gemeldet hätte, aber das war nicht ihr Stil. Sie wollte Beweise liefern.

»Wer zuletzt lacht!«, flüsterte sie und verließ das Büro. Paul folgte ihr. Im Flur kam ihnen Dietmar Schulz entgegen.

»Ihr habt euch da reingetraut?«

»Ja, wo hast du den Kaffee her?«, fragte Helene.

»Versammlungsraum.«

»Ach so, nimmst du uns nachher mit zu Hertha?« Dietmar Schulz schaute Helene ungläubig an.

»Wollt ihr mich verarschen?«

»Nein, wir wollen gerne mit.« Schulz' Mimik deutete jetzt ein Lächeln an. Für ihn eine enorme Emotion.

»Na gut, wenn ihr unbedingt wollt. Ich stell mich aber nicht mit euch in einen Block. Man kennt mich da. Ich will mich nicht blamieren.« Über diese Art von Berliner Humor konnte Helene inzwischen schmunzeln. Schulz ging weiter seines Weges, Helene ging in die andere Richtung. Bis sie merkte, dass Paul noch immer im Flur stand. Er schaute Helene irritiert nach.

»Was soll das jetzt?«, rief er.

»Was meinst du?«, fragte sie zurück, ohne sich zu ihm umzudrehen.

»Wieso willst du zu Hertha? Du magst doch kein Fußball.«

»Geht ja nicht um mich, sondern um die Ermittlungen. Alles beruflich.«

»Aber zu Tebe kommst du trotzdem nicht mit. Nicht mal beruflich.«

»Kommt darauf an. Bringen die sich da auch um?«

Sonntag, 29. April
14:10 Uhr, Olympiastadion, Charlottenburg

Helene Eberle stand in der Ostkurve des Olympiastadions, wo die Ultras Stimmung machten. Leute zwischen vierzehn und vierzig Jahren, überwiegend männlich, trieben ihre Mannschaft nach vorne. Ununterbrochen. Helene schaute Paul zweifelnd an. Ihre Idee, sich zwischen die Ultras zu stellen, um eventuell an neue Erkenntnisse zu gelangen, hatte sie längst verworfen. Inzwischen schickte sie stumme Gebete Richtung Himmel, dass das Spiel schnell vorbei war. Selbst wenn sie jetzt ihren Platz verlassen hätte, wäre sie aufgefallen. Mit den Regeln, die in der Ostkurve herrschten, befasste sie sich erst, als sie und Paul zum Stadion fuhren.

1. Hertha wird ununterbrochen supportet, egal, wie der Spielstand ist.
2. Die Capos mit den Megaphonen geben den Ton an.
3. Niemand verlässt während des Spiels seinen Platz.

Es stand noch 0:0 im Spiel gegen den Tabellenletzten aus Ingolstadt, aber die Blau-Weißen bestimmten das Geschehen auf dem Platz und hatten gefühlt jede Minute eine Torchance. Zweimal knallte der Ball gegen die Latte, einmal rettete der gegnerische Torhüter in höchster Not oder ein Ingolstädter Spieler hielt seinen Kopf in die Fluglinie des Balles und verhinderte so, dass die Kugel die Torlinie überschritt. Trotzdem streckte die gesamte Ostkurve ihre Arme in die Luft und feuerte die Männer in den blau-weißen Trikots weiter an.

Helene Eberle und Walter Paul unterschieden sich nicht nur kleidungsmäßig von den Menschen um sie herum. Sie sangen und schrien nicht mit, weil sie das Liedgut und die Sprechchöre nicht kannten. Schon zum dritten Mal forderte sie jemand auf, sich gefälligst am Support zu beteiligen. Ein anderer fragte, was sie hier zu suchen hätten, wenn sie die Mannschaft nicht anfeuern würden. Die sonst so schlagfertige Helene traute sich nicht, zu kontern. Weil sie und Paul klar in der Unterzahl waren.

Noch zwei Minuten bis zum Halbzeitpfiff.

Wieder klatschte der Ball gegen die Latte, Sekunden später traf ein Bierbecher Pauls Hinterkopf. Der drehte sich um und bat Helene um eine Packung Taschentücher. »Jetzt riechst du wie mein Ex-Mann«, feixte sie. Doch das Lachen verging ihr. Von hinten schubste sie jemand von den Stühlen, auf denen sie standen.

»Drecksbullen! Verpisst euch!« Diese Worte weckten die Aufmerksamkeit der umstehenden Fans. »Ihr sollt euch verpissen.« Von hinten sprang ein Typ, dessen Arme breiter als Pauls Oberschenkel waren, die Sitzreihen herunter. Er packte Helene am Kragen, zog sie mit der linken Hand weg und rammte gleichzeitig seine rechte Faust in Pauls Magen. Der sackte zusammen und japste nach Luft. Andere Leute schubsten Helene Richtung Treppen. Die versuchte, sich zu wehren, um zurück zu ihrem Freund zu gelangen, verpasste dem Typen, der Paul ausknockte, einen gezielten Tritt in den Schritt. Der schrie auf und beugte seinen bulligen Oberkörper nach vorne. Seine Hände hielt er vor sein bestes Stück. Für Helene war das eine Steilvorlage. Sie trat mit Wucht in sein Gesicht.

»Ahhuu, du dumme Fotze.« Unzählige Leute stießen sie jetzt umher. Helene hielt ihre Arme schützend vor ihr Gesicht. Auf den Klappstühlen standen Leute, die schrien und lachten. Manche beleidigten sie, andere drohten ihr. Hinter ihr war Paul, aber auch der tobende Mob. Die einzige Möglichkeit war jetzt die Flucht nach vorne.

Paul stand wieder auf den Beinen und versuchte, einen Typen, der an starker Adipositas leiden musste, zu überwältigen. Ein anderer hing sich von hinten an seinen Hals und riss ihn wieder zu Boden.

»Waaalteeer!«, schrie Helene. So laut es noch möglich war. Jemand hielt ihr von hinten den Mund zu und zerrte sie aus dem Block. Sie konnte nur noch erkennen, wie ihr Freund und Kollege zuckend am Boden lag. Fußtritte hämmerten auf ihn ein. Jeder Tritt, den Paul abbekam, fühlte Helene mit. Nun hatte sie eine minimale Vorstellung, was Daniel Nivel im Jahr 1998 in Frankreich gefühlt haben musste.

Sonntag, 29. April
19:10 Uhr, Bötzowstraße, Prenzlauer Berg

Helene Eberle saß auf dem Sofa im Wohnzimmer und nahm ihre Tochter in den Arm. Wie oft hatte Klarissa inzwischen nach Waldi gefragt? Sechsmal? Siebenmal?

»Waldi geht es gut. Er kommt später.«

»Hat er Angst, wieder im UNO zu verlieren? Das ist doch nicht schlimm, Oma hat heute auch gegen mich verloren. Und weißt du, wie oft? Über einhundertmal.« Helene nickte, unterdrückte eine Träne und fragte sich, wann sie ihre Tochter jemals so belogen hatte. Sie selbst saß mit teils ausgerissenen Haaren und einem dunkelblauen und geschwollenen Gesicht auf der Couch. Aber das weckte lediglich das Interesse von Irene Siefert. Klarissa schien das egal. War Walter Paul inzwischen eine größere Konstante für das Kind als die eigene Mutter?

Irene Siefert stand im Türrahmen. Noch immer warf die ihrer Tochter einen fassungslosen Blick zu. Sie drohte, jeden Moment den Kampf gegen ihre Tränen zu verlieren. Fassungslosigkeit sorgte für Sprachlosigkeit.

»Alles okay Mama. Du kennst das doch. Du warst doch früher auch bei der Polizei.« Irene Siefert sagte weiterhin nichts, schüttelte nur den Kopf, hielt die Hand vor ihren Mund. Helene war erleichtert, dass ihre Mutter sie nicht mit Fragen löcherte. Allein zu sein war das Letzte, was Helene gerade brauchte, aber über die Geschehnisse im Olympiastadion zu sprechen, dazu fehlte ihr die Energie. Und es hätte Gedanken an Walter freigesetzt. Hier, bei ihrer Mutter, war es möglich, sich abzulenken. Ablenken von der Frage, wie es ihrem Freund ging. Man brachte ihn ins Krankenhaus Westend. Mehr konnte sie bisher nicht herausfinden.

Montag, 30. April
09:50 Uhr, Krankenhaus Westend, Charlottenburg

Helene Eberle meldete sich für den Montag krank. Klarissa musste sie trotzdem in die Betreuung geben, da die Oma am Mittag einen Arzttermin hatte, und Helene Paul besuchen wollte. Es dauerte eine halbe Stunde, bis sie sich auf dem unübersichtlichen Gelände des Krankenhauses zurechtfand und der Duft nach Pfirsich-Vanille den beißenden Geruch von Desinfektionsmittel im Krankenzimmer ablöste. Helene schleppte die Reisetasche mit Pauls Klamotten Richtung Fenster. Im vorderen Bett schnarchte ein älterer Mann. Paul schaute zur Tür und strahlte. Etwas gequält, wegen der Schmerzen, aber die Freude über das Wiedersehen überwog. Erst als seine Freundin ihm um den Hals fiel, erinnerten ihn die Schmerzen wieder an vier gebrochene Rippen und an sein geschwollenes Gesicht. Letzteres hatte er mit Helene gemeinsam.

»Du siehst toll aus!«, kicherte Helene.

»Du auch«, konterte Paul.

»Weißt du schon, wann du nach Hause kommen kannst? Klarissa vermisst dich.«

»Von mir aus sofort. Tabletten gegen die Schmerzen kann ich

auch zu Hause nehmen und gegen die Rippenbrüche hilft nur Ruhe. Davon gibt es zu Hause mehr als hier.« Paul deutete mit dem Kopf auf seinen Bettnachbarn, der noch immer Wälder rodete.

»Der klingt, als bleibt ihm gleich die Luft weg«, sprach Helene und setzte sich auf die Bettkante. Sie streichelte über Pauls geschwollenes Gesicht.

»Es tut mir leid. Es war meine Idee, zu diesem dämlichen Spiel zu gehen.«

»Mit dir wird es eben nie langweilig. Aber weißt du, was ich mich frage? Woher wussten die, dass zwei Polizisten im Block standen? Wir unterschieden uns vielleicht optisch von den meisten anderen Zuschauern, und wir beteiligten uns nicht am Dauersingsang, aber deswegen schlägt man doch nicht gleich jemanden zusammen.«

»Ich hatte solche Angst um dich. Du lagst am Boden und ich konnte dir nicht helfen. Das war ein Scheißgefühl. Ich dachte, die töten dich.«

»Die Ordner haben mir ja geholfen.«

»Ja, nachdem ich draußen auf deine Situation aufmerksam gemacht habe.« Neben den Polizisten löste ein Schnauben für einen Augenblick das Schnarchen ab. Schnarchen, Schnauben, Röcheln, Schnarchen. Das beantwortete Paul mit einem angeekelten »Ich will nach Hause.«

»Hör lieber auf die Ärzte.«

»Aber die können hier sowieso nicht viel für mich machen.«

Helene zog Pauls Tablet aus der Reisetasche, schaltete es an und klickte mit dem Cursor zweimal auf den Internetbutton. Sie rief die Seite einer Berliner Tageszeitung auf und reichte Paul das Gerät.

»Lies dir nur mal die Überschrift durch.« Paul las laut vor. »Krieg zwischen Fußballfans und Polizei eskaliert.« Er legte das Tablet genervt auf den Nachtschrank. »Da muss man gar nicht weiterlesen. Ich möchte, dass die Leute, die uns das angetan haben, zur Rechenschaft gezogen werden. Ich meine, so schwer kann das nicht sein. Die Fanblöcke in den großen Stadien werden alle videoüberwacht.«

»Ich schau mal, was ich in die Wege leiten kann.«

»Aber pass auf. Das, was bisher passierte, zeigt doch, wie gefährlich die sind. Wer am helllichten Tag ein Auto in Brand steckt, schreckt auch vor anderen Sachen nicht zurück.« Helene schaute aus dem Fenster und sagte:

»Wir dürfen uns von denen nicht einschüchtern lassen.«

»Aber nicht mal Udo hält zu uns.«

»Weil er selber Angst hat. Vor allem vor Schönagel.«

Montag, 30. April
12:10 Uhr, Friedhof der Kirchengemeinde Rosenthal, Pankow

Aus Westend fuhr Helene mit der Ringbahn bis zum Gesundbrunnen, stieg in die S-Bahnlinie 2 um, fuhr bis Pankow, und nahm dort die Straßenbahn nach Rosenthal. Dort fand am Mittag die Beisetzung von Thorben Hoffmann statt. Sie blieb auf Distanz zur restlichen Trauergemeinde. Sie wollte in der Masse an Trauergästen und Pressevertretern nicht auffallen. Immerhin trug man hier einen Schiedsrichter zu Grabe. Einen, der erfolgreich war und dazu noch Mitglied im größten Sportverein der Stadt. Da hätte man die Anwesenheit einer

Ermittlerin vielleicht als pietätlos empfunden. Aber an diesem Montagmittag erkannte Helene nur ein Häufchen an Menschen. Keine Pressevertreter oder dergleichen. Neun Personen waren anwesend. Plus ein Mann im schwarzen Gewand und die lachende Sonne, die den Friedhof in ein Licht tauchte, das der Gegebenheit nicht angemessen war. Dazu lag der Geruch von Basilikum in der Luft. Vögel sangen um die Wette. So surreal wie die Beerdigung erschien auch der Anblick von Julia Reichwein. Die trottete, nachdem sie ihren Freund zu Grabe getragen hatte, an Helene vorbei. Julia Reichwein musste die Kripobeamtin erkannt haben. Sie lächelte ihr betreten zu. Wegen Helenes noch immer farbenfroher Gesichtsfarbe? Oder lag es an dem Mann, der Julia Reichwein die gesamte Zeit im Arm hielt? Helene überlegte, an wen sie der lange, durchtrainierte Körper erinnerte. Dann fiel es ihr ein. Sie wollte sich unbedingt noch bei Markus Gallwitz melden, um ihn über den Tod seines Schiedsrichterkollegen zu informieren. Das hatte sich mit dem Bild, das Gallwitz auf dem Friedhof mit Julia Reichwein abgab, wohl erledigt.

Nach der Trauerzeremonie fuhr Helene Eberle mit der Straßenbahn zurück bis zur Station Schwedter Straße. Von dort war es nicht weit zum Kindergarten. Helene gab die Tür-PIN in das Tastenfeld ein und betrat die Kita. Sie wurde bereits erwartet, denn die Kitaleiterin kam ihr sofort entgegen.

»Frau Eberle? Guten Tag. Darf ich Sie einmal direkt in mein Büro bitten?« Die Falten auf Helenes Stirn vermehrten sich. »Bitte nehmen Sie Platz.« Helene setzte sich in einen roten Ledersessel und blickte die Leiterin gespannt an. »Bevor Sie in den Gruppenraum gehen, muss ich Ihnen leider mitteilen, dass sich Ihre Tochter seit heute Mittag auf dem Gelände versteckt und wir sie bisher nicht finden konnten.« Helenes Augenbrauen sprangen nach oben.

»Aber in der Kita ist sie schon noch?«

»Natürlich. Sie kann ja nicht raus.«

»Stimmt. Ist ja ein Hochsicherheitstrakt hier.«

»Also, solche Kommentare finde ich doch etwas daneben.« Helene sprang auf.

»Ich finde es daneben, dass Sie mir mitteilen, dass meine Tochter seit dem Mittag unauffindbar ist. Warum haben Sie mich nicht angerufen?« Die Kitaleiterin versuchte, die aufgebrachte Mutter zu übertönen, und stand ebenfalls auf.

»Also, wissen Sie, wir können nicht wegen jeder Lappalie die Eltern anrufen. Mal abgesehen davon, dass Sie ja auch arbeiten müssen.«

»Sie bezeichnen es als Lappalie, wenn ein Kind verschwunden ist?«

»Das klingt jetzt so, als geben Sie uns die Schuld dafür. Wir können nichts dafür, dass Ihre Tochter nicht konfliktfähig ist.« Ohne ein weiteres Wort stand Helene auf und verließ das Büro. Die Dreiräder und Bobbycars im gläsernen Zwischengang zum Garten waren wie Barrikaden aufgebaut. Helene stieg über den Wust an Fahrgeräten und streckte ihren Kopf durch die Gartentür. Das reichte. Im nächsten Augenblick hing ihre Tochter an ihrem Hals. Der Druck, der auf Klarissa lastete, entlud sich in einem Meer aus Tränen. Helene musste nicht fragen, was passierte. Sie sah die kahlen Stellen am Hinterkopf ihrer Tochter. Es waren richtige Löcher in den Locken, dazwischen erkannte Helene getrocknetes Blut. Ihr Gesicht war an der Nase und rund um die Augen blau gefärbt.

»Hach, Klarissa, da bist du ja. Das ist aber schön, dass du dich endlich wieder zeigst. Wo war denn dein Versteck?«

Helenes Blick ließ erahnen, dass sie sich jeden Moment auf die Kitaleiterin stürzte. Sie rang um Fassung und dann um Worte.

»Sehen Sie meine Tochter hiermit als abgemeldet an. Und dieser Vorfall wird Konsequenzen haben. Das verspreche ich Ihnen.«

»Sie können sich ja nicht vorstellen, wie oft uns gedroht wird. Zum Glück nehmen wir so etwas schon lange nicht mehr ernst. Sie können Ihr Kind gerne abmelden. Die Wartelisten in den Berliner Kitas sind lang.« Helene lachte gekünstelt auf.

»Es ist kein Wunder, dass man Ihnen droht. Wenn Sie nicht einmal für die Sicherheit der Kinder sorgen.«

Während Helene in der Garderobe die Sachen ihrer Tochter zusammensuchte, setzte sich das Mädchen auf die gelbe Bank und erzählte, was vorgefallen war. Vier Kinder hielten sie fest, ein fünftes schnitt ihre Haare ab. Und als sie sich wehren wollte, haute ihr ein Junge einen Spaten ins Gesicht.

Eine halbe Stunde später schloss Helene die Haustür in der Metzer Straße auf. Klarissa fehlte an diesem Nachmittag die Kraft, noch selbst die Treppen zu steigen. Sie kuschelte sich in die Arme ihrer Mutter. Die trug sie die Stufen hinauf.

Oben angekommen, sah das Mädchen als Erste, was am Türgriff der Wohnungstür baumelte. Klarissa krallte sich in Helenes Haaren fest.

Montag, 30. April
22:30 Uhr, Mauerpark, Prenzlauer Berg

Nancy Richters blonde Locken kitzelten Matthias Eberle am Hals. Sie schaute hinauf Richtung Sternenhimmel. In der Luft lag der süßliche Geruch von Haschisch, der sowohl Matthias Eberle als auch Nancy Richter fremd war. Am Horizont stieg Feuerwerk auf. Musik mischte sich mit Lachen. Von der benachbarten und viel befahrenden Eberswalder Straße ertönten Polizeisirenen. Matthias Eberle beobachtete eine junge Frau, die mit brennenden Hula-Hoop-Reifen jonglierte.

Es war das erste Mal, dass beide die Nacht zum 01. Mai in Berlin verbrachten. Es war die berühmte Walpurgisnacht. Nancy Richter konnte sich an den Feierlichkeiten nicht sattsehen. So etwas kannte sie aus Eutingen im Gäu nicht. Zum ersten Mal in ihren Leben hatte sie das Gefühl, frei zu sein. Vogelfrei. Und das hatte sie allein Matthias Eberle zu verdanken. Keine Zwänge mehr zwischen Gartenzaun und Einfamilienhaus. Sie vermisste ihre Kinder, aber die holte sie bald nach. Sobald sie in Berlin eine Wohnung fand. Und dann würde sie sich scheiden lassen und mit Matthias Eberle im Glück baden. Bis an ihr Lebensende. Es war doch egal, was andere dachten. Nur noch das eigene Glück zählte. Nie mehr würde sie auf andere hören. Ab heute zählte nur noch sie und ihr neuer Partner.

Für Matthias Eberle zählte aber viel mehr. Für ihn ging es um alles oder nichts.

Dienstag, 01. Mai
09:15 Uhr, LKA für Delikte am Menschen, Keithstraße, Tiergarten

Traditionell waren am 01. Mai viele Demonstrationen angemeldet. Aber anders als es die Medien oft darstellten, verliefen die meisten Aufläufe friedlich. Aber nicht alle Berliner gingen am 01. Mai demonstrieren. Viele nutzten den Feiertag zum Ausruhen oder um zu feiern. Für das Team der Bereitschaftsmordkommission gab es keinen Grund zum Feiern. Hier stand ein weiterer Ermittlungstag an. Helene Eberle umklammerte ihre Kaffeetasse wie den letzten Strohhalm. Nach dem Besuch im Olympiastadion und dem gestrigen Fund an ihrer Wohnungstür sah sie sich als die Boxerin, die man mit einem Haken und einer Geraden aus dem Gleichgewicht brachte. Sie schlingerte durch den Ring, war kaum mehr in der Lage, ihre Deckung oben zu halten. Was auch daran lag, dass sie keine Ahnung hatte, wer ihr Gegner war. Vor wem musste sie sich schützen? Mit ihr saßen einzig Simone Otto und Juliane Bergmann im Büro.

»Ich habe gehört, was am Sonntag passiert ist. Ihr hattet beide großes Glück«, sprach Juliane Bergmann. Mit diesen Worten drückte sie ihre ganze Anteilnahme aus.

»Glück? Ihr seid selbst schuld, wenn ihr meint, dort hinzugehen«, widersprach Simone Otto. Helene schaute ihre dunkelbraungebrannte Kollegin lange an. Dann legte sie jede Zurückhaltung ab.

»Wir sind schuld daran? Sind wir auch schuld daran, dass man Walters Auto abfackelte? Tragen wir die Schuld daran, dass man uns den Kopf von einem Bullen an die Wohnungstür hing?«

»Das Eine muss ja mit dem anderen nichts zu tun haben«,

entgegnete Simone Otto und richtete ihren Blick wieder auf ihren Monitor. Udo Golombek betrat das Büro. Mit im Schlepptau Dezernatsleiter Frank Schönagel.

»Guten Morgen. Bitte bringen Sie mich auf den aktuellen Stand der Ermittlungen.«

»Es gibt noch keine neuen Erkenntnisse«, schoss es aus Juliane Bergmann so sachlich wie plötzlich heraus. »Wir treten sozusagen auf der Stelle. Was aber nicht unsere Schuld ist. Uns werden Steine in den Weg gelegt, die uns die Arbeit erschweren.« Helene staunte. Sie hielt viel von Juliane Bergmann. Aber dass ihre Kollegin solche klaren Worte gegenüber ihrem Vorgesetzten fand, überraschte sie. Umso wichtiger war es ihr, Juliane Bergmann zu unterstützen.

»Das sind keine Steine mehr, die man uns in den Weg legt. Da stehen inzwischen massive Wände vor uns, die unsere Arbeit behindern.« Noch als Helene diese Sätze sprach, fragte sie sich, ob es nicht doch neue Erkenntnisse gab. Julia Reichwein, die Freundin des Opfers, lag während der gesamten Bestattungsfeier in den Armen von Markus Gallwitz. Und der war ein Schiedsrichterkollege des ermordeten Hoffmann. Schiedsrichterkollege und Freund. Aber diese Tatsache begründete noch keinen Verdacht. Es schien erstmal ähnlich banal wie das Blitzer-Foto von Jeff Erdmann.

Aber es gab noch mehr Punkte. Erdmann hielt sich bei Besiktas Berlin fit, war aber auch Mitglied bei den *Herthakingz*. Und die sprangen vielleicht auf den Aufkleber am Auto der Mitfahrgelegenheit an. Das würde Sinn ergeben. Und was war mit Thomas Breitner als szenekundigen Beamten. Warum wollte der unbedingt verhindern, dass gewisse Dinge an die Öffentlichkeit gelangten?

»Was tun Sie hier bitte den lieben langen Tag?«, fragte Frank Schönagel. Die Sätze mit den Steinen und Wänden schien er überhört zu haben. Also gab ihm Helene eine kleine Gedankenstütze.

»Wir versuchen, die Wände zu erklimmen, die andere Kommissionen vor uns aufbauen. Warum auch immer.« Schönagel antwortete mit einem höhnischen Lachen. »Sie versuchen, Wände zu erklimmen? Vielleicht hätten Sie besser Bergsteigerin werden sollen.«

»Ein Anhaltspunkt ist nach wie vor Jeff Erdmann«, mischte sich wieder Juliane Bergmann ein. Simone Otto schwieg, was Helene begrüßte. Aber auch Udo Golombek stand wortlos neben Schönagel und blickte ziellos in der Gegend herum. Das nervte Helene. Warum unterstützte er sein Team nicht?

»Lassen Sie Jeff Erdmann in Ruhe. Nur weil Fußballfans sich ab und an eins auf die Nase geben, bringen die sich doch nicht gleich um. Ihre Ermittlungen müssen weggehen von diesen Fans. Das Eine hat mit dem anderen nichts zu tun. Oder glauben Sie, dass so mickrige Indizien gegen Jeff Erdmann ausreichen, damit die Staatsanwaltschaft die Ermittlungen ausweitet? Kein Richter dieser Welt würde eine Observation gestatten, nur weil man in der Nähe des Tatortes geblitzt worden ist. Ich erwarte bis zum Ende der Woche neue Erkenntnisse. Ernstgemeinte Erkenntnisse. Hören Sie? Sie haben Zeit bis Freitag. Sollten Sie nichts liefern, wird das Konsequenzen haben ...«

Dienstag, 01. Mai
12:50 Uhr, Krankenhaus Westend, Charlottenburg

Der letzte Abschied war erst 24 Stunden her und doch war Helene erleichtert, als sie endlich wieder an Pauls Bettkante saß. Diesmal war niemand da, der im zweiten Bett schnarchte. Dafür zappelte das Deckenlicht unruhig hin und her. Helene stand auf und haute auf den Lichtschalter.

Sie berichtete ihrem Freund von dem Bullenkopf an der Wohnungstür, von Klarissas Locken und deren unfreiwilligen Kontakt mit der Bastelschere und von Schönagels Ultimatum. Paul war erleichtert, dass seine Freundin erstmal Schutz bei ihrer Mutter in der Bötzowstraße fand. Aber auch Paul hatte Neuigkeiten. Mit schmerzverzerrtem Gesicht richtete er sich auf und zog das Tablet aus dem Nachtschrank.

»Ich muss dir was zeigen. Nicht nur Schönagel setzt uns ein Ultimatum.«

»Was meinst du?«

»In welches Fan-Forum ich auch schaue, überall das gleiche Bild. Deutschlandweit.«

»Ich verstehe nicht.«

»Überall schlucken die diese Fakenews. Ohne zu hinterfragen. Die behaupten, wir hätten jemanden aus der aktiven Fanszene zu Hause besucht, weil er geblitzt worden ist. Die machen daraus ihre ganz eigene Geschichte. Die böse Polizei filzt unschuldige Fußballfans, greift auf Daten zurück, auf die sie gar nicht zurückgreifen darf. Der arme Fußballfan wird sooo unfair von der Polizei behandelt und ist ständigen Repressionen ausgesetzt. Zum Kotzen, echt. Ein Mensch wurde erschlagen. Aber das interessiert niemanden. Jetzt haben die für nächstes Wochenende einen sogenannten Aktionstag gegen Repressionen und Polizeigewalt ausgerufen. Es sind Aktionen in sämtlichen Stadien angekündigt. Bis runter in die dritte Liga. Wie leichtgläubig können Menschen sein?«

»Gegen Leichtgläubigkeit helfen Argumente.«

»Argumente? Hast du mal einen Blick in die Zeitungen geworfen? Allein in diesem übergroßen Boulevardblatt mit den vier Buchstaben steht groß die Frage auf der Titelseite: *Wer ist schuld am Krieg zwischen den Fußballfans und der Polizei?*«

»Und? Wer hat Schuld?«

»Du! Im Ernst. Die nennen dich wieder Krawall-Barbie. Und weil für dich alle Fußballfans Terroristen sind, hat die Polizei mit 3:2 gewonnen.«

Die Bezeichnung *Krawall-Barbie* trug Helene seit ihrem ersten Fall in Berlin. Weil sie den Leuten Paroli bot. Egal, ob jemand mit dem Presseausweis winkte oder eine leitende Funktion bei der Polizei innehatte. Sie sprach aus, was sie dachte und fühlte. Und das würde sie auch nicht mehr ändern. Daher war ihr diese Bezeichnung auch egal.

»Walter, du hast hier definitiv zu viel Zeit. Aber weißt du was? Moment ..., ich habe eine Idee, aber die müssten wir schnellstmöglich umsetzen. Wann kannst du aus dem Krankenhaus rauskommen? Ich brauche dich nur für ein oder zwei Stunden.«

»Und danach brauchst du mich nicht mehr? Na Danke!«

»Ach komm, du weißt, wie ich das meine.«

»Ja, weiß ich. Und ich weiß auch, dass ich dich gar nicht fragen muss, was du vorhast. Du erzählst es mir sowieso nicht.«

»Ich muss es dir ja erzählen. Weil du mitmachen musst. Aber lass es mich erst festmachen.«

Helene stand auf und verließ das Krankenzimmer.

Vor dem Stationshaus zog sie ihr Smartphone aus der Tasche und suchte in ihren Kontakten Golombeks Telefonnummer. Ihr Vorgesetzter konnte sich nicht andauernd wegducken, aus Angst vor der Dezernatsleitung. Wenn er ihre neue Idee wieder ablehnte, war es Zeit, ihm die Meinung zu sagen. Das Team brauchte schließlich seine Unterstützung. Und sie hatte eine Idee, wie sie diese bekommen konnte. Es klingelte dreimal, bis der erste Kriminalhauptkommissar das Gespräch annahm.

»Ja, Golombek?« Entweder war Helenes Vorgesetzter gerade beim Essen oder er hatte einen Kloß im Hals.

»Grüß dich, hier ist Helene. Ich habe eine Bitte.«

»Hallo Frau Eberle. Um was geht es?«

»Kannst du es irgendwie hinbekommen, dass wir an die Internetdaten von Jeff Erdmann kommen?«

»Nein! Das kriegen wir nicht durch. Aus Datenschutzgründen ist das unmöglich.« Mit der Absage rechnete Helene. Doch sie agierte nach dem Motto: Versuche das Unmögliche, um das Mögliche möglich zu machen. Golombek würde sich nicht trauen, zwei Wünsche abzulehnen. Und wenn doch, gab es noch mehr Gründe, ihm die Meinung zu sagen. In aller Deutlichkeit.

»Okay, dann noch etwas anderes. Walter und ich durchforsteten das Internet. In den Fußball-Foren steppt der Bär. Da werden Fakenews verbreitet, die uns die Arbeit erschweren.«

»Und was können wir da tun?«

»Walter und ich möchten eine PK einberufen.«

»Eine Pressekonferenz? Und Sie meinen, das wäre zielführend?« Helene kratzte sich angespannt am Hals.

»Ich verspreche dir, wir nennen ausschließlich Fakten. Es geht um den Mord an Thorben Hoffmann, es geht darum, dass er aus einem Auto gezogen wurde, wo ein Aufkleber von diesem anderen Verein befestigt war. Es geht um ein falsches Alibi eines Spielers von Besiktas Berlin. Wir müssen Infos raushauen. Wir brauchen das Vertrauen der Leute zurück. Bitte Udo. Die Menschen sollen sehen, was Polizisten in einem Fußballstadion angetan wird, wenn sie dort in der Kurve stehen.«

»Aber erschweren wir nicht die Ermittlungen, wenn wir Details ausplaudern?«

»Wir werden nicht ins Detail gehen. Es geht einzig um die Fakten. Das Kleingedruckte bleibt in der Schublade.«

»Ich rede mit Janett Brühl. Wir kriegen das hin, sobald Herr Paul aus dem Krankenhaus entlassen ist. Aber lassen Sie uns das mit den Polizisten im Fußballstadion nicht ansprechen. Das könnte missverstanden werden.«

»Super! Ich danke dir!«

Dienstag, 01. Mai
18:05 Uhr, Am langen Weg, Spandau

Die Stimmung in der Garage war so angespannt, man hätte sie in der Mitte durchreißen können. Natürlich stand wieder der Tod von Thorben Hoffmann im Mittelpunkt. Der Tod eines Schiedsrichters, der Mitglied in ihrem Lieblingsverein war. Der Tod, den sie zu verantworten hatten. Dieser Umstand vergiftete die Stimmung unter den Ultras. Einzig der Mann mit der Nickelbrille kämpfte gegen die miese Stimmung an.

»Hey Leute, jetzt entspannt euch doch mal. Die Wilden aus dem Wald spielen am Freitag zu Hause. Das wäre doch ein geniales Warm-up für unser Spiel am Sonntag. Wir sind die Nummer 1 in der Stadt. Und wenn wir das im Moment nicht auf dem Platz

zeigen, dann eben neben dem Platz. Eins vorn Kopp, fertig!«
Dabei schlug der Mann mit der Faust in seine rechte Hand. Mit
den Wilden aus dem Wald spielte der Mann mit der Nickelbrille
auf den Standort von Union an. Jerome Stark hielt es nicht mehr
auf dem Boden. Sein Atem war deutlich hörbar, als er auf den
Mann zuging.

»Alter, mir reicht es. Mir reicht es total. Du nervst. Und
weißt du, warum? Vor einem Jahr kannte dich hier noch keine
Sau. Und jetzt stiftest du uns hier andauernd zu irgendeiner
Scheiße an. Ohne dich wäre das am Rastplatz überhaupt nicht
passiert. Weißt du, was komisch ist? Du bist immer der, der
ohne Widerworte drei Gramm Gras mit zum Spiel bringt. Oder
zu unseren Treffen. Da scheinst du ja einfach ranzukommen.
Komisch ist auch, dass ausgerechnet du derjenige warst, der die
Bullen im Block erkannte. Woran eigentlich? Wir haben öfter mal
irgendwelche Fußball-Touris im Block. Wir zeigen denen klar
und deutlich, dass sie in der Ostkurve unerwünscht sind, aber
du, du wolltest gleich drauflos prügeln. Und jetzt bist du wieder
derjenige, der vorschlägt, ein sogenanntes Warm-up in Köpenick
zu veranstalten.« Der Mann mit der Brille unterbrach Stark und
tätschelte dessen Schulter, wie es Erwachsene bei Kindern tun,
die sie nicht ernst nehmen.

»Hey, bleib mal locker. Ich verstehe ja, dass du angespannt bist.
Das wäre ich auch an deiner Stelle. Aber wenn wir jetzt überein-
ander herfallen, haben die Bullen das erreicht, was sie erreichen
wollten. Und das will hier doch keiner, oder?« Der Mann stierte
durch seine Brillengläser in die Runde. »Nun sagt schon, will das
einer, oder nicht?« Kopfschütteln machte die Runde. »Ich würde
gerne die Stellungnahme unserer geliebten Hertha zum Thema
machen.« Der Mann zog ein zusammengefaltetes Blatt aus seiner

Hosentasche. »Wir müssen darauf angemessen reagieren.«

»Und wie stellst du dir das vor?«, fragte Jeff Erdmann, der etwas verloren in der hintersten Ecke der Garage saß.

»Lasst mich etwas ausholen. Der Verein hat gestern eine Pressemitteilung herausgegeben. Darin heißt es, dass man sich zu den laufenden Ermittlungen nicht äußern wird. Man vertraue der Polizei, aber natürlich auch den eigenen, friedlichen Fans.« Die Worte *natürlich* und *friedlich* hob der Mann besonders hervor.

»Weiter heißt es, dass es dem Verein wichtig wäre, dass der Mörder von diesem Thorben Hoffmann gefasst wird. Das sei man auch der Familie schuldig. Ich sag euch was, einen Scheiß ist unser Verein irgendwem schuldig. Aber gut, komme ich zum entscheidenden Satz, der im Namen unserer geliebten Hertha heute veröffentlicht wurde. *Selbstverständlich arbeiten wir dahingehend mit der Polizei eng zusammen!* Hallo? Was soll das? Ich finde, dagegen müssen wir was machen. Und wieso nicht gleich am Sonntag, wenn am Wochenende sowieso die Gewalt der Bullen Thema in den Stadien ist?«

»Dass wir Transpis gestalten, steht schon fest. Was willst du noch? Wieder die Bullen verprügeln?« Der Mann mit der Brille hörte Starks Skepsis klar heraus. Und Stark zweifelte nicht nur an dem, was der Mann mit der Brille sprach. Es war gravierender. Stark zweifelte an seiner Person. Der Mann mit der Brille startete einen letzten Versuch. Wenn er es nicht schaffte, Jerome Stark von sich zu überzeugen, war es umso wichtiger, die restliche Gruppe hinter sich zu wissen.

»Ich habe eine viel bessere Idee. Wir müssen Zeichen setzen. Eindeutige Zeichen. Nicht nur auf Transpis.«

Helenes Gefühlswelt war ein Flummi, der unkontrolliert durch das Zimmer sprang. Vor Wochen war sie noch erleichtert darüber, das Asyl bei ihrer Mutter verlassen, endlich eine Wohnung in Berlin gefunden zu haben. Jetzt war sie beruhigt, gemeinsam mit ihrer Tochter wieder bei ihrer Mutter untergekommen zu sein. Weil sie in ihrer eigenen Wohnung nicht mehr sicher war.

Irene Siefert betrat den Balkon und stellte zwei Rotweingläser auf den Tisch. Der Inhalt der Gläser schimmerte dezent in der Dunkelheit. Und auch der Wettergott sorgte für sommerliche Temperaturen an diesem Frühlingsabend. Wenn Helene einzig diesen Moment wahrnahm, alles andere ausblendete, fehlte zum absoluten Glück nur noch Walter Paul.

»Weißt du, was ich mir überlegt habe?« Helene schaute ihre Mutter fragend an. »Vielleicht solltest du den Fall abgeben.«

»Wie bitte?«

»Deine Arbeit als Polizistin darf niemals bis in dein Privatleben reichen. Der Kopf von dem Tier an eurer Tür, Walters brennendes Auto, der Übergriff im Stadion. Das geht alles viel zu weit.«

»An der Schlägerei im Stadion war ich schuld. Es war völlig bescheuert, dort hinzugehen. Und vielleicht haben die anderen Sachen ja gar nichts mit der Arbeit zu tun.«

»Du denkst an Matthias?« Helene behielt es nicht länger für sich, dass sie den brennenden Dacia und auch den Bullenkopf vor der Tür ihrem Ex-Mann zuschrieb.

»Das glaube ich nicht. Das ist nicht die Art von Matthias.«

»Er fing Walter und Klarissa vor der Haustür ab. Er fand

heraus, wo wir wohnen. Er wollte Walter zusammenschlagen. Vor Klarissa. Dem traue ich inzwischen alles zu.«

»Hast du mal versucht, ihn anzurufen?«

»Um Gottes willen. So klar bin ich dann doch noch im Kopf.«
Irene Siefert schaute skeptisch Richtung Balkonbrüstung.

»Du meinst, es wäre verrückt? Vielleicht ist es gar nicht so verrückt.«

»Doch, das ist es. Auf jeden Fall. Es ist verrückt.«

»Aber ein klärendes Gespräch, vor allem für Klarissa, würde viele Differenzen ausräumen.«

»Wie viele Gespräche soll es denn noch geben? Nein Mama. Die Zeit des Redens ist vorbei. Endgültig.«

Helenes Telefon zappelte auf dem kleinen Balkontisch. Sie entschuldigte sich und nahm das Gespräch, während sie in die Küche flüchtete, an.

»Das ist schön, dass du anrufst, Walter.«

»Ich wollte dir noch eine gute Nacht wünschen.«

»Danke!«

»Übrigens gibt es eine Neuigkeit, die ich dir unbedingt erzählen möchte. Hast du das Statement von Hertha gelesen?«

»Ja, das konnte man ja nicht überlesen. Es war ja auf allen Webseiten sämtlicher Berliner Zeitungen zu finden.«

»Diese *Herthakingz* haben heute Abend auf ihrer Website ebenfalls ein Statement abgegeben.«

»Walter, du solltest wirklich schnell aus dem Krankenhaus kommen. Du bist zu viel im Internet.«

»Jetzt hör doch mal zu. Die haben geschrieben, dass sie am kommenden Spieltag das Spiel boykottieren werden. Und die weiteren Spiele auch. Bis der Verein die Zusammenarbeit mit den Bullen einstellt. So ein Schwachsinn.«

»Und was hat das mit uns zu tun?«

»Für ihren sogenannten Aktionstag gegen Polizeigewalt hat die Gruppe Aktionen außerhalb des Stadions angekündigt. Ich rechne mit dem Schlimmsten.«

Mittwoch, 02. Mai
10:50 Uhr, Hertha-Geschäftsstelle, Hanns-Braun-Straße, Friesenhaus II, Charlottenburg

Einen Termin zu vereinbaren, erlaubte die Zeit nicht. Immerhin schaffte es Helene auf die Schnelle, Juliane Bergmann für ihr neues Vorhaben anzuheuern. Gemeinsam betraten die Kripobeamten die Geschäftsstelle des größten Fußballvereins Berlins.

»Guten Morgen. Kripo. Mein Name ist Helene Eberle, das ist meine Kollegin Juliane Bergmann.«

Die pausbäckige Frau am Eingang schaute irritiert. Ihre Frisur wirkte, als hätte sie erst vor fünf Minuten den Frisörsalon verlassen. Die kurzen, frischgefärbten Haare untermauerten die Gemütlichkeit, die die Dame ausstrahlte.

»Was kann ich denn ... ach so, Sie kommen wegen des toten Schiedsrichters.« Diese Vermutung bestätigte Helene.

»Ist vielleicht jemand vor Ort, dem wir ein paar Fragen stellen können?« Zwei dezent angemalte Augen starrten Helene an.

»Ich weiß nicht ... so ohne Termin ist das immer schwierig.«

»Es ist wirklich wichtig.«

»Ich werde schauen, was ich tun kann. Aber versprechen kann ich nichts.«

»Das ist nett. Danke!«

Nach einer kurzen Wartezeit hatten Helene und Juliane Bergmann ihr erstes Ziel erreicht. Sie saßen einem schlanken Mittvierziger mit Brille und Dreitagebart gegenüber. Und der kam aus dem Staunen nicht mehr heraus.

»Entschuldigung, aber ich kenne Sie. Sie sind die Polizistin, die in der Ostkurve...«

»Darum dreht sich unser Besuch aber nicht. Wir sind wegen Thorben Hoffmann hier.«

»Ziemlich tragisch, was da geschah. Aber wie können wir weiterhelfen?«

»Kannten Sie Herrn Hoffmann?«

»Kennen ist übertrieben. Als ich den Namen gehört habe, hatte ich ein Bild vor Augen. Er war einer der erfolgreichsten Schiedsrichter unseres Vereins. Ich lernte ihn mal vor ein paar Jahren kennen, als wir ein Dankesbankett für die Schiedsrichter veranstalteten. Aber mehr kann ich zu dem Mann leider auch nicht sagen.«

»Thorben Hoffmann wurde aus einem Auto gezogen, an dem ein Aufkleber von Union angebracht war«, brachte es Juliane Bergmann auf den Punkt.

»Ich kann mir beim besten Willen nicht vorstellen, dass unsere Fans über Leichen gehen. Wir haben ja in unserem Statement schon klargestellt, dass wir mit der Polizei zusammenarbeiten, aber einen Mord trauen wir niemandem zu. Und wir glauben an die Unschuld unserer Fans. Jemanden umzubringen geht ja weit über das bekannte Rangeln hinaus. Ich möchte sogar behaupten, dass Fußballfans keine Mörder sind.«

»Es kam aber schon mal vor, dass es billigend in Kauf genommen wurde, dass jemand beinahe sein Leben verliert. Erinnern Sie sich an Daniel Nivel? 1998 in Frankreich?« Mit diesen Worten wollte Helene Eindruck schinden, hoffte aber, dass ihr Gegenüber zu diesem Fall keine weiteren Fragen stellte, denn mehr hätte Helene dazu nicht sagen können. *Knockin` on Heaven`s Door* ertönte.

»Entschuldigen Sie mich. Mein Vorgesetzter ruft an.« Der Mann mit der Brille nickte. Das sah Helene aber nicht mehr, als sie das Büro verließ.

»Ja, Udo, was gibt es?«

»Hallo Frau Eberle. Michael Träumer hat sich bei uns gemeldet.«

»Wer?«

»Der Mann, den Sie in Bremen besucht haben.«

»Ach, ja. Der mit dem Auto.«

»Genau. Herr Träumer bat um ein Gespräch mit Ihnen. Nur mit Ihnen.«

»Das ist kein Problem. Ach ja, was mir noch eingefallen ist, Walter kommt heute aus dem Krankenhaus. Wir können für morgen die Pressekonferenz ansetzen.«

»Die kann leider doch nicht stattfinden.«

»Wieso nicht?«

»Schönagel!«

Mittwoch, 02. Mai
15:20 Uhr, LKA für Delikte am Menschen, Keithstraße, Tiergarten

Helene saß im Büro der Mordkommission. Sie pustete durch, dann lehnte sie sich zurück. Sie war dankbar, allein zu sein. Denn wenn Udo Golombek im Raum gewesen wäre, sie hätte sich nicht mehr zurückhalten können. Ihre Meinung hätte sie ihm ins

Gesicht gepfeffert. So sehr, dass Konsequenzen unvermeidbar gewesen wären. Und wenn Simone Otto oder Dietmar Schulz im Raum gewesen wären, hätten Leute ihre Wut abbekommen, die diese nicht verursacht haben. Zumindest diesmal nicht. Während das Kaffeepulver sich mit dem Wasser mischte und in die Kanne tropfte, klang die Kaffeemaschine wie Pauls Bettnachbar im Krankenhaus. Helene atmete den herben Duft ein, der sich im Büro ausbreitete. In all ihren Dienstjahren hatte sie es noch nie erlebt, dass man ihre Arbeit dermaßen behinderte. Und Helene hätte darauf gewettet, dass die abgesagte Pressekonferenz nicht der letzte Akt war. Nur warum das alles? Kannte man den oder die Mörder? Schlimmer noch, schützte man ihn oder sie? Und, wenn ja, wieso? Und was für eine Rolle spielte Thomas Breitner? Am PC gab Helene den Namen Jeff Erdmann ein. Sie erfuhr, wo dieser seine Ausbildung absolvierte, und staunte über das Ergebnis. Das Telefon auf ihrem Schreibtisch klingelte. Michael Träumer wartete am Eingang. Mit den Worten *leicht aufgebracht* beschrieb der Pförtner den Mann mit der Igelfrisur. Helene war auf alles vorbereitet.

Fünf Minuten später tanzte sie die Treppen hinab und erkannte Träumer. Der saß nicht auf einer der Holzbänke neben der Pförtnerloge. Er marschierte auf und ab, wie ein Duracell-Häschen.

»Guten Tag, Herr Träumer. Schön, dass Sie da sind.«

»Ich will mein Auto wiederhaben. Ich brauche es.«

»Ich verstehe ihre Ungeduld. Aber deshalb kommen Sie doch nicht extra her?«

»Mir ist noch was eingefallen. Das erzähle ich ihnen aber nur, wenn ich mein Auto wiederkriege. Heute noch.«

»Lassen Sie uns erstmal ins Büro gehen. Dort können wir in

Ruhe sprechen.« Träumer erklärte sich stumm damit einverstanden und folgte der Kommissarin die Treppen hinauf.

Im Büro bat Helene Träumer erst einen Platz und dann einen Kaffee an.

»Gerne. Extra stark.« Helene erinnerte sich, dass Träumer seinen Kaffee türkisch trank. Aber galt das auch außerhalb seiner eigenen vier Wände?

»Trinken Sie auch Filterkaffee? Oder nur türkisch?«

»Das wissen Sie noch?« Michael Träumer war beeindruckt.

»Ich trinke auch aus der Maschine. Nur Instantkaffee mag ich nicht.«

Kurz darauf standen zwei Tassen Kaffee auf dem Schreibtisch. Helene band ihre Haare neu zusammen, platzierte einen Zettel und einen Stift auf dem Tisch und forderte Ihren Gesprächspartner auf, einfach mal zu berichten, was ihm in der Zwischenzeit eingefallen ist. Doch der beharrte auf seine Forderung.

»Ich will erst mein Auto zurück.«

»Herr Träumer, je eher wir den Mörder von Thorben Hoffmann finden, desto schneller bekommen Sie Ihr Auto zurück. Und jede noch so kleine Information kann uns dabei helfen.« Träumer wirkte kurz überfordert. Er wollte sein Auto zurück. Unbedingt. Aber das, was die Polizistin sagte, ergab Sinn.

»Ich habe mir nichts dabei gedacht. Deshalb habe ich das damals auch nicht erzählt. Aber ich habe einige Sachen zu dem Fall gelesen. Und vielleicht ist das ja doch wichtig.«

»Was ist wichtig?«

»Als ich den Shop der Tankstelle betrat, stand neben dem Eingang eine Gruppe. So fünf Männer, glaub ich, waren das. Die starrten mich an. Ich dachte zuerst, die hätten erkannt, dass ich Union-Fan bin. Aber ich hatte ja nichts an, woran sie das hätten erkennen können. Nicht mal meine Anstecknadel trug ich am Kragen. Ich hatte Schiss, wieder rauszugehen. Ich dachte, die wollten was von mir. Wäre ja nicht das erste Mal, dass ich angemacht werde, weil ich Unioner bin. Aber plötzlich waren die weg.« Davon sagte Träumer während Helenes Besuch in Bremen nichts. Er sagte aber vorhin, dass er viel über den Fall gelesen hatte. Also war die Chance groß, dass er die Infos, die er jetzt herausposaunte, lediglich den Medien entnahm. Und hier gab er sie nur wieder, um sein Auto zurückzubekommen. Aber während Helene auf einem kleinen Zettel Gesprächsnotizen festhielt, fiel ihr ein, dass die Informationen, die Michael Träumer preisgab, von der Pressestelle nicht herausgegeben wurden.

»Erinnern Sie sich, wie die Leute aussahen?«

Träumer dachte angestrengt nach. »Einer trug so eine Nickelbrille. Der passte irgendwie nicht zum Rest der Gruppe. Bei einem anderen dachte ich, dass der so unscheinbar aussieht. Und der schaute mich am grimmigsten an.«

Helene Eberle öffnete eine Schublade und zog ein Foto heraus.

»Erkennen Sie diese Person wieder?« Träumers Blick wechselte mehrmals zwischen Foto und Helenes Gesicht.

»Ja, das war der, der so unscheinbar aussah.« Helenes Augen weiteten sich.

»Da war noch etwas. Aber ich weiß nicht, ob das wichtig ist.«

»Erzählen Sie ruhig. Die Wichtigkeit beurteilen wir danach.«

»Ich erzählte Ihnen ja bei unserem ersten Treffen schon, dass ich noch aufs Klo musste und das war auf der anderen Seite von dem Rasthof. Als ich wiederkam, saßen die alle in einem silbernen Nissan. Der große Typ mit der Brille saß auf dem Beifahrersitz. Dieser Unscheinbare saß hinter dem Lenkrad.«

Helene wäre Träumer am liebsten um den Hals gefallen.

»Herr Träumer, Sie haben uns sehr geholfen. Ich verspreche Ihnen, ich werde mich dafür einsetzen, dass Sie schnellstmöglich Ihr Auto wiederbekommen. Ich nehme noch heute Kontakt zu den Kollegen in Bremen auf. So lange bitte ich um Geduld.«

Nachdem Michael Träumer das Gesprächsprotokoll unterschrieb und sich verabschiedete, rief Helene zuerst Dietmar Schulz an, ehe sie versuchte, jemanden in Bremen zu erreichen.

»Hallo Dietmar, hier ist Helene.«

»Was? Ach so, ja, hallo! Du, tut mir leid, was euch bei Hertha passiert ist. Aber ich konnte ja nicht ahnen, dass ihr euch in die Ostkurve...«

»Ist schon okay. Dich trifft keine Schuld. Weißt du denn, wie lange du noch krankgeschrieben bist?«

»Hmmm ..., könnte morgen wiederkommen.« Helenes Vermutung, dass Dietmar Schulz der Vorfall im Olympiastadion so unangenehm war, dass er sich deshalb krankschreiben ließ, erlangte mit seinen Worten neue Nahrung. Aber das konnte ihr egal sein. Sie berichtete von Träumers Zeugenaussage. Und während sie davon erzählte, dämmerte es ihr. Die Schlinge um Jeff Erdmanns Hals zog sich zu. Immer mehr. Er wurde nicht nur in Tatortnähe geblitzt, er hielt sich, während der Tat, ganz in der Nähe auf. Gemeinsam mit einem Typen, der eine Nickelbrille trug. Wie Thomas Breitner. Und das falsche Alibi konnte man ebenfalls gegen Erdmann verwenden. Nach Träumers Aussage konnte niemand mehr ernsthaft behaupten, dass Erdmann nicht dringend tatverdächtig war.

»Dietmar, kann ich dich um etwas bitten?«

»Bitten kannst du mich immer. Ob ich es mache, ist aber 'ne andere Sache.«

»Seit wann bist du Mitglied bei Hertha?«

»Seit einunddreißig Jahren. Wieso fragst du?«

»Würdest du mit mir diesen Spieler von Besiktas besuchen? Diesen Jeff Erdmann?«

»Klar, aber wieso ich?«

»Weil ich weiß, dass er vor einem Hertha-Fan, der so lange Mitglied ist, den nötigen Respekt haben wird.«

»Den wird er haben. Und wenn nicht, werde ich dem den einimpfen.«

»Du bist also dabei?«

»Bin ich. Wann treffen wir uns?«

»Morgen um halb elf vor der Sparkasse im Schloss Steglitz. Wir müssen uns beeilen, Schönagel verlangt bis Freitag neue Anhaltspunkte. Und ich möchte dem welche auf den Tisch packen, die ihm nicht gefallen werden.«

»Du meinst, vor diesem Einkaufscenter?«

»Genau. Das Einkaufscenter heißt doch Schloss, oder?«

»Ja. Und der arbeitet dort wirklich bei der Sparkasse?«

»Richtig. Unter der Woche macht der einen auf angepassten Banklehrling, am Wochenende lässt der dafür die Sau raus.«

»Dann lassen wir morgen auch mal die Sau raus. Ich werde da sein. Verlass dich auf mich.«

»Ich danke dir. Und vergiss deinen Mitgliedsausweis nicht.«

»Das ist nicht euer Ernst.« Kaum in der Tür, starrte Helene ihre Tochter und Walter Paul an.

»Ich habe damit nichts zu tun!« Irene Siefert versuchte vehement, ernst zu bleiben. Es gelang ihr nur bedingt. »Ich habe nur vorgeschlagen, dass wir Klarissa etwas die Haare schneiden. Damit die Löcher nicht so auffallen. Ich wusste ja nicht, dass es so endet.«

»Entschuldigt, aber seid ihr total bescheuert?« Mit diesen Worten stoppte Helene die Rechtfertigungsorgie ihrer Mutter. Helenes Frage richtete sich aber nicht an Irene Siefert, sondern an ihren Freund.

»Ach komm, die Haare wachsen wieder nach.«

»Ihr seid einfach verrückt, ihr beiden.« Dass es gleichzeitig das schönste Liebesbekenntnis war, dass Helene je erlebte, behielt sie für sich. Die 34-Jährige küsste ihre Tochter auf ihre jetzt kurzen Haare, danach gab sie Paul einen Kuss auf seine Glatze. Der rasierte sich, aus Solidarität zu Klarissa, ebenfalls seine Haare ab. Klarissa bettelte anschließend ihrer Oma ein Loch in den Bauch. Sie wünschte sich einen Verband um ihre Rippen. Einen, wie ihn Paul trug. So standen zwei Glatzköpfe vor Helene, deren Oberkörper jeweils ein riesiger Verband schmückte.

Kurze Zeit später befriedigte Helene das dringende Bedürfnis nach einer heißen Dusche. Anschließend setzte sie sich zu den anderen an den Küchentisch, auf dem Irene Siefert bereits das Abendessen auftischte. Helene starrte auf ihren Teller, Paul starrte Helene an.

»Was immer das ist, ich werde es nicht essen.«

»Als du noch ganz klein warst, liebtest du saure Kutteln.«

»Daran kann ich mich nicht erinnern.«

»Was sind saure Kutteln?«, fragte Klarissa.

»Das ist Fleisch von der Kuh.« Irene Siefert betete stumm, dass Klarissa nicht nachfragte, von welchem Körperteil das Fleisch stammte. Und hoffentlich behielten es Walter und Helene für sich, dass saure Kutteln nichts anderes als Fleisch aus dem Magen einer Kuh war. Irene Siefert gab sich so viel Mühe, das Fleisch schmackhaft zu gestalten. Das Mädchen schob eins der vorgeschnittenen Fleischstücke zwischen ihre Zähne und sendete ein strahlendes Lächeln Richtung Oma.

»Schmeckt besser als im Kindergarten.«

»Du, was ich dich fragen wollte«, lenkte Paul die Aufmerksamkeit auf sich. Und noch bevor er seine Frage stellte, wusste er, dass ihm die Antwort nicht gefallen wird. »Du warst doch vorhin duschen?«

»Wolltest du mit unter die Dusche?« Paul merkte, Helene war wieder auf Krawall eingestellt.

»Wieso hast du deine Jeans und deine Bluse wieder an? Normalerweise genießt du es doch, dich nach der Dusche in deinen Frotteebademantel zu kuscheln.«

»Ach so, ja. Das wollte ich die ganze Zeit schon fragen, aber das hier ...«, Helene schob den Teller zur Tischmitte, »... hielt mich davon ab.«

»Was wolltest du fragen?«

»Ob du nachher nochmal mit in unsere Wohnung kommst. Ich benötige ein paar Sachen.«

»Ich finde es viel zu gefährlich für euch«, sprach Irene Siefert in einer Deutlichkeit, die keine Kompromisse zuließ.

»Ja, ja, Mama, ich weiß, es wäre dir am liebsten, wenn wir hierbleiben, aber das geht nicht. Also, es ginge schon, aber ich will es nicht.« Diesmal war Irene Siefert auf Helenes Schlagfertigkeit vorbereitet.

»Es geht nicht um mich. Genauso wenig geht es allein um dich. Es geht um euch alle. Um eure Sicherheit. Ihr wisst ja noch nicht einmal, wer euch all das angetan hat. Das brennende Auto kann das Werk eines Irren gewesen sein. Aber im Gesamtpaket mit dem Bullenkopf vor eurer Tür wiegt das viel schwerer. Und ich habe dich so großgezogen, dass du in der Lage bist, eins und eins zusammenzuzählen.« Walter Paul war zwischen den Fronten. Ein unangenehmes Gefühl.

»Du hast mich vor allem so großgezogen, dass ich mich nicht von meiner Angst aufhalten lasse.«

»Das heißt aber nicht, dass du dich irgendeinem Irren als Freiwild hingeben sollst.«

»Hey, jetzt beruhigt euch mal«, unterbrach Walter Paul.

»Was mischst du dich jetzt da ein?«

»Es ist auch meine Wohnung. Und du bist meine Freundin. Deshalb mische ich mich ein.« Helene musste sich bremsen, sonst hätte sie Paul an den Kopf geknallt, dass er ja nicht offiziell in der Metzer Straße gemeldet, es also nicht seine Wohnung war. Das hätte sie sich nicht verziehen. Sie schaute zu ihrer Tochter. Klarissas Besteck lag auf dem Teller, und der war noch halbvoll.

»Du isst ja gar nichts.«

»Hab schon.« So wortkarg erlebte Helene ihre Tochter zuletzt im Winter, als sie mit einer schweren Lungenentzündung im Krankenhaus lag.

»Ich räume mal das Geschirr ab«. Irene Siefert versuchte, das Eis zu brechen. Doch Klarissa war die Erste, die aufstand.

Sie schlich mit hängendem Kopf ins Wohnzimmer. Helene

und Paul tauschten Blicke aus. Helene stand auf, aber Paul hielt sie am Arm fest.

»Lass mich mal.« Er stand ebenfalls auf und folgte dem Mädchen ins Wohnzimmer. Helene saß in der Küche ihrer Mutter gegenüber. Beide schwiegen. Helene malte sich aus, was hinter der verschlossenen Wohnzimmertür abging. Walter und Klarissa schlossen einen Pakt gegen sie. Weil sie angeblich so stur war. Aber sie war nicht stur, sie wusste nur genau, was sie wollte.

Minuten später öffnete wieder jemand die Tür des Wohnzimmers. Klarissa stolzierte mit stolzgeschwellter Brust zurück in die Küche. Im Arm hielt sie die Plüschschildkröte, die Paul ihr damals im Krankenhaus schenkte.

»Ich finde das voll doof, dass ihr euch streitet. Das ist richtig doof. Und das macht mich traurig.« Helene schaute zu Paul. Der stand in der Wohnzimmertür und lächelte verschmitzt. Helene presste die Lippen zusammen und starrte zur Decke. Anschließend breitete sie beide Arme aus. Das vierjährige Mädchen setzte sich auf ihren Schoß.

»Weißt du, Streit ist gar nicht so schlecht. Eigentlich ist Streiten sogar gut.«

»Hä?«

»Man streitet, weil es verschiedene Meinungen gibt. Und Streit ist dafür da, einen Kompromiss zu finden. Aber ganz wichtig ist, dass man immer Respekt vor dem anderen hat. Das heißt, man beleidigt niemanden oder schreit ihn an. Man streitet, um eine gemeinsame Lösung zu finden. Das sollte immer das Ziel von einem Streit sein.«

Donnerstag, 03. Mai
09:40 Uhr, Wiesenwinkel, Pankow

Die Bahn hielt, Helene presste ihren Daumen auf den grünen Knopf an der gelben Haltestange, die Tür öffnete sich.

Im Wiesenwinkel begrüßten sie adrett zurechtgeschnittene Gärten, die den Duft von Rosen und Flieder spendeten. Vögel sangen. Entfernt ertönte ein Rasenmäher. Helene dachte an ihre ersten beiden Besuche im Wurstmacherweg zurück. Auch damals schien die Sonne. Nur eine Sache war anders. Helene erschien heute unangemeldet. Sie spazierte den Wiesenwinkel entlang und bog in den Wurstmacherweg ein. Vor dem Haus von Julia Reichwein vernahm die Kriminalbeamtin Stimmen aus dem Garten. Insbesondere die Stimme, die Helene an einen Eunuchen erinnerte, weckte ihr Interesse. Sie konnte aber nicht einfach um die Ecke gucken oder, schlimmer noch, in den Garten hineingehen. Sie musste unentdeckt bleiben. Die Stimme war jetzt deutlicher zu hören. Irgendwo hörte sie diese Stimme schon einmal. Natürlich. Es war die Stimme von Thomas Breitner. Helene war sich sicher. Aber Sicherheit alleine reichte nicht. Sie brauchte absolute Sicherheit. Sie musste Breitner sehen. Aber zuerst ging es darum, nicht selbst gesehen zu werden. Helene Eberle wechselte die Straßenseite und schlich erstmal am Haus vorbei. Sie wollte sich nicht vorstellen, welche Lawine sie auslösen würde, wenn Breitner sie hier sah. Einhundert Meter vom Haus entfernt wechselte sie zurück auf die andere Straßenseite. Im Nebenhaus waren die Fensterläden heruntergelassen. Hier schien also niemand zu Hause zu sein. Helene betrat das Nachbargrundstück, legte sich dort im Garten auf die Lauer, dann hatte sie ihn. Den perfekten Blick auf das Grundstück von Julia Reichwein. Es wäre das makellose Familienbild gewesen. Mutter, Kind und Vater. Aber das war nicht der Vater. Oder doch? Helenes Verdacht, den sie seit der Beerdigung mit sich trug, ernährte sich in diesem Augenblick von Wachstumshormonen. Wobei! Wo war Thomas Breitner? Diese für einen Mann ungewohnt hohe Stimme erkannte sie vorhin deutlich. Dann sah sie die Nickelbrille. Die nippte in der Hollywoodschaukel an einem Kaffee-Pott. Helene zog ihr Smartphone aus der Jackentasche. Sie betätigte die Kamera, zoomte heran und betätigte mehrere Male den Auslöser. Aufgrund der Entfernung war Breitner aber nur schwer zu erkennen.

Donnerstag, 03. Mai
11:35 Uhr, Schloßstraße, Steglitz

Zur Mittagszeit schlenderten bereits viele Menschen die beliebte Einkaufsmeile entlang. Helene versuchte gar nicht erst, nach ihrem Kollegen Ausschau zu halten. Selbst den ausladenden Mollenfriedhof von Dietmar Schulz hätte sie in den Massen an Menschen nicht ausmachen können.

»Tach! Hab kein Parkplatz gefunden.« Helene drehte sich um und erkannte ihren Kollegen.

»Schön, dass du gekommen bist.«

»Ist schon okay. Lass uns reingehen.«

Gemeinsam betraten die Polizisten die Bankfiliale.

»Guten Tag. Kann ich Ihnen helfen?«, fiepte ihnen eine Stimme in einer rot-schwarzen Garderobe in Kleidergröße S entgegen.

»Guten Tag. Wir sind von der Kripo. Wir möchten gerne

Herrn Erdmann sprechen.« Helene legte ihren Ausweis auf den Tresen.

»Herrn Erdmann? Einen unserer Azubis? Darf ich fragen, worum es geht?«

»Das erzählen wir Ihnen, wenn Herr Erdmann dabei ist. Bitte bringen Sie uns zu ihm.«

Die Polizisten folgten der Bankangestellten Richtung Büroräume. Sie klopfte und öffnete die dritte Tür. Daneben war ein Schild angebracht, dem Helene entnahm, dass es sich bei diesem Büro nicht um Erdmanns Arbeitsplatz handelte. Sie betraten das Büro der Filialleitung.

»Herr Müller, diese Leute hier wünschen, Herrn Erdmann zu sprechen.«

»Wer sind Sie bitte?«, fragte der Mann im Anzug, der vor einem Computer saß und gegen den Dietmar Schulz dünn wie ein Streichholz war.

»Mein Name ist Eberle, Hauptkommissarin bei der Bereitschaftsmordkommission. Das ist mein Kollege Kriminaloberkommissar Dietmar Schulz.«

»Um was geht es?«

»Das erzählen wir Ihnen gerne im Beisein von Herrn Erdmann.«

Bisher lief alles wie geplant. Erdmann würde einen Teufel tun, sich vor seinem Ausbilder zu weigern, mit der Polizei zu sprechen.

»Herr Erdmann ist im Nebenraum. Ist es denn so dringend?«

»Ja! Bitte bringen Sie uns zu ihm. Und wir möchten, dass Sie bei dem Gespräch anwesend sind.« Müller hievte sich in die Senkrechte. Sein Doppelkinn wackelte auf und ab. Die Kripobeamten folgten ihm aus dem Büro. Der korpulente Anzug öffnete die

Nachbartür, ohne anzuklopfen. Erdmann schwang seine Beine vom Schreibtisch.

»Hier ist Besuch für Sie. Von der Kripo.« Helene erkannte deutlich, dass Erdmann gerne aufgesprungen wäre. Aber er hatte keine Wahl. Die Gegenwart seines Ausbilders tackerte ihn an seinen Bürostuhl.

»Bitte setzen Sie sich!«, forderte Müller den Besuch auf.

»Danke, wir bleiben stehen. Es dauert auch nicht lange.« Schulz nickte zu Helenes Worten.

»Herr Erdmann, Sie kennen doch meinen Kollegen Herrn Schulz.« Erdmann verneinte stumm.

»Kennste mich nicht? Ich bin der Bulle, dem du ein falsches Alibi präsentiert hast. Klingelt es?« Wieder ein Kopfschütteln. »Freundchen. Du bist nicht nur in der Nähe des Tatortes, wo Thorben Hoffmann ermordet wurde, geblitzt worden, ein Zeuge erkannte dich auch auf dem Rasthof. Auf genau dem Rasthof, neben dem man Hoffmann ermordete.«

»Ich ..., ich ...,«

»Ich habe es wirklich nicht gern, wenn man die Polizei belügt. Von wegen Geburtstagsfeier eines Mannschaftskameraden.« Schulz stellte beide Hände auf den Schreibtisch und bog seinen massigen Oberkörper nach vorne. »Und, Freundchen, du standest doch auch beim Derby in der Ostkurve?« Erdmann nickte kaum merklich. »Da habt ihr ein Plakat hochgehalten. Von wegen, der 19. April ist ab sofort blau-weißer Feiertag. Wir kriegen euch alle. Und am 19. April wurde Hoffmann ermordet. Nur war Hoffmann einer von uns. Das wusstet ihr damals aber noch nicht. Schämst du dich überhaupt nicht?« Helene schaute überrascht zu ihrem Kollegen. Von dem Plakat wusste sie nichts. Dann brachte sie sich in das Gespräch ein. Doch im Gegensatz zu ihrem Kollegen siezte Helene Jeff Erdmann weiterhin.

»Wir möchten Ihnen hier, vor Ihrem Vorgesetzten, nochmal die Möglichkeit geben, die Wahrheit zu sagen. Weigern Sie sich, reicht Ihr falsches Alibi locker für die Untersuchungshaft.« Erdmann schaute verschämt zu seinem Vorgesetzten.

»Kommt mal vor, dass man verdächtigt wird. Reden Sie einfach. Es wird sich alles aufklären.« Erdmann wirkte, als wollte er reden. Nur wusste er nicht, was er zuerst sagen sollte. Er wirkte verloren in seinem viel zu großen Anzug. Was erneut Dietmar Schulz auf den Plan rief. Der stolzierte ein paar Schritte hin und her und füllte dabei den Raum aus.

»Du bist doch Herthaner?« Erdmann nickte.

»Du bist kein Herthaner. Wärst du Herthaner, würdest du reden. Richtige Herthaner haben nicht die Hose voll, wenn es um die Wahrheit geht. Richtige Herthaner stehen dazu, wenn sie Mist verzapfen.« Dann zog Dietmar Schulz seinen Mitgliedsausweis aus der Gesäßtasche und hielt ihn vor Erdmanns Gesicht.

»Siehst du das? Ich bin Herthaner. Ich war schon Mitglied, da warst du noch 'ne Rübe auf dem Feld.« Der Polizist knallte den Mitgliedsausweis auf den Tisch. Genau so stellte sich Helene die Szenerie vor. Und auch das Ergebnis passte. Erdmann starrte ehrfürchtig auf den Ausweis, anschließend zu Dietmar Schulz.

Donnerstag, 03. Mai
18:30 Uhr, Bötzowstraße, Prenzlauer Berg

»Nein, Waldi soll mir die Zähne putzen.« Mit diesen Worten verpasste die Vierjährige ihrer Mutter einen rechten Haken. Helene schaute zu Paul, der in der Tür stand. Er stellte sich neben Klarissa ans Waschbecken. Gerne wäre er in die Hocke gegangen, um mit dem Mädchen auf Augenhöhe zu sprechen. Das ließen seine gebrochenen Rippen aber noch nicht wieder zu.

»Wie findest du es, wenn wir beide dabei zuschauen, wie gut du schon deine Zähne putzen kannst?« Das Mädchen grinste und drückte die Borsten gegen ihre Zähne.

»Du hast deinen Beruf verfehlt, du Oberpädagoge.« Wäre Pauls Oberkörper nicht in einen Verband gehüllt, Helene hätte ihm in die Seite gekniffen.

»Oberpädagoge? Das sagt die, die ihrer Tochter ein Referat über das Thema Streiten hält«, lachte Paul.

Pünktlich zum Sonnenuntergang schlief Klarissa. Helene, Paul und Irene Siefert saßen auf dem steinernen Balkon.

»Und? Willst du jetzt endlich mal erzählen, was du gesehen hast?«

»Wenn du mal ausnahmsweise kein UNO und kein Mensch ärgere dich nicht spielst, gerne.«

»Bist du jetzt eifersüchtig?«

»Ein bisschen?«

»Dann spiele ich auch gleich mit dir eine Runde UNO. Einverstanden?«

»Aber mich musst du nicht gewinnen lassen.«

»Wenn du wüsstest.«

Die Dunkelheit brachte eine deftige Abkühlung mit. Irene Siefert und Helene saßen inzwischen mit einer zweiten Jacke auf dem Balkon. Helene erzählte, was sie im Wurstmacherweg beobachtete.

»Und du bist dir absolut sicher, dass das Thomas Breitner war?«

»Absolut. Dieses Gesicht mit der Nickelbrille erkenne ich überall, dazu diese Stimme, die klingt, als wäre ein Zehnjähriger zu früh in den Stimmbruch gekommen. Der saß wie ein Macho in der Hollywoodschaukel.« Helene zeigte die unscharfen Fotos auf ihrem Smartphone, aber Paul musste zugeben, dass er Breitner nicht wirklich erkannte. »Markus Gallwitz saß bei dem Kind im Sandkasten und Julia Reichwein pendelte zwischen Haus und Garten. Walter, der saß bei uns im LKA, wir haben den dabei beobachtet, wie er Jeff Erdmann abfing und jetzt saß er bei der Frau, deren Freund man ermordete.«

»Schon mal an ein Doppelleben gedacht?«, fragte Irene Siefert.

»Ich habe daran gedacht. Und seit heute Mittag, seit Dietmar und ich Erdmann in der Sparkasse besuchten, bin ich mir sicher, dass wir das Schloss, das wir knacken müssen, gefunden haben. Und Thomas Breitner ist der Schlüssel dazu.«

Donnerstag, 03. Mai
19:10 Uhr, Parallelstraße, Steglitz

Jerome Stark sackte zu Boden und lehnte sich mit dem Rücken gegen die Wand. Jeff Erdmanns Beichte schien die Luft aus seinem Körper gelassen zu haben. Zwei daumendicke Brillengläser fixierten Jeff Erdmann. Das erkannte der aus den Augenwinkeln. Nur aus den Augenwinkeln, denn um den Mann mit der Nickelbrille anzuschauen, war er nicht mutig genug. Er schämte sich. Aber warum? Er war gezwungen, mit den Bullen zu reden. Schließlich stand sein Chef neben ihm.

Die Abendsonne tauchte die Altbauwohnung in ein gemütliches Rot. Vögel trällerten vor den Fenstern ein Lied. Mehr hörte man in der Wohnung nicht. Stark schaute noch immer, als hätte man ihm gerade mitgeteilt, dass seine geliebte Hertha aus dem Vereinsregister gestrichen wird. Der Blick der Nickelbrille kam jetzt nicht mehr von der Seite. Mit einer eingemeißelten Mimik starrte der Mann Erdmann an. Seinem Blick auszuweichen, war nicht mehr möglich. Und die Botschaft war deutlich. Auch ohne Worte.

Du bist ein Verräter.

Du machst mit den Bullen gemeinsame Sache.

Du bist kein Herthaner.

»Es tut mir wirklich leid. Ich kann nichts dafür. Hätte ich denen nichts erzählt, mein Chef hätte mich gefeuert. Und wenn ich jetzt noch meine Lehrstelle verliere, zahlen mir meine Eltern nicht mal mehr die Miete. Bitte, ihr müsst mich verstehen.«

»Du hättest den Pigs auch was anderes erzählen können«, knurrte der Mann mit der Brille. »Aber nein, lieber verrätst du deine Kameraden. Du hättest nicht die Wahrheit sagen müssen, hättest damit erstmal deinen und unseren Arsch gerettet.«

»Euren Arsch? Wieso euren Arsch? Die Bullen wissen jetzt, dass ich zugetreten habe. Ihr anderen seid fein raus«, schrie Stark. Er zitterte. Der Mann mit der Brille vollzog drei große Schritte zu ihm. Erdmann war erstmal erlöst. Er atmete hörbar ein und aus. Der Mann mit der Brille hatte eine interessantere Beute gefunden

»Da nimmt sich jemand ganz schön wichtig. Willst du Mitleid oder was? Die Bullen sind nicht so blöd. Die sperren uns alle ein. Mich, Jeff, alle hier. Du bist nicht der Einzige. Du bist nur ein kleines Licht. Fast unbedeutend. Und weißt du was? Ein paar

Jahre im Knast tun dir vielleicht ganz gut. Da lernst du mal, was Zusammenhalt bedeutet.«

Stark wäre gerne aufgesprungen. Zu gerne hätte er Kontra gegeben. Aber auch ihn verließ jetzt der Mut. So dominant hatte er den Mann mit der Brille bisher nicht erlebt. Sonst war der immer auf Kompromisse aus, darauf bedacht, die Stimmung in der Gruppe oben zu halten. Heute nicht. Der Mann mit der Brille marschierte wie ein Soldat durch das Wohnzimmer.

»Es gibt zwei Möglichkeiten. Entweder stellen wir uns alle den Bullen, oder ...«, er drehte sich einmal im Raum, »... ach, Zusammenhalt habe ich hier sowieso noch nie erlebt. Ihr seid keine Herthaner. Niemand hier ist wirklich Herthaner. Außer ich. Herthaner halten zusammen. Egal, was kommt. Herthaner liefern sich niemals gegenseitig ans Messer.« Der Mann schrie jetzt. Stark hätte gerne etwas entgegnet, aber das Auftreten der Nickelbrille presste ihn weiter gegen die Wand. Trotz der hohen Stimme.

»Wir sind alle länger dabei als du, Kai«, platzte es aus Erdmann heraus. Der wirkte irritiert über seine eigenen Worte, seinen Mut, dem Mann, den er Kai nannte, etwas zu entgegnen. Plötzlich setzte er nach. »Stimmt doch. Du bist erst zu Beginn der letzten Saison dazugestoßen.« Erdmann schien die Kontrolle über sich verloren zu haben. Da war dieser Drang, Kai Blume zu widersprechen, klarzustellen, wie lange all die anderen schon dabei waren. Im Gegensatz zu ihm. Und doch wusste Erdmann, dass seine Worte ihm Ärger einbrachten. Jede Menge Ärger. Blumes Blick ließ daran keinen Zweifel aufkommen.

»Und? Trotzdem bin ich mehr Herthaner, als du es je sein wirst. Oder glaubst du, es ist wichtig, wie lange man dabei ist? Ist es nicht viel wichtiger, wie intensiv man seine Liebe lebt?«

Die Dielen knarrten unter den aggressiven Schritten des Mannes. Bis er stehenblieb. »Wenn ihr Herthaner seid, dann beweist es.«

»Und wie?«, fragte Erdmann.

»Entweder stellen wir uns oder wir blasen zum Gegenangriff. Entweder sind wir Muschis oder richtige Männer. Entweder sind wir Herthaner oder haben im Olympiastadion nichts mehr zu suchen.«

Freitag, 04. Mai
09:40 Uhr, LKA für Delikte am Menschen, Keithstraße, Tiergarten

Bis zu diesem Moment war das unvorstellbar. Aber Helene Eberle war erfreut, Frank Schönagel zu sehen. Der saß auf ihrem Platz und drehte ein paar Runden auf ihrem Bürostuhl. Bis er Helene in der Tür stehen sah.

»Frau Eberle. Kommen Sie auch mal wieder auf die Dienststelle. Dann sind wir ja jetzt komplett.« Helene vernahm die Provokation, stieg aber nicht darauf ein. Sie drehte Schönagel den Rücken zu und goss den letzten Schluck Kaffee aus der Kanne in ihre Tasse. »Ich habe Ihnen bis heute eine Frist gesetzt. Ich möchte Fakten. Wasserdichte Fakten. Also, ich höre?« Jetzt war Helenes Moment gekommen. Auf diesen Augenblick freute sie sich schon den ganzen Morgen. Sie nickte Schulz zu. Der stand auf, zog mit viel Pathos seine Jeans eine Etage höher und steckte sein weißes Shirt in die Hose. Sein Bauch drohte, auszubrechen.

»Ja, wir haben Fakten, wie sie es nennen. Wir von der Bereitschaftsmordkommission nennen es Beweise. Wir haben eine unterschriebene Zeugenaussage von Jeff Erdmann. Wir wissen, wer Thorben Hoffmann umgebracht hat. Erdmann selbst belastete sich nicht. Aber ein gewisser Jerome Stark vollzog den entscheidenden Tritt. Laut der Aussage von Jeff Erdmann, stiftete Kai Blume die Gruppe an, ohne selbst mitgemacht zu haben. Kai Blume ist der Deckname, unter welchem Thomas Breitner in der Fußball-Szene agiert. Aber das wissen Sie ja selbst.«

»Herr Schönagel, was sagen Sie dazu?« Thomas Breitner alias Kai Blume saß hier letztens mit im Büro.« Helene Eberle war sich die Wirkung ihrer Worte bewusst. Schönagel mutierte zu einem Blindgänger, der jeden Moment zu explodieren drohte. Mit einem genüsslichen Lächeln führte Helene ihre Kaffeetasse zum Mund. Dann entschied sie sich, die Zündung der Bombe zu betätigen.

»Ich würde sagen, wir geben zuerst eine Fahndung nach Jerome Stark heraus und die Staatsanwaltschaft beantragt gleichzeitig einen Haftbefehl. Oder spricht etwas dagegen, Herr Schönagel?« Der Dezernatsleiter sprang auf. Sekunden später knallte die Bürotür ins Schloss. Niemand störte sich an dem Verhalten des Vorgesetzten. Udo Golombek ging direkt zur Tagesordnung über.

»Janett Brühl müsste in einer Stunde hier sein. Sie wird sich um den Fahndungsaufruf kümmern. Eine Pressemitteilung ist auch nicht verkehrt. Aber sagen Sie, wie haben Sie das geschafft?«

»Ich habe den an seiner Ehre gepackt«, posaunte Schulz heraus und streckte dabei seine Nase in Richtung Decke. »Und Helene hat den ausgequetscht wie eine Zitrone.«

»Was muss ich mir darunter vorstellen?«

»Wir haben ein bisschen guter Bulle, böser Bulle gespielt. Ich habe ihm Respekt beigebracht und Helene nutzte das, um an

Infos zu kommen.«

»Erdmann hatte ein immenses Mitteilungsbedürfnis. Durch ihn haben wir erst herausgefunden, dass es sich bei Thomas Breitner und Kai Blume um die gleiche Person handelt«, ergänzte Helene.

»Ja, es ist mir bekannt, dass Kai Blume der dienstliche Deckname von Thomas Breitner ist. Ich hoffe, Sie haben den Verdächtigen nicht mitgeteilt, dass Kai Blume in Wahrheit Thomas Breitner heißt und ein Polizist ist.«

Dietmar Schulz schüttelte den Kopf, als wollte er jedem im Raum klarmachen, dass er doch nicht wahnsinnig sei.

Freitag, 04. Mai
17:40 Uhr, Bötzowstraße, Prenzlauer Berg

Helene Eberle stellte ihren Rucksack ab, hing ihre Jacke an den Kleiderhaken und zog ihre Schuhe aus. Irene Siefert kam aus der Küche und begrüßte Helene.

»Wo ist Klarissa?«

»Die sitzt im Wohnzimmer und schmollt.«

»Wie bitte? Was ist denn passiert?«

»Nichts Schlimmes. Komm erstmal rein.« Durch die Wohnzimmertür winkte Helene ihrer Tochter zu, die verharrte mit verschränkten Armen auf dem Sofa. Doch als das Mädchen ihre Mutter erkannte, drehte es den Kopf demonstrativ Richtung Fenster. Helene nahm in der Küche Platz, während Irene Siefert die Soße auf dem Herd umrührte.

»Wo ist Walter?«

»Das hängt beides miteinander zusammen.« Fragend kniff Helene die Augen zusammen. »Walter wollte dich überraschen. Er ist in eurer Wohnung, um nach dem Rechten zu sehen. Klarissa wollte unbedingt mit. Walter versuchte noch, ihr zu erklären, dass er ja selber nicht wüsste, was ihn dort erwarten würde. Deshalb sollte Klarissa hierbleiben. Ich glaube, sie ist ein wenig gekränkt.«

»Seit wann ist er weg?«

»Seit einer halben Stunde etwa. Aber jetzt erzähle doch mal. Wie war dein Arbeitstag?«

»Aufschlussreich. Sehr aufschlussreich.«

»Was heißt das genau?«

Helene berichtete knapp von der Versammlung und von Thomas Breitner, der unter dem Namen Kai Blume in der Ultraszene agiert. Sie berichtete von dem Versprechen, das ihr Staatsanwalt Horst Klöckner gab. Der U-Haft-Antrag für Thomas Breitner sollte noch heute beim Bereitschaftsgericht eingereicht werden.

»Aber sage mal, was ist jetzt mit Klarissa?«

»Wie ich eben schon sagte, sie ist gekränkt.«

»Nur, weil sie nicht mitgehen durfte?«

»Walter hat ihr doch erklärt, er wisse selber nicht ..., all das eben, was ich ja schon sagte. Und Klarissa wollte mit Walter darüber streiten und einen Kompromiss finden. Aber über manche Angelegenheiten kann man nun mal nicht streiten. Vielleicht erklärst du das Klarissa noch mal?«

Jemand betätigte die Klingel an der Wohnungstür. Irene Siefert blickte zu Helene. »Walter kann es nicht sein. Dem habe ich einen Schlüssel mitgegeben.« Helene stand auf. An der Wohnungstür schob sie die Abdeckung des Spions zur Seite. Das, was sie durch das Guckloch erkannte, ließ ihr Herz eine Etage tiefer rutschen.

Sie strich ihre braunen Haare zurück und öffnete.

»Ja bitte?«

»Frau Eberle?«

»Ja?«

»Wir müssen Sie bitten, mitzukommen«, sprach die Frau in der Uniform. Helene fiel auf, dass die Polizistin größer als ihre männliche Begleitung war.

»Um was geht es bitte?« Helene kämpfte gegen den Schwindel vor ihren Augen an.

»Ihr Freund ...«

»Was ist mit ihm?«

»Er hat uns in die Metzer Straße gerufen. In Ihre Wohnung wurde eingebrochen. Und es wurde eine Botschaft hinterlassen, weshalb Ihr Freund sich Sorgen um Sie macht. Normalerweise ist das nicht unsere Aufgabe, aber in diesem Fall, ... also, Ihr Freund meinte, dass von den Tätern eine erhebliche Gefahr ausgeht. Dem konnten wir nicht widersprechen. Wir finden es auch zu gefährlich, wenn sie ohne Begleitung zu ihrem Wohnsitz fahren. Deshalb wollten wir sie abholen. Sie müssen natürlich nicht mitkommen.«

»Doch, doch, ich bin sofort da. Möchten Sie so lange hereinkommen?« Die Uniformierten schüttelten den Kopf.

»Ist was mit Waldi?« Helene drehte sich um und sah ihre Tochter in der Wohnzimmertür stehen. Sie holte tief Luft.

»Nein, Waldi geht es gut. Ich hole ihn her, okay?«

»Sagst du ihm, dass ich nicht mehr böse auf ihn bin?«

Helene nickte und kämpfte gegen den Frosch in ihrem Hals. Zum Glück erschien Irene Siefert im Flur, die sich Klarissa annahm.

»Weißt du was? Wir kochen für Mama und für Waldi etwas

Tolles. Und wenn sie wiederkommen, essen wir gemeinsam.«

»Das machen wir. Und Mama darf dann auch nicht über das Essen meckern.«

Zehn Minuten später stieg Helene aus dem Streifenwagen in der Metzer Straße. Vor dem Haus standen vier Autos mit Blaulicht. Beruhigend war dieser Anblick nicht.

Jede Treppenstufe des Altbaus war so schwer zu bewältigen wie ein Marathon. Vor der letzten Treppe blieb Helene stehen. Ein Scheinwerfer stand auf dem Boden im Hausflur und bestrahlte den Eingang ihrer Wohnung. Eine Vielzahl an Stimmen war hörbar.

»Frau Eberle?« Helene wollte das ganze Ausmaß des Einbruchs nicht sehen. Sie starrte auf die oberste Stufe. »Frau Eberle?« Jetzt schaffte sie es, den Kopf zu heben und erkannte ein Doppelkinn in Uniform. Den Polizisten kannte sie. Aus dem Fernsehen. Natürlich. Der Kollege sah dem früheren TV-Kommissar Horst Krause zum Verwechseln ähnlich. Das Doppelkinn, die zu kleine Uniform, der fulminante Bauch, der selbst die Wampe von Dietmar Schulz in den Schatten stellte. Einzig Haduck, der Schäferhundmischling, fehlte.

»Wir haben bereits Ihre Kollegen von der Bereitschaftsmordkommission benachrichtigt. Herr Golombek und Herr Schulz sind auf dem Weg hierher. Wir von der Direktion 16 sind hier fertig mit unserer Arbeit. Das geht hier über unseren Zuständigkeitsbereich hinaus.« Helene kratzte sich am Ohr.

»Wollen Sie selber einen Blick hineinwerfen?«

»Was bleibt mir anderes übrig?« Sie schleppte sich die letzte Stufe hinauf. An die Wohnungstür hatte jemand ein Kreuz mit roter Farbe geschmiert. Über dem Kreuz standen die Buchstaben

H und E. Helene Eberles Initialen. Der erste Blick in die Wohnung erinnerte die Schwäbin an ihren ersten Fall in Berlin. Damals tobte sich das SEK in einer Wohnung in Buch aus, weil man nicht das vorfand, was man erhoffte. Aber an diesem Abend fragte Helene sich, was der oder die Täter in ihrer Wohnung suchten. Die Wohnung war noch nicht einmal komplett eingerichtet. Es gab keine Wertsachen, keine technischen Geräte. Hoffte man, sie persönlich anzutreffen? Oder wusste man sogar, dass sie nicht zu Hause war?

Helene hielt die Luft an. Sie wusste, dass der beißende Gestank nach Ausscheidungen bei ihr schnell für einen unkontrollierten Würgereiz sorgen konnte. Walter Paul kam seiner Freundin kopfschüttelnd entgegen und umklammerte sie.

»Du musst dich verstecken.« Helene schaute ihren Freund fragend an. Noch immer weigerte sie sich, Luft zu holen. Paul zeigte mit seinem Kopf nach links. An der Wand erkannte die Kommissarin ein zweites Kreuz.

Darüber las sie: *Bullenschlampe Eberle – geb. am 18.06.1983 – hingerichtet am 05.05.2018.*

Freitag, 04. Mai
22:10 Uhr, Fraenkelufer, Kreuzberg

Der Regen war so kurz wie heftig. Die Vanilleblumen in den Balkonkästen gaben den für sie typischen Duft ab. Nancy Richter stand auf dem Balkon und breitete die Arme aus. Dabei schaute sie auf die zahlreichen Lichter gegenüber und fragte sich, was wohl in all den Krankenhauszimmern abging. Der Landwehrkanal vor dem Krankenhaus schimmerte in der

Dunkelheit. Er wirkte auf die Frau mit den blonden Naturlocken wie ein Schutzwall, der all den Schmerz und die Trauer von ihrer Uferseite fernhielt. Und all die jungen Menschen, die am Ufer des Kanals saßen, waren die Soldaten, die Nancy Richters Glück bewachten. Hier, am Fraenkelufer, war nicht ihr neues Zuhause. Eine Wohnung in dieser Gegend war schlicht unbezahlbar. Aber durch ein Online-Portal war es ihr und Matthias Eberle möglich, die sanierte Altbauwohnung im fünften Stock als Ferienwohnung zu mieten. Das passte, denn ab sofort sollte das ganze Leben nur noch aus Ferien bestehen. Nancy Richter hatte genug gearbeitet in ihrem Leben. Jetzt waren mal die anderen an der Reihe. Zwei Hände legten sich von hinten auf ihre Schulter.

»Endlich bist du da«, flüsterte Nancy Richter und lehnte sich an Matthias Eberle.

»Ich hatte noch einen außerplanmäßigen Kundentermin«, erklärte ihr Freund.

Matthias Eberle ergriff zu Beginn des Jahres die Chance, bei einer renommierten Kaffeefirma den Vertrieb zu leiten. Drei Monate später tat er es seiner Ex-Frau nach und ließ sich nach Berlin versetzen. In der Bundeshauptstadt wollten Nancy Richter und Matthias Eberle ihr Glück finden. Doch Matthias Eberle zog noch etwas anderes nach Berlin. Seine vierjährige Tochter.

Samstag, 05. Mai
01:20 Uhr, Krampnitzer Straße, Potsdam

Das Auto hielt. Auf der Rückbank saß Helene Eberle und starrte in die Dunkelheit.

»Mama, das ist voll cool hier.« Wie kam ihre Tochter darauf?

In der Dunkelheit war nichts zu erkennen. Und überhaupt, wo waren sie hier?

Udo Golombek hatte angeordnet, dass Juliane Bergmann Umwege fahren sollte, weil niemand ausschließen konnte, dass sie jemand verfolgte. Seine Worte klangen ihr noch im Ohr.

Ihr Leben steht auf dem Spiel.
Wir haben die Situation unterschätzt.
Es geht nur noch um Ihren Schutz.

Udo Golombek erklärte sich immerhin damit einverstanden, dass Klarissa ihre Mama begleiten durfte.

»Wir sind da.« Juliane Bergmann öffnete die Autotür. »Willkommen in Sacrow.«

Helene folgte ihrer Kollegin in die Dunkelheit. Klarissa schloss rücksichtsvoll die Autotür. Es war gespenstisch still. Es roch wie in Rosenthal, wenn Helene Julia Reichwein besuchte. Helene Eberle blickte sich um und erkannte in der Ferne ein Gewässer, dass in der Dunkelheit schimmerte. Dann war doch etwas zu hören. Es war das Huu-hu einer Eule.

»Wie heißt der Ort?«

»Sacrow!«

»Sacrow«, wiederholte Helene flüsternd.

»Du bist immer noch skeptisch?«

»Nein, ihr habt ja recht.«

»Safety first!« Helene nickte und zog die Mundwinkel und ihre Augenbrauen nach oben. Juliane Bergmann öffnete den Kofferraum und lud Helenes Gepäck aus.

»Und das ist dein Ferienhaus?«

»Ja, von mir und meiner Freundin. Hier sind wir weg vom

Großstadtstress und können auf andere Gedanken kommen. Und das solltest du auch. Den Rest erledigen wir. Versprochen.«

Wieder nickte Helene. Sie griff ihre Taschen und folgte ihrer Kollegin zum Haus. Es ertönte ein dezentes Knarren, als Juliane Bergmann die Tür aufschob. Sie schaltete das Licht an und Helene erkannte ein Bett in der einen und eine Nische in der anderen Ecke. Der zur Seite gezogene Vorhang gab den Blick auf das WC und auf ein Waschbecken frei, das nicht größer als ein Pasta-Teller war. Klarissa rannte zum Holztisch in der Mitte und setzte sich auf einen der beiden Stühle.

»Mama, hier spielen wir ganz viel Uno, ja?«

»Viel mehr können wir hier eh nicht machen.«

»Das kann auch ein Genuss sein«, warf Juliane Bergmann ein. Helene biss sich auf die Zunge. Untätig herumsitzen und Uno spielen. Stundenlang. Das sollte ein Genuss sein? Für Helene so unvorstellbar wie eine Rückkehr zu ihrem Ex-Mann.

Helenes Kollegin schob den zweiten Vorhang zurück. Zum Vorschein kam eine kleine Ablage, unter der ein Kühlschrank stand. Zwischen den beiden Nischen stand eine Kommode. Dort drin vermutete Helene das Geschirr. An der Wand über dem Bett hing eine Landkarte, die Helenes Aufmerksamkeit anzog.

»Die Karte über deinem Bett ... ist Potsdam weit weg von Sacrow?«

»Sacrow liegt im Norden von Potsdam. Direkt an der Grenze zu Berlin.«

»Ach so. Deshalb die Karte.«

»Genau. Und noch etwas. Rufe bitte sofort an, wenn irgendwas sein sollte.«

»Das werde ich.«

Samstag, 05. Mai
09:50 Uhr, LKA für Delikte am Menschen, Keithstraße, Tiergarten

Der Gesichtsausdruck vom Dezernatsleiter ließ keinen Interpretationsspielraum. Es fehlte nur noch der berühmte letzte Funke, bis es wieder knallte. Ob Schönagel dann wieder wutentbrannt aus dem Büro rannte und die Tür schmiss?

Walter Paul war wieder im Dienst. Trotz Schmerzen und Krankschreibung. Nach dem Einbruch in der Metzer Straße hatte er nur noch einen Wunsch. Er wollte diesen Fall endlich abschließen. Und bei Irene Siefert hätte er sich viel zu viele Sorgen gemacht. Sorgen um Helene und um Klarissa. Vor ihm stand eine gelbe Kaffeetasse, die er sich zum zweiten Mal gefüllt hatte. Auf dieser stand in schwarzen Buchstaben:

Ich bin mit der Gesamtsituation unzufrieden.

Provokant platzierte Paul die Tasse so, dass der Schriftzug in Schönagels Richtung zeigte. Udo Golombek, Dietmar Schulz und Simone Otto betraten gemeinsam den Versammlungsraum. Während Golombek, beinahe geduckt, Richtung Schönagel schlich, setzte Simone Otto sich an das andere Ende der Tischreihe, die in U-Form aufgestellt war. Dietmar Schulz bediente sich an der Kaffeemaschine. Paul fragte sich, ob das Absicht war. Wollte Schulz hier provozieren? Der bierbäuchige Glatzkopf kratzte sich am Gesäß und ließ sich mit dem Einschenken des Kaffees viel Zeit.

»Will noch jemand?« Er hielt die Kaffeekanne in die Luft.

»Bring mir mal eine Tasse mit«, gackerte Simone Otto, die an diesem Morgen wieder etwas braungebrannter aussah.

»Wie die Dame wünscht«, antwortete Dietmar Schulz. Walter Paul stieg mit ein.

»Hast du jetzt den Gentleman in dir entdeckt?«

»Nee, wieso? Bin nur nett.«

»Wir möchten gerne beginnen«, sprach Frank Schönagel in peniblem Ton. Noch einmal öffnete jemand von außen die Tür des Versammlungsraumes. Pressesprecherin Janett Brühl kam herein. Sie trug ein rotes Sakko mit schwarzen Streifen auf den Schultern. Ihre Stiefel reichten bis zu den Kniescheiben.

»Bitte entschuldigen Sie die Verspätung. Aber in der dritten Mordkommission ...«

Der Dezernatsleiter knurrte leise: »Hier wird gar nichts mehr entschuldigt.« Dann wendete er sich an die vor ihm sitzenden Personen. »Eine Begrüßung spare ich mir an dieser Stelle. Aber eins vorweg: Wenn dieser Fall abgeschlossen ist, werden hier Köpfe rollen. Und der von Fräulein Eberle wird nicht der Einzige sein. Das verspreche ich Ihnen. Was am gestrigen Abend im privaten Bereich der von mir eben angesprochenen Person vorfiel, hat hier nichts verloren. Das hat man privat zu klären. Aus diesem Grund ist das Fehlen von Fräulein Eberle auch nicht zu entschuldigen.« Paul schnaubte durch die Nase und lehnte sich zurück. Zu Wort kam er nicht. »Herr Schulz, von Ihnen bin ich persönlich sehr enttäuscht.« Dietmar Schulz war das egal.

»Ist ja nichts Neues«, flüsterte er etwas zu laut.

»Seit wann machen Sie gemeinsame Sache mit der hier abwesenden Person?«

»Wie, gemeinsame Sache?«

»Sie trieben, gemeinsam mit Ihrer bald ehemaligen Kollegin, einen jungen Mann in den Selbstmord.«

»Hä?«

»Nach der Vernehmung an seiner Arbeitsstelle, welche übrigens weder von mir, noch von der Staatsanwaltschaft abgesegnet war, versuchte Jeff Erdmann sich am gestrigen Tag das Leben zu nehmen.« Dietmar Schulz nippte desinteressiert an seiner Kaffeetasse, Frank Schönagel hielt eine Zeitung in die Höhe. »Und ich bedanke mich recht herzlich für diese tolle Presse.«

»Herr Schönagel, diesen Berichten fehlen sämtliche Details«, warf die Pressesprecherin Janett Brühl ein.

»Möchten Sie behaupten, dass das erfunden ist?«

»Das habe ich nicht gesagt. Ich möchte lediglich anregen, den Wahrheitsgehalt zu überprüfen, wenn man sich schon mit der Boulevardpresse beschäftigen muss. Die Informationen in ihrer Zeitung findet man ausschließlich in den Fan-Foren im Internet.«

»Ein junger Mann versuchte, sich das Leben zu nehmen, nachdem er dermaßen eingeschüchtert wurde. Und zwar von zwei Beamten aus der Bereitschaftsmordkommission. Und Sie bestreiten das?«

»Nein. Das tue ich nicht, aber ...«

»Das wollte ich hören. Vielen Dank Frau Brühl. Sie können dann jetzt gehen. Sie haben ja genug zu tun.« Paul nahm noch einmal einen großen Schluck aus seiner Kaffeetasse, bevor er sich erhob.

»Mir reicht es. Mein Auto wurde abgefackelt, vor der Tür unserer Kollegin hängte jemand einen abgetrennten Bullenkopf, gestern brach man in ihre Wohnung ein und hinterließ klare Morddrohungen. Was muss denn noch passieren?«

»Ich sehe ja, Sie sind mit der Gesamtsituation unzufrieden Herr Paul, aber ich bin hier nicht im Kindergarten und auch nicht in einem Jugendclub, wo irgendwelche Pubertierenden Ihren Protest auf Kaffeetassen kundtun. Außerdem, unterstellen Sie mir tatsächlich, dass ich Straftaten unter den Tisch kehre? Ich wiederhole mich gerne noch einmal. Die privaten Dinge von Ihrer sogenannten Kollegin haben hier nichts verloren. Dafür ist die Landespolizeidirektion 1 zuständig.«

Paul schüttelte ungläubig den Kopf. Er schob seinen Stuhl zur Seite und erhob sich.

»Wenn Sie die Dienstversammlung verlassen, wird das Konsequenzen haben.«

»Ja, und zwar für Sie! Guten Tag.« Dann verließ er den Raum.

»Aber das stimmt doch überhaupt nicht, was Sie sagen. Das waren doch klare Morddrohungen, also ist unser Dezernat zuständig«, meldete sich nun auch Dietmar Schulz zu Wort.

»Möchten Sie ebenfalls gehen Herr Schulz?«

»Von mir aus. Muss eh noch frühstücken.« Somit folgte auch er Paul aus dem Versammlungsraum.

»Höchste Zeit, die Mordkommission hier komplett neu aufzustellen. Vom Oberkommissar bis hin zum ersten Kriminalhauptkommissar.«

Gerne wäre Udo Golombek Paul und Dietmar Schulz gefolgt, aber seine Beine waren tonnenschwer. Wie auch sein Kopf, den er nur mühsam oben hielt. »Wo hält sich diese Frau, die hier für so viel Unruhe sorgt, eigentlich im Moment auf? Zu Hause ja wohl kaum.«

Es war die Hoffnung, die Wogen etwas zu glätten, als Udo Golombek seinem Vorgesetzten von Helenes Aufenthaltsort berichtete.

Er trug ein einfarbiges schwarzes Shirt, dazu eine graue Jogging-hose und weiße Turnschuhe der Firma Nike. Jerome Stark war startklar. Er wartete darauf, dass Kai Blume ihn abholte. Dessen Angebot durfte er nicht ablehnen. Es war nicht nur das Angebot, ihn zum Olympiastadion zu fahren. Es war auch gleichzeitig das Angebot für ein klärendes Gespräch. Der Mann mit der Brille war nicht dumm. Er war in der Lage, eins und eins zusam-menzuzählen. Und das Ergebnis war, dass Stark ein Problem mit ihm hatte. Das konnte Stark nicht abstreiten. Nur machte Kai Blume auch kein Geheimnis daraus, dass die Aussprache vor versammelter Mannschaft erfolgen würde. Der Mann war sich im Klaren darüber, dass Stark es sich nicht leisten konnte, die Rolle des Troublemakers auszufüllen. Zusammenhalt war wichtig. Nicht nur jetzt, aber gerade jetzt. Stark kämpfte jeden Tag dafür, in der Rangordnung der Hertha-Ultras die Leiter höher zu klettern. Und hätte er das Angebot abgelehnt, wäre er die Leiter wieder hinabgestürzt. Und vermutlich nie wieder auf-gestanden.

Jerome Stark saß an seinem Schreibtisch und verbrachte die Wartezeit damit, in Internetforen von Ultragruppierungen anderer Vereine zu stöbern. Selbst aus Gelsenkirchen, mit deren Fans die Herthaner eigentlich Probleme hatten, regnete es Sympathiebekundungen. Von München über Dortmund, Leipzig, Wolfsburg bis nach Hamburg teilte man eine Meinung. A.C.A.B. All Cops are Bastards. Jerome Stark dachte an den einen Nachmittag zurück, als sein Vater sich über diese Buchstabenfolge lustig machte, als er die in der Zeitung las.

»Wofür steht dieses A.C.A.B.? Für All Children are Beautiful? Das passt ja zu euch Ultras.« Diesen Spruch verzieh Stark seinem Vater bis heute nicht. Er klappte das Notebook zu und schloss es in der Schreibtischschublade ein. Mit beinahe sehnsuchtsvollem Blick schaute er aus dem Fenster. Wann fuhr Kai Blume endlich vor? Normalerweise war Stark immer eine Stunde vor Anpfiff im Stadion. Aber heute blieben die *Herthakingz* draußen. Aus Protest, weil ihr Verein mit der Polizei zusammenarbeitete. Für die Ultras war das nicht hinnehmbar. Die Polizei nutzte Blitzer-Fotos, um gegen einzelne Mitglieder vorzugehen. Schlimmer noch: Sie besuchten Mitglieder an ihren Ausbildungsstellen, stellten sie vor ihren Vorgesetzten bloß und zwangen sie in Drucksituationen zu Geständnissen. Okay, man selbst beförderte am 14. April einen Schiri von Hertha versehentlich ins Jenseits, aber das war keine Absicht. Es war eine Verwechslung. Alle dachten, das wäre ein rot-weißes Schwein vom anderen Ende der Stadt. Außerdem lag das alles schon fast einen Monat zurück. Und das rechtfertigte doch noch lange nicht das krasse Vorgehen der Pigs.

Ein schwarzer Golf GTI bremste vor dem Haus und wendete in einem Zug. Die Hupe ertönte kurz. Stark sprang auf, schnallte sich seine Bauchtasche um und verließ sein Zimmer. An der Tür stand seine Mutter, die ihn mit scharfen Augen ansah. Zu seiner Überraschung öffnete sie ihm sogar die Haustür. Doch was sie sagte, schnürte Stark den Hals zu.

»Wir wissen, dass die Polizei dich sucht. Du kannst dir unserer Unterstützung sicher sein. Aber wenn du jetzt durch diese Tür gehst, wird sie für dich für immer geschlossen bleiben.« Stark kratzte sich am Kopf. Es juckte auch unter seinem Shirt, am Hals, an den Armen und Beinen, auf seinem Rücken tobte eine Armee an Ameisen. Kai Blume erschien in der Tür.

»Kommst du?« Starks Ellenbogen juckte.

»Wenn du jetzt gehst, wird die Polizei dich festnehmen.«

»Wenn die dich schnappen, gibt es Tote. Das wissen die!«, rief Starks Fahrer. Von der Mutter sah der nur die Rückseite der gelben Bluse.

»Na los, wir müssen.« Jerome Stark nickte und trat aus dem Haus. Hinter ihm schloss sich die Tür seines Elternhauses.

Samstag, 05. Mai
11:05 Uhr, LKA für Delikte am Menschen, Keithstraße, Tiergarten

Die Finger von Kriminalhauptkommissar Walter Paul klangen wie kleine Äxte, mit der er auf die Tastatur einhakte.

»Alter, lass mal die Tastatur ganz. Budget ist knapp«, warf Dietmar Schulz ein. Doch hatte sein Kollege dafür kein Ohr.

»Gehst du heute zu Hertha?«

»Wie denn? Muss ja arbeiten.«

»Dann lass uns die Arbeit vors Stadion verlegen.«

»Was soll ich denn vorm Stadion? Wenn, dann will ich rein. Und dich nehm ich nicht nochmal mit. Falls du wieder in die Ostkurve willst.«

»Da wäre ich heute wohl alleine.«

»Stimmt. Die protestieren ja. Hab ich vergessen. Interessiert mich aber auch nicht.« Udo Golombek mischte sich ein.

»Die sogenannten Ultras protestieren gegen die Polizei. Das muss uns schon interessieren.«

»Genau. Lass uns hinfahren.«

»Und was willst du da?«, fragte Schulz, stand auf und schlurfte zur Kaffeemaschine.

»Ich will mir ein Bild machen.«

»Sie wollen Stark schnappen«, berichtigte Udo Golombek den Kriminalhauptkommissar. »Aber das funktioniert nicht. Es gibt die klare Anweisung, Jerome Stark während des Protestes nicht festzusetzen. Die ging heute Morgen an alle Hundertschaften raus, die die Kundgebung begleiten. Wenn er während der Proteste herausgezogen wird, könnte die Situation außer Kontrolle geraten.« Das leuchtete Walter Paul ein. »Es gibt auch keine Fluchtgefahr. Er wohnt noch bei seinen Eltern in Spandau und studiert an der Freien Universität. Aber, im Vertrauen, heute Abend bekommt er Besuch. Und ich werde es begleiten. Gemeinsam mit Simone Otto. Heute Abend wird er einkassiert.«

»Ich will trotzdem hin.«

»Na gut, aber ich fahre.« Walter Paul dachte an den SUV von Dietmar Schulz und an dessen Fahrkünste, aber all das war jetzt egal. Paul willigte ein, indem er seinem Kaffee schlürfenden Kollegen den hochgestreckten Daumen zeigte.

Die Tachonadel war auf dem Weg zur achtzig, als Dietmar Schulz über die Hardenbergstraße bretterte. Vor dem Kreisverkehr am Ernst-Reuter-Platz verringerte Schulz das Tempo nur um das Nötigste. Walter Paul hielt sich am Griff über der Tür fest. Er rechnete damit, dass die Beifahrerseite jeden Moment abhob, so scharf durchfuhr Dietmar Schulz den Kreisel.

»So musst du einen AMG fahren.« Paul rümpfte, für seinen Kollegen unbemerkt, die Nase. Der Hauptkommissar behielt den Protest für sich, war er doch erleichtert, dass Schulz sich überhaupt auf diese hanebüchene Aktion einließ. Er fuhr auf die B2, ließ noch die Deutsche Oper hinter sich, ehe es im Stop-and-go weiterging. Was jedoch mehr Stop als go war. Die Beamten sahen nur noch aufleuchtende Bremslichter. Dass die Geduld von Dietmar Schulz der eines Dreijährigen ähnelte, wusste Paul. Deshalb wunderte es ihn nicht, als sein Kollege wie ein Berserker gegen das Lenkrad schlug. Einmal, zweimal, dreimal. Die Wortwahl war dabei alles andere als jugendfrei. Die Autos vor dem Mercedes gaben ein Stück Straße frei. Sofort heulte der Motor des AMG auf, als bereite Schulz sich auf den Start eines Wettrennens vor.

Ab der Kreuzung, wo die meisten Fahrer ihre PKWs auf die A100 lenkten, hatte Schulz wieder freie Fahrt. Er fuhr geradeaus, vorbei am U-Bahnhof Kaiserdamm. Zwanzig Minuten später als geplant, fand er noch einen der raren Parkplätze vor dem Stadion.

»Wir bleiben aber auf Abstand, verstanden? Wir sind zu alt für solche Kindereien. Wir würden eh nur auffallen.« Paul missfiel die Wortwahl, doch auch das sagte er nicht.

Der Protest der Ultras war unüberhörbar. Dann erkannten sie sie.

»Hass, Hass, Hass wie noch nie – all Cops are bastards – A.C.A.B.«, ertönte es in Dauerschleife. Die Einsatzhundertschaften in ihren Kampfanzügen blieben davon unbeeindruckt. Erst beim genaueren Hinsehen erkannte Paul eine zweistellige Anzahl an Kameras, die auf der Suche nach Straftaten waren.

»Ey, was du mir antust.«

»Was meinst du?«

»Ich fahre zur Hertha, gehe aber nicht ins Stadion. Nicht mal Bier kann ich trinken.«

»Tröste dich, hier bekommst du wenigstens mit, wenn ein Tor fällt.«

»Im Stadion könnte ich es sogar sehen.«

»Auf der Dienststelle würdest du es nicht mal hören.«

»Das da würde ich auch nicht hören.«

»BRD – Bullenstaat. Wir haben dich zum Kotzen satt«, rief eine Mädchengruppe. Und das in einer Tonlage, die Schulz und Paul an Thomas Breitner erinnerte.

»Solche Sprüche kenn ich eher von Linksradikalen«, sagte Dietmar Schulz und schaute anschließend zu zwei Pubertierenden, die er auf maximal fünfzehn Jahre schätzte.

»Schau dir das an. Die tanzen vor den Polizeikameras herum und singen Bullenschweine – Hurensöhne. Na, die trauen sich ja was, in einem Bullenstaat.«

Die Kollegen in den Uniformen wirkten wie Wachhunde, die nur darauf warteten, von der Leine gelassen zu werden. Dietmar Schulz und Walter Paul kannten die Anordnung. Nicht eingreifen. Keine Eskalation. Die Kameras filmten, um später auf den Dienststellen ausgewertet zu werden, mehr wäre in diesem Augenblick auch sinnlos gewesen.

Dietmar Schulz rammte seinen Ellenbogen in die noch immer lädierten Rippen seines Kollegen. Paul japste erst nach Luft, dann warf er Schulz einen bösen Blick zu. Bis er verstand, was Schulz mit dem Stoß bezweckte.

»Schau mal da, unser Kollege! Thomas Breitner. Wenn der uns hier erkennt, kriegst du wieder Dresche und ich darf mich auch nie mehr bei Hertha blicken lassen.«

Helene packte für ihre Flucht nur das Nötigste ein. Mit dabei natürlich Uno, Mensch ärgere dich nicht und Lotti Karotti. Lotti Karotti war jedoch, wenn Helenes Tochter die Wahrheit sprach, Babykram. »Drehen und eine Karte ziehen. Das kann ja jeder«, empörte sich Klarissa, als Helene die viereckige Verpackung aus der Tasche zog. Es war die Verpackung, die den meisten Platz wegnahm. Hätte Helene das mit dem Babykram vorher gewusst, hätte sie dafür ein paar Handtücher einpacken können. Oder Duschgel. So blieb ihrer Tochter am Morgen nichts anderes übrig, als sich mit eiskaltem Wasser abzuwaschen und sich anschließend trocken zu hüpfen. Dem Mädchen gefiel die Abwechslung und viele Tage, so hoffte Helene, blieben sie ja nicht in dieser Hütte.

»Uno, Uno, Mama.« Es war die dritte Runde, die Helene verlor. Uno war kein Glücksspiel. Paul hatte recht. Das konnte es nicht sein. Niemals.

»Und jetzt Mensch ärgere dich nicht?«

»Wir haben doch abgemacht, dass wir erst was essen. Danach spielen wir weiter.«

»Du hast nur Angst, wieder zu verlieren.«

»Nein, ich habe Angst zu verhungern.«

»Waldi hat mir mal gesagt, wenn Menschen drei Tage lang nichts essen, würde nichts Schlimmes passieren.«

»Waldi hat mich auch noch nie hungrig erlebt«, knurrte Helene scherzhaft. Sie erhob sich und betrat die winzige Küchenzeile.

»Was gibt es zum Essen?«, rief ihr Klarissa fragend hinterher. Helene öffnete den Kühlschrank. Im Gemüsefach lag eine Zucchini. Daneben Champignons. In der Tür stand eine Flasche Wasser. Im mittleren Fach erkannte Helene eine Dose Mais, daneben fand sie endlich etwas Essbares. Fleisch. Zwei Packungen Fleisch. Schon roh sah das herzhaft aus. Genau das brauchte sie nach einem spärlichen Frühstück, das lediglich aus Cornflakes und Mandelmilch bestand. Inzwischen hatte Helene registriert, dass es hier in der Hütte keine tierischen Produkte zum Essen gab. Abgesehen von dem Fleisch in ihren Händen. Aber den Namen, den sie auf der Verpackung las, hatte sie noch nie gehört. Seitan. Sie drehte die Packung um und verzog bei den Worten *veganer Fleischersatz aus Weizeneiweiß* das Gesicht. Sie stand auf und spielte mit dem Gedanken, einkaufen zu gehen.

»Was gibt es jetzt zu essen? Du hast doch Hunger. Das hast du gesagt«, empörte sich Klarissa, weil ihre Mutter noch immer nicht ihre Frage beantwortete.

»Ich weiß nicht ...« Helene schaute irritiert aus dem Fenster. Am Horizont sah sie den Sacrower See und viele Menschen, die die Sonnenstrahlen für einen Spaziergang um das Gewässer nutzten. Und wegen dieser Menschen war es unmöglich, das Haus zu verlassen. Denn was wäre, wenn sie hier jemand erkannte?

Samstag, 05. Mai
13:30 Uhr, Parallelstraße, Steglitz

Auf dem Teller, den Jeff Erdmann zum Couchtisch trug, lagen zwei Brötchenhälften, zwischen denen reichlich Salat, mehrere Scheiben Gouda und Rinderfilet lag. Etwas Chilisauce quoll an der Seite heraus. Erdmann balancierte den Teller zum Mund

und leckte die Soße genüsslich vom Brötchenrand ab. In der linken Hand hielt er eine kalte Flasche Berliner Kindle. »Mein Gott! Kann das Leben schön sein!«, sprach er und klappte den Laptop auf. Der Inhalt aus der Flasche mit dem weißen Etikett schmeckte leicht herb. An seinen Mundwinkeln suchten zwei Tropfen der Hopfenkaltschale den Weg herab Richtung Teller. Dann biss Erdmann zum ersten Mal in den Burger und schmatzte genüsslich. Diesen Moment hatte er allein Kai Blume zu verdanken. Der hatte am Donnerstag die Idee, das Gerücht, dass Erdmann sich umzubringen versuchte, in die Welt zu setzen. Weil er den massiven Druck nicht aushielt, den die Polizei auf ihn ausübte. So wollte man den Spieß umdrehen und den öffentlichen Druck auf die Pigs erhöhen. Erdmann fand die Idee okay, zu widersprechen war eh undenkbar. Schließlich war er es, der den Bullen Informationen lieferte. Doch als es hieß, dass er am Samstag, also heute, dem Protest vor dem Stadion, wegen seines angeblichen Suizidversuchs, fernbleiben musste, tobte in ihm eine Freude, die sich wie Erleichterung anfühlte. Es war eine Freude, die Erdmann, allein in den eigenen vier Wänden, nicht verbergen musste. Er hatte keine Lust auf Protest. Er hatte Lust auf Fußball, gerne vor dem PC. Mehr nicht. Überhaupt nahm das alles überhand in letzter Zeit.

Erdmann lehnte sich in seinem Computersessel zurück und schloss die Augen. Er dachte an die Zeit zurück, als er mit dem Fußballspielen begann. Mit sieben Jahren. Da bekam er nicht genug davon, im Lankwitzer Trikot über den Kunstrasen zu flitzen. Oft noch nach dem Training. Sein damaliger Trainer teilte seinen Eltern mit, dass er ein auffallendes Talent sei. Seine Ballführung wäre überragend, hörten sie den Trainer damals sagen. Er hatte noch nie einen Spieler, der in so jungen Jahren so viel Überblick auf dem Spielfeld bewies. Das weckte Träume bei dem siebenjährigen Jungen. Seitdem wollte er in der Bundesliga spielen. Ja, vielleicht durfte er sogar mal mit dem Adler auf der Brust auflaufen. Heute lachte er darüber. Mit elf Jahren wechselte er nach Zehlendorf. Dort gäbe es eine exzellente Jugendarbeit, ihren Sohn könne man dort viel besser fördern. So vernahmen es damals seine Eltern. Also wechselte Erdmann. Und plötzlich war Schluss mit Spaß. Fußball war nur noch anstrengend. Ballast, der sich nicht mehr abwerfen ließ. Unzählige Male quälte er sich zum Training. So oft fuhr er in irgendwelche Trainingslager, auf die er keine Lust hatte, wurde dort jeden Morgen um Punkt 7 aus dem Bett gepfiffen, um den ersten Dauerlauf des Tages zu absolvieren.

Nach dem Wechsel auf die Oberschule lernte er Ben kennen. Der schleppte ihn mit zu Hertha. In die berüchtigte Ostkurve. Da sprang der Funke über. Seit dem ersten Besuch im Olympiastadion stand für Jeff Erdmann fest, dass er lieber, statt auf dem Rasen, auf der Tribüne stand und Hertha anfeuerte. Auch in der Ostkurve konnte man sich schließlich verausgaben. Und wie.

Erdmann ging zwar weiterhin zum Training, beteiligte sich aber oft nur noch halbherzig. Und irgendwann nicht mal mehr das. Ihm fehlte jede Motivation. Er täuschte Verletzungen vor, um seine Hertha am Samstagnachmittag im Stadion anzufeuern. Ben, der Kumpel von einst, tauschte die alte Dame Hertha inzwischen gegen eine sechzehnjährige Svenja. Da hatte Jeff Erdmann aber längst seinen festen Platz in der Ostkurve. Zehlendorf setzte ihn irgendwann vor die Tür und Erdmann war endlich frei. Bis er vor seinem Vater stand. Sein Vater, ein Mann mit dem Körper eines Stahlbetonbauers. Doch an diesem Tag brachte jemand den

Stahl zum Schmelzen. Es war der eigene Sohn. Sein Vater war tief enttäuscht, investierte viel Zeit und Geld in die Karriere des Sohnes und der schmiss alles weg. Sein Vater hatte ein großes Ziel im Leben. Seinem Sohn sollte es besser ergehen als ihm. Doch was sein Sohn wollte, war egal.

Die ersten Mails mit Bildern und kleinen Videos holten Jeff Erdmann zurück in die Realität. Er bearbeitete sie, verbreitete sie auf der Website der *Herthakingz* und in sozialen Netzwerken. Alles wie abgesprochen. Erneut biss er in den Burger und spülte mit Bier nach.

Erdmann erinnerte sich an das damalige Gespräch mit seinem Vater. Es kam ihm so elend lang vor. Dabei waren es nur zehn Minuten, weil Erdmann das Gespräch schnell beenden wollte. Deshalb bejahte er, als sein Vater fragte, ob er sich nochmal umhören solle für ein Probetraining. So landete Erdmann schließlich bei Besiktas Berlin. Ein Fußballverein, der in den 60er Jahren von Migranten gegründet wurde. »Besser als nichts«, sagte sein Vater damals. Erdmann sah das anders. Aber seinen alten Herren erneut zu enttäuschen, brachte er nicht übers Herz. Immerhin war es bei Besiktas nicht so anstrengend wie in Zehlendorf. Und mehr als sich fit zu halten war es ja nicht. Und sich fit halten konnte nicht schaden. Inzwischen wuchs aber auch der Druck bei den *Herthakingz*. Dabei sein war nicht mehr nur alles. Einbringen war gefragt. Zu jedem Spiel zu fahren. Egal ob in Berlin, Wolfsburg, München oder Sandhausen. Wer nicht dabei war, war kein Herthaner. Auch das fühlte sich irgendwann wie Ballast an. Erdmann fragte sich, wieso alles immer so extrem war, wenn man etwas gerne tat. Natürlich hatte er vor ein paar Jahren noch Spaß daran, jedes Wochenende unterwegs zu sein, die blau-weißen Farben zu präsentieren, die Mannschaft bedingungslos anzufeuern, den letzten Cent für Fußball auszugeben. Dass das irgendwann nachließ, war so unvorstellbar wie die Meisterschaft für Hertha in den nächsten Jahren. Doch es ließ nach. Pflichtgefühle ließen immer weniger Spaß zu.

Nun freute er sich, zu Hause zu sitzen, ein Kindle zu genießen und sich einen fetten Burger zu genehmigen. Die nächsten Bilder trudelten ein. Erdmann erkannte Kai Blume an vorderster Front. Auf einem anderen Bild sah er, wie behelmte Polizisten mit Schlagstöcken und Quarzhandschuhen auf die Protestierenden einschlugen.

Samstag, 05. Mai
13:50 Uhr, Olympiastadion, Charlottenburg

Kriminalhauptkommissar Walter Paul stand wie festgefroren da und bekam seinen Mund nicht mehr zu. Die Szenen, die sich vor dem Olympiastadion abspielten, würde er für lange Zeit nicht mehr aus dem Kopf bekommen.

Paul Breitner alias Kai Blume hob den rechten Arm, keine einhundert Meter vor den schweren Uniformen. Dann fummelte er an seinem Hosenstall und urinierte in ihre Richtung. Die behelmten Frauen und Männer ließen sich auch weiterhin nicht aus ihrer Position locken, denn die Anweisung war klar und musste befolgt werden. Lediglich die Kameras summten leise. Anschließend griff Kai Blume eine leere Bierflasche und traf nicht nur den Helm einer Polizistin, sondern auch endlich sein Ziel. Unzählige Uniformen rannten ihm hinterher. Der Verursacher suchte Schutz in der Menge, wodurch sich die Beamten aber nicht mehr aufhalten ließen. Keiner der Protestierenden sah den Flaschenwurf. Ahnungslosigkeit löste schnell Empörung aus. Es galt, sich gegen die schwingenden Schlagstöcke und dem Einsatz von Pfefferspray zu wehren. Vergebens. Die Einsatzhundertschaften prügelten auf die Hertha-Ultras ein. Schlagstöcke schlugen gegen Köpfe und Oberkörper, am Boden liegende Menschen waren unzähligen Tritten ausgesetzt. Hände waren mit Kabelbindern fixiert, während Faustschläge und Schlagstöcke für Platzwunden sorgten.

»Wir brauchen einen Rettungswagen. Bitte, hier braucht jemand Hilfe«, rief ein junger Mann.

»Hört doch auf. Seid ihr völlig irre?«, kreischte eine Frau mit langen blonden Haaren. Sie wirkte, als wäre sie nur zufällig vor Ort. Ein Polizist packte ihren Kopf und nahm sie in den Schwitzkasten. Walter Paul fragte sich, wie man als Polizist dermaßen die Fassung verlieren konnte. Selbst wenn sie provoziert wurden, gab es keinen Grund für diese sinnlose, für diese unkontrollierte Gewalt. Die Menschen lagen doch schon, teils gefesselt, am Boden. Warum schlug und trat man immer noch weiter zu? Paul und Dietmar Schulz beobachteten, wie ihr Kollege Thomas Breitner sich von dem Menschenauflauf entfernte und Richtung S-Bahnhof rannte. Paul wollte die Verfolgung aufnehmen, Breitner endlich zur Rede stellen. Dann spürte er die Pranke von Dietmar Schulz auf seiner Schulter.

»Spar dir die Mühe. Den müssen wir anders an die Kandare kriegen. Sonst ist es bald nicht mehr nur dein Auto, das brennt.«

Samstag, 05. Mai
14:05 Uhr, LKA für Delikte am Menschen, Keithstraße, Tiergarten

Die Zeit und die Mühe, die der erste Kriminalhauptkommissar Udo Golombek aufbrachte, hatten sich gelohnt. Auf dem Blitzer-Foto, das nahe der AVUS entstand, war Jeff Erdmann zu erkennen. Neben ihm ein weißer Balken. Der verdeckte, aus Datenschutzgründen, den Beifahrer. Etliche Telefonate und Erbitten später folgte die Anweisung an die Landespolizeidirektion in der Invalidenstraße, die für die Verkehrsüberwachung zuständig war. Das Foto sollte unbearbeitet an die Bereitschaftsmordkommission gesendet werden. Golombek saß an seinem Schreibtisch und lächelte. Es war unverkennbar. Neben Jeff Erdmann saß Thomas Breitner. Das stützte die Aussage von Erdmann, dass Breitner sich zur Tatzeit am Ort des Verbrechens aufhielt. In den Akten fand Udo Golombek auch die Aussage von Michael Träumer, die Helene am 02. Mai entgegennahm. Es gab also zwei Zeugenaussagen und ein Beweisfoto. Genug Belege, dass Breitner bei dem Mord mindestens anwesend war. Und Golombek kannte den Mörder. Er wusste, dass Jerome Stark den entscheidenden Tritt vollzog. Und wenn Breitner das nicht bestätigte, torpedierte er die Ermittlungen. Und das als verdeckter Ermittler. Oder hätte sich Breitner selbst belastet, wenn er die Wahrheit gesprochen hätte? Doch womit, wenn er selbst nicht zutrat? Golombek wusste, der einfachste Weg zum Mörder führte über die Kollegen der Abteilung 6 am Tempelhofer Damm. Doch der einfachste Weg war selten der Beste. Golombek erinnerte sich an die Reaktion von Dirk Krause. Und ihm war klar, wenn Krause sich nicht einmal vor Polizeikollegen unter Kontrolle hatte, war der zu allem fähig.

Der Weg über die Staatsanwaltschaft war also unvermeidbar. Nur über diesen Weg war Udo Golombek auf der sicheren Seite. Aber diesen Weg musste er mit Argumenten pflastern. Je mehr Argumente, desto besser.

Während das Sonnenlicht weiter das Büro flutete, mischte sich das Lachen der Passanten auf der Straße, das durch das geöffnete Fenster drang, mit dem Klackern der Tastatur auf dem Schreibtisch von Udo Golombek. Anschließend griff der erste Kriminalhauptkommissar zum Telefonhörer.

»Ja, guten Tag, mein Name ist Golombek, Mordkommission. Ich möchte Ihnen mein Bedauern aussprechen.« Udo Golombek hätte sich auf die Unterlippe beißen können. Aber dann hätte man ihn nicht mehr verstanden. Und die Person, mit der er telefonierte, konnte glücklicherweise nicht sehen, dass er grinste. »Na wegen Ihres Sohnes, Jeff Erdmann. Wie geht es ihm denn? Als wir die Nachricht erhielten, waren wir tief betroffen.« Golombek lauschte den überraschten Worten in der Leitung.

»Na, es hieß, dass Ihr Sohn versucht hat, sich das Leben zu nehmen ... Hallo? Hallo, sind Sie noch dran?«

Samstag, 05. Mai
18:40 Uhr, Fraenkelufer, Kreuzberg

Noch zwanzig Minuten. Die Kerzen in dem verchromten Ständer flackerten im Wind. Vor Matthias Eberle dampften Spaghetti Carbonara, Nancy Richter trennte mit Messer und Gabel ein Stück von ihrem Wiener Schnitzel ab und schob es sich in den Mund. Dabei lächelte sie Matthias Eberle verliebt an. Es gelang ihr kaum noch, ihren Blick von diesem Menschen zu lassen.

Der seichte Wind spielte mit ihren Locken, sie hob ihr Glas Apfelsaftschorle in die Luft und stieß mit ihrem neuen Partner zum dritten Mal an.

»Deine Spaghetti erinnern mich an Susi und Strolch. An diese Szene, als die Hunde sich küssten.« Matthias Eberle antwortete mit einem Lächeln und schaute auf seine Armbanduhr.

Noch fünfzehn Minuten.

Nancy Richter legte ihr Besteck ab, breitete beide Arme aus und streckte ihren Kopf in die Abendsonne. »Ich habe mich noch nie so frei gefühlt.«

»Warte erstmal ab, bis wir genug Geld zusammenhaben. Dann kaufen wir uns hier in Berlin eine riesige, helle Wohnung.«

»Ich bin dir immer noch so dankbar, dass du mir diese unglaubliche Stadt gezeigt hast. Ohne dich würde ich heute nicht hier sitzen.«

Noch zehn Minuten.

»Vor einem Jahr saßen wir beide noch in diesem Kaff in Baden-Württemberg. Ich war mir sicher, das war mein Leben. Mehr hat es nicht zu bieten. Und jetzt? Jetzt sitze ich mit dem tollsten Menschen der Welt in Berlin und war noch nie so glücklich.«

»Das war so vorherbestimmt«, schmunzelte Matthias Eberle.

»Haben Sie noch einen Wunsch?« Nancy Richter blinzelte den Kellner an und bestellte eine zweite Apfelschorle. Ihr neuer Freund bestellte noch einen Espresso. Wieder schaute er auf die Uhr.

Noch fünf Minuten.

Menschen schlenderten Hand in Hand an ihrem Tisch vorbei und spazierten Richtung Landwehrkanal. Nicht nur die beiden Schwaben genossen die Samstagabendsonne in Kreuzberg.

»Eutingen hat nicht mal so viele Einwohner, wie hier Leute

vorbeilaufen«, stellte Matthias Eberle fest.

»Ich möchte da nie wieder hin.«

»Ein paar Mal müssen wir noch.«

»Meinst du, Helene willigt in die Scheidung ein?«

»Glaube ich nicht. Trennungsjahr ist eine Sache, eine Scheidung eine andere. Und wie ich Helene kenne, wird die alle Register ziehen, um unser Glück zu zerstören.«

»Mein Gott, wie konnte ich mich nur so in dieser Frau täuschen?«

»Wir haben uns alle von ihr täuschen lassen. Die mutige, so liebenswerte Frau. Aber in Wahrheit ist sie eine falsche Schlange.« Der Kellner stellte den Espresso und die Apfelschorle auf den Tisch. Matthias Eberle zog die Tasse zu sich heran und pustete hektisch hinein. Unter der pausenlosen Beobachtung von Nancy Richter nippte er an der winzigen Tasse. Einmal, zweimal, dreimal. Wieder ein Blick auf die Armbanduhr. Aus seinem Sakko zog Matthias Eberle einen Fünfzig-Euro-Schein und legt ihn auf den Tisch.

»So, ich muss nochmal.« Nancy Richter nickte und drückt für einen Moment beide Augen zu. »Wir sehen uns ja morgen früh wieder«, sprach Matthias Eberle. »Aber die Arbeit geht leider vor. Als Neuling kann ich noch keine Ansprüche stellen.«

Beide standen auf und schlossen sich in die Arme. Ein ausgedehnter Kuss besiegelte den Abschied, der eigentlich nur ein paar Stunden andauern sollte.

Breitner schaute sich um. Im fahlen Laternenlicht war keine Menschenseele mehr zu erkennen. Lediglich den Wannsee erkannte er, dazu Stege mit Yachten und Fähren, die auf ihren Einsatz am nächsten Tag warteten. Eine Hand legte sich auf seine rechte Schulter. Breitner drehte sich um. Er erschrak nicht, schließlich waren sie hier verabredet.

»Was soll das? Warum willst du dich hier mit mir treffen?«

»Alles andere wäre zu gefährlich. Oder kannst du mir versichern, dass die nicht unsere Handys abhören oder unsere Wohnungen schon verwanzt sind?« Das konnte Thomas Breitner nicht. Aus diesem Grund hatte er zwar eine Meldeadresse, war an einer zweiten Wohnung als Untermieter gemeldet, bewohnte aber seit Wochen eine kleine Bruchbude in Reinickendorf, dessen Hauptmieter im Ausland weilte. Und seine Prepaid-Handys wechselte er nicht nur regelmäßig, er besaß auch mehrere. »Diese Eberle geht mir auf den Zeiger. Wir müssen höllisch aufpassen, dass die uns nicht ans Messer liefert.«

»Das lass mal meine Sorge sein.«

»Deine Sorge? Dein ganzer Scheißplan hat von Anfang an nicht funktioniert. Ich habe dir vertraut.«

»Ja, und das ist gut so. Was sagst du zu ...«

»Nein, wir müssen den Plan ändern. Du musst die Seiten wechseln, mit offenen Karten spielen.«

»Was meinst du?«

»Lass diese Ultras auffliegen. Alle. Dann sind wir da erstmal raus. Außerdem hast du gesagt, ich soll mich um die Ex von diesem Hoffmann kümmern.«

»Ich kann die nicht auffliegen lassen. Die werden reden«, flüsterte Breitner. Am liebsten hätte er es seinem Gesprächspartner entgegengebrüllt.

»Was sollen die denn reden?«

»Nicht so laut.«

»Beantworte meine Frage.«

»Die werden meinen Namen nennen. Jeder wird wissen, wer gemeint ist. Deckname hin oder her.«

»Quatsch. Die haben alle keine Ahnung. Und was ist jetzt mit der Ex von Hoffmann? Ich möchte zwanzig Prozent mehr, wenn ich mich um die kümmere.«

Samstag, 05. Mai
23:30 Uhr, Krampnitzer Straße, Potsdam

Helene grinste die vom Mond beleuchtete Wand an. Wer behauptete bitte schön, dass Vierjährige sich nicht lange konzentrieren könnten? Fast so lang wie ein Fußballspiel dauerte die Partie Mensch Ärgere dich nicht. Mit den ersten Hinausstellungen betete Helene, ihrer Tochter damit nicht den Spaß am Spiel zu rauben. Wieder lachte Helene. Dabei schüttelte sie den Kopf. Ihre Tochter war ihr so ähnlich. Natürlich raubte sie Klarissa nicht den Spaß am Spiel. Im Gegenteil. Helene weckte mit jedem Männchen, das zurück auf die Startplätze musste, den Ehrgeiz ihrer Tochter. Akribisch achtete das Mädchen darauf, dass die Mama nicht schummelte. Aufgefallen ist das Helene, nachdem die erste Stunde herum war und zum wiederholten Mal zwei Figuren auf den roten Startplätzen standen. Rot, das war Helenes Farbe, Klarissa hatte die gelben Figuren.

Am Ende gewann die Tochter hauchdünn. Das Gute an dem andauernden Spiel war, dass Klarissa sich bis zum Schluss maximal konzentrierte und dadurch ohne Widerrede und einem Siegerlächeln ins Bett ging. Es dauerte keine drei Minuten, bis ihr die Augen zufielen. Dass das Mädchen an diesem Abend nicht mehr ihre Zähne putzte, verschmerzte Helene. Immerhin konnte die so dem Vorlesen entgehen. Mutter und Tochter war das allabendliche Ritual wichtig. Aber das Märchenbuch lag noch in der Bötzowstraße. Und das konnte Helene, zumindest bis zum morgigen Abend, erstmal für sich behalten. Sie schaute zum Bett auf der gegenüberliegenden Seite, in dem ihre Tochter schlief. Sie selbst fand keine Ruhe. Die Gedanken in ihrem Kopf schienen sich minütlich zu vermehren. Da war Walter, den sie vermisste. Da war der Einbruch in ihre neue Wohnung, die Morddrohung.

Helene hob ihr Telefon vom Boden auf und schaute auf die Uhr. Noch zwanzig Minuten. Dann war Sonntag und die Drohung, sie würde am Samstag sterben, wäre verpufft. Aber war sie das wirklich? Oder war sie nur aufgeschoben? Und wer steckte hinter den Drohungen? Helene hatte eine Vermutung. Und wenn die sich bestätigte, hatten all die Übergriffe und Drohungen gegen sie und Walter nichts mit dem aktuellen Fall zu tun. Aber war ihr Ex-Mann zu solchen Taten fähig? Ja! Sie traute Matthias Eberle inzwischen alles zu. Oder waren es durchgeknallte Fußballfans, die nicht einmal davor zurückschreckten, einen Menschen aus dem Auto zu zerren und ihn mit einem Bordsteinkick ins Jenseits zu befördern? Draußen raschelte das Laub. So klang es. Aber Laub? Im Mai? Zum ersten Mal in dieser Nacht lag Helene still da. Sie lauschte. Stammten die Schritte von einem Tier oder von einem Menschen?

Samstag. 05. Mai
23:55 Uhr, Bötzowstraße, Prenzlauer Berg

Walter Paul lag auf dem Sofa im Wohnzimmer. Er wälzte sich hin und her. Nach einem minutenlangen Kampf mit der Bettdecke schien er endlich eine Position gefunden zu haben, in der er glaubte, zur Ruhe zu kommen und einschlafen zu können. Etwas kratzte an seinem Oberschenkel, an seinem Bauch, überall juckte es. Paul änderte wieder seine Liegeposition. Er drückte das Kissen auf seinen Kopf. Es gelang ihm aber nicht, mit dem Kissen Gedanken an Helene aus seinem Kopf zu pressen. Da war Angst, da war Sehnsucht, und beides sorgte für Unruhe in Paul, der jetzt nicht mehr lag, sondern saß. Er raufte sich seine streichholzkurzen Haare und walkte mit seinen Handflächen sein Gesicht. Normalerweise hatte er nie Probleme, einzuschlafen. Nicht, wenn Helene neben ihm lag. Jetzt lag da nur sein Mobiltelefon. Und das sorgte für Irritationen, als es aufleuchtete. Er griff danach. Die Nachricht, die er las, hatte die Wirkung eines doppelten Espresso. Schlafen war jetzt nicht mehr möglich. Die Worte *Schlaf gut* und *Ich liebe dich* ließen den 42-Jährigen in die Gefühlswelt eines Teenagers eintauchen. Er schob die Bettdecke weg, stand auf und tastete sich zur Wohnzimmertür vor.

Einen Moment später erhellte das Kühlschranklicht die Küche. Paul drehte die Flasche mit dem Orangensaft auf und gönnte sich einen kräftigen Schluck. Jemand schaltete das Licht an. Paul erschrak. In der Tür stand Irene Siefert.

»Oh, entschuldige, ich wollte nicht ..., ich hatte nur ...« Irene Siefert schmunzelte und fragte, ob Paul auch nicht schlafen könne, weil er pausenlos an Helene denken müsse. Der nickte nur und grinste.

»Hast du Angst? Brauchst du nicht. Helene ist eine Kämpferin. Das war sie schon immer.«

»Das weiß ich. Aber ich frage mich, ob es sinnvoll war, Klarissa mitzuschicken.«

»Das ist schon alles richtig so.« Irene Siefert bot Paul an, noch einen Moment am Küchentisch Platz zu nehmen. Sie holte zwei Gläser aus dem Schrank und leerte die Packung mit dem Orangensaft, an der Paul eben noch nuckelte. Dann setzte sie sich ihm gegenüber. »Weißt du, Helene ließ sich nie etwas gefallen. Sie wusste immer, wie sie sich zur Wehr setzen musste. Als sie so alt war wie Klarissa, biss sie dem Zahnarzt auf den Finger, weil der zu grob zu ihr war. Wir mussten uns einen neuen Zahnarzt suchen, aber böse war ich ihr deshalb nicht. Als sie zwölf Jahre alt war, fasste sie einmal ein Mann auf der Straße an. Helene trat ihm so heftig zwischen die Beine, dass der ins Krankenhaus musste. Du kannst mir glauben, Helene passt gut auf sich auf. Und auf Klarissa sowieso.« Paul atmete tief ein und griff das Glas mit dem Orangensaft. »Ich könnte Dutzende solcher Geschichten erzählen. Helene war nie gewalttätig, aber sie wusste sich immer zu wehren.«

»Weißt du, was ich daran nicht verstehe? Wieso lässt sich eine Frau wie Helene auf so einen Typen wie ihren Ex-Mann ein?«

»Die beiden lernten sich kurz nach Helenes Abi kennen.« Diese Antwort reichte Paul. Auch wenn es nicht die Antwort auf seine Frage war, sorgten diese neun Wörter doch für ein erhebliches Brummen in seinem Kopf. »Früher war Matthias ein Frauenschwarm. Er hatte klare Vorstellungen von seinem Leben. Er und Helene bauten ein Haus. Oder sie ließen es bauen. Das ist wohl korrekter. Matthias war beruflich erfolgreich. Und er trug Helene auf Händen.« Das war das Letzte, was Walter Paul hören wollte. »Bei Matthias standen die Frauen damals Schlange.« Paul konnte ein Gähnen nicht unterdrücken. »Nach dem Tod von Helenes Vater zog ich nach Berlin. Ich war mir immer sicher, hier meinen Lebensabend verbringen zu wollen. So wurde aus der Not eine Tugend. Ja, so kann man es sagen. Der Tod ihres Vaters ließ mich wieder frei. Aber warum erzähle ich dir das? Helene merkte die schleichende Suchterkrankung von Matthias nicht. Und es war niemand mehr da, der sie darauf aufmerksam machte.«

»Das kann man eine Zeit lang auch gut überspielen.«

»Irgendwann kam wohl der Punkt, als sie es selber merkte, aber lieber verdrängte. Dann versuchte sie, mit der Geburt von Klarissa die Beziehung zu retten.«

»Sowas klappt nie.« Wieder nippte Paul am Glas.

»Das musste sie dann auch feststellen. Aber durch Klarissa wurde ihr umso klarer, dass sie etwas ändern musste. Sie trug ja nun auch Verantwortung für die Kleine. Aber ich kann dir versichern, so wie Helene dich liebt, hat sie Matthias nie geliebt. Und jetzt sollten wir das Thema wechseln, sonst stirbst du mir noch an Herzschmerz.«

Sonntag, 06. Mai
00:15 Uhr, Krampnitzer Straße, Potsdam

Helene lag noch immer still im Bett, Ihre Augen waren so weit aufgerissen wie ihre Ohren. Was waren das für Geräusche vorhin? Was schlich so nah am Haus entlang? Das Haus und der kleine Garten waren doch mit einem Zaun von der Straße getrennt. Der Zaun diente mit seiner Größe zwar maximal als

Beet-Umrandung, trotzdem war er ein Hindernis. Vor allem für Kleintiere. Die konnten diese Geräusche also nicht verursacht haben. Helene wollte eine Antwort auf ihre Fragen. Aber sie durfte das Haus nicht verlassen. Auch wegen Klarissa. Zu hören war jetzt nichts mehr. Nur die Anspannung blieb.

Draußen tastete ein Auto sich die Straße entlang. Helene sah die Scheinwerfer durch das Fenster. Das Auto fuhr Richtung Norden. Sie lauschte dem Motor, der leiser wurde, je weiter das Auto sich wieder entfernte. Aber ein Lichtschein blieb. Einer. Nicht zwei. Und er leuchtete ins Fenster. Das war kein Auto mehr, das war eine Taschenlampe. Helene drückte sich auf die Matratze. Das Licht wanderte in Schrittgeschwindigkeit nach links. Anschließend nach rechts, wo ihre Tochter lag. Konnte man sie von außen erkennen? Es gab keine Vorhänge. Lediglich durchsichtige Gardinen. Mathematisch war es nicht möglich, aus diesem Winkel Klarissa zu entdecken. Helenes Atem hatte jetzt Tiefgang. Das Licht entfernte sich vom Fenster. Im Liegen beobachtete sie, wie der Lichtschein an der Hauswand entlang glitt. Vielleicht war es nur ein Einbrecher. Mit dem würde die Polizistin spielend fertigwerden. Aber die Drohungen in ihrer Wohnung drangen in ihr Bewusstsein. War sie in Gefahr?

Wenn ja, traf das auch auf ihre Tochter zu! Sie zog die Bettdecke weg. Auf Zehenspitzen tastete sie sich durch das dunkle Zimmer zu ihrem Rucksack und zog ihre Heckler und Koch heraus. Dann stand sie mitten im Raum und lauschte erneut. Wieder waren Geräusche zu hören. Es waren keine Schritte. Es klang, als kippte jemand etwas Dickflüssiges in den Garten. Wenn man Wasser auf den Boden goss, klang das anders. Es plätscherte und spritzte nach allen Seiten. Hier klang es plumper.

Hier spritzte nichts. Aber es war flüssig. Eindeutig. Was sollte sie tun? Hinausgehen? Die Kollegen alarmieren? Das Wichtigste war erstmal, für Klarissas Schutz zu sorgen. Und solange das Mädchen schlief, war es leise. Das war auch der einzige Grund, weshalb die Mutter nicht den Lichtschalter betätigte. Klarissa sollte unbedingt weiterschlafen.

Das, was Helene jetzt vernahm, warf ihre Gedanken über den Haufen. Wenn das, was sie roch, das war, wonach es roch, blieb ihr sowieso nichts anderes übrig, als Klarissa zu wecken. In Helenes Nase stieg der beißende Geruch von Benzin.

Es war eindeutig Benzin. Es klirrte. Zerbrochenes Fensterglas lag jetzt auf dem Holzboden. Klarissas Oberkörper schreckte nach oben. Das Mädchen weinte. Helene erkannte zwischen den Scherben auf dem Dielenboden eine Flasche, über die jemand eine brennende Socke gestülpt hatte. Die Flasche landete glücklicherweise in einem Stück vor ihr, weshalb die Flüssigkeit nicht ... Helene dachte nicht zu Ende. Sie schnappte ihre Bettdecke und löschte den primitiv gebauten Brandsatz. Dann ging sie zu ihrer Tochter und nahm sie in den Arm.

»Mach dir keine Sorgen. Ich gehe kurz raus. Ich bin gleich wieder da.« Das Mädchen wirkte orientierungslos. Es rieb sich die Augen. Ihre Mutter verschwand durch die Tür. Die Dunkelheit ließ nur noch die Umrisse einer Person erkennen. Dann war Helene irritiert. Eine zweite Person sprintete an ihr vorbei. Viel schneller als die Person, die vermutlich den Brandsatz warf. Im Vollsprint verfolgte die zweite Person den Werfer. Im Schein der Laternen erkannte Helene, dass die flüchtende Person sich erschrocken umdrehte. Helene rannte jetzt ebenfalls hinterher und erkannte Juliane Bergmann, die eine Person unsanft zu Boden rang. Der Versuch, sich gegen das weibliche Fitnesspaket zu wehren, wurde so schnell im Keim erstickt, wie Helene vorhin die Flammen löschte.

»Lassen Sie mich! Was wollen Sie von mir? Sie tun mir weh.« Helene beobachtete, was Ihre Kollegin mit der Gestalt unter ihr anstellte. Das musste schmerzen. Keine Frage. Gekonnt ließ Juliane Bergmann Hand- und Armknochen knacken und löste damit Schreie aus.

»Juliane? Was machst du hier?«

»Das erkläre ich dir später. Lass uns erstmal um den hier kümmern. Rufst du die Kollegen?«

»Natürlich!« Helene brannte die Frage auf den Lippen, wer da unter ihrer Kollegin im Dreck lag. Doch die Antwort musste warten. Sie rannte zurück ins Haus. Klarissa hatte sich in der Zwischenzeit in das Bett ihrer Mutter gekuschelt und ist mit ihrer Plüschschildkröte im Arm wieder eingeschlafen. Helene griff ihr Telefon und wählte die 110, während sie die Tür des Hauses wieder von außen schloss. Die Gestalt auf dem Boden schrie lauter. Mal fluchte sie, mal bettelte sie, bitte freigelassen zu werden. Sie wäre doch unschuldig. Helene kannte die Stimme, konnte sie aber noch nicht zuordnen. Inzwischen standen Menschen in Morgenmänteln und Schlafanzügen in ihren Vorgärten. Jetzt war der Moment gekommen. Helene marschierte um den am Boden liegenden Mann herum, drückte ihre Handfläche gegen die Stirn und zog so seinen Kopf nach oben.

»Sie? Sie haben mir das alles angetan?«

Der Duft nach aufgebackenen Brötchen und Kaffee zog unbemerkt ins Wohnzimmer. Sogar Klarissa, die es sonst morgens kaum erwarten konnte, aus dem Bett zu springen, schlief noch immer im Arm ihrer Mutter. Nichts deutete darauf hin, dass hier in den nächsten Minuten jemand die Augen öffnete.

Walter Paul und Irene Siefert saßen am Küchentisch. Paul nippte an der dritten Tasse Kaffee, seine Gesprächspartnerin genoss ihren Tee.

»So eine aufregende Nacht habe ich schon lange nicht mehr erlebt.« Walter Paul massierte seine Kopfhaut, auf der wieder ein Haaransatz zu erkennen war.

»Für solche Nächte bin ich inzwischen zu alt.«

»Was soll ich denn sagen?«, lachte Irene Siefert. »Aber unsere Unterhaltung gestern Abend war doch schön.«

»Das stimmt.« Paul behielt es für sich, dass er viele Dinge, die er gestern Abend erfuhr, lieber nicht hätte wissen wollen. Aber Helenes Mutter zu kränken wäre so unvorstellbar gewesen wie sich von Helene zu trennen.

»Hast du noch einen Kaffee?« Irene Siefert nickte und stand auf.

»Na, wer kommt denn da?« Die Oma schaute zur Tür. Mit der Plüschschildkröte im Arm tapste Klarissa wortlos an ihr vorbei und suchte Schutz auf Pauls Schoß.

»Rede mal mit Mama.«

»Okay, aber wieso?«

»Mama schnarcht. Deshalb konnte ich nicht mehr schlafen.« Paul schielte auf die Küchenuhr über dem Hängeschrank.

185

Es war schon Viertel nach elf. Eigentlich war es längst Zeit, aufzustehen, wenn der Rotschopf nicht erst zum Schlafen gekommen wäre, als draußen bereits der Sonntag anbrach.

Eine halbe Stunde später schmuggelte sich Helene unbemerkt ins Badezimmer. All den Stress und die Aufregung der letzten Nacht spülte sie mit der Duschbrause ab. Ein befreiendes Gefühl. Nur den Kopf bekam sie nicht frei. All die Anschläge auf sie hatten nichts mit den Ermittlungen zu tun. Zumindest nicht offiziell. Und auch ihr Ex-Mann steckte nicht hinter den Taten. Auch nicht Thomas Breitner, nicht Jeff Erdmann oder Jerome Stark. Das Gesicht, in das sie letzte Nacht starrte, mit diesem Gesicht hatte sie nicht gerechnet. Dabei war es naheliegend. Ja, sie hatte sogar eine Erklärung dafür. Keine Rechtfertigung, die konnte es nicht geben, aber ein Motiv, das sah sie. Ein lächerliches Motiv. Wie so oft.

Helene drehte das Wasser ab, stieg aus der Duschwanne und wickelte ihren Körper in ein gelbes Frotteehandtuch. Sie verließ das Badezimmer und winkte in die Küche. Paul war gerade dabei, den Geschirrspüler einzuräumen.

»Du räumst den Geschirrspüler ein? Das Bild gefällt mir. Das kannst du ab sofort immer machen, wenn wir wieder in unserer Wohnung sind.« Als Antwort flog ein Küchenhandtuch in Helenes Richtung.

»Ich ziehe mich noch an, dann können wir los.«

»Wo wollt ihr hin?«, fragte Klarissa in Pauls Richtung.

»Wir wollen schauen, ob unsere Wohnung schon fertig ist. Und dann müssen wir nochmal zur Arbeit fahren.«

»Beeilt ihr euch?«

»Das verspreche ich dir«, sprach Paul. Helene war erleichtert, dass ihre Tochter diesmal nicht mit in die Metzer Straße kommen wollte.

»Und dieser böse Mann kann wirklich nicht wiederkommen?«

»Nein. Der sitzt jetzt im Gefängnis und kommt dort auch so schnell nicht wieder raus.«

»Nimmst du Schildi mit? Die passt auf euch auf.« Ohne eine Antwort abzuwarten, streckten zwei Kinderhände Paul das Kuscheltier entgegen.

Helene kam wieder aus dem Wohnzimmer. Das Handtuch hatte sie gegen eine bequeme Jeans und ein dunkles Hemd getauscht. Ihre Haare waren zu zwei Zöpfen geflochten, die links und rechts leicht abstanden. Paul genoss den Duft nach Pfirsich-Vanille, während die 34-Jährige mit zusammengezogenen Augenbrauen auf das Kuscheltier in Pauls Hand starrte.

»Schildi wird uns beschützen«, rechtfertigte Paul sich und lachte.

»Na, dann kann uns ja nichts passieren.«

Zehn Minuten später spazierten Helene und Walter Paul die Bötzowstraße entlang, bogen in die Hufelandstraße ab und überquerten die mehrspurige und von Straßenbahnschienen geteilte Greifswalder Straße. Weiter schlenderten sie die Marienstraße hinauf bis zur Prenzlauer Allee. Sie ließen den Wasserturmplatz hinter sich, bogen in die Straßburger Straße und erreichten endlich ihr Zuhause.

Das rot-weiße Absperrband ließ einen Zutritt in die Wohnung noch nicht zu. Durch die fehlende Tür erkannten beide, dass die Wände im Flur zwar einen neuen Anstrich erhielten, die rote Farbe der Schmierereien schimmerte aber noch durch die weiße Farbe hindurch.

»Da müssen sie noch ein paar Mal streichen!«, sprach Helene.

»Das werden Sie. Bestimmt.«

Jemand öffnete die Tür der Nachbarwohnung. Sofort breitete sich ein herzhafter Duft im Hausflur aus. Aus der Tür lugte ein Zwerg mit Brille. Dahinter erschienen zwei weitere Brillengläser, die einen Meter höher angesiedelt waren.

»Guten Tag. Sind Sie die neuen Nachbarn?« Paul murmelte ein leises »Ja!«.

»Was ist denn mit der Wohnung passiert? Wir waren ja richtig erschrocken, als wir aus dem Urlaub kamen.« Helene empfand die Nachbarin als ziemlich wissensdurstig. Und sie hatte auch keine Lust, von dem, was vorgefallen war, zu berichten. Nicht über den Bullenkopf, nicht über Pauls brennendes Auto und über den Einbruch schon gar nicht.

»Wir hatten einen etwas holprigen Start.« Damit war alles gesagt. Es galt, das Thema zu wechseln. »Wo waren Sie im Urlaub?«

»Auf Kreta.«

»Sie stammen aus Griechenland?« Helene schaute zu Paul. Wie kam er darauf? Nur weil jemand seinen Urlaub auf Kreta verbrachte, hieß das ja nicht, dass er auch von dort stammte. Und der Duft aus der Küche erinnerte Helene statt an Zaziki oder Gyros eher an Königsberger Klopse. Dann fiel auch ihr der Name Siopis am Klingelschild auf. Helene fiel aber noch etwas auf. Es war das Aussehen der Dame, dass sie an die Freundin von Rocky Balboa erinnerte. Ihr fiel sogar noch der Name dieser Frau ein. Adrian. Ihre Nachbarin sah genauso aus wie Adrian, als Rocky Balboa sich in sie verliebte.

Als Kind liebte Helene die Rocky-Filme, welche sie immer mit ihrem Vater schaute. Es war aber noch etwas, was ihr auffiel. Es war der Dialekt, der alles andere als griechisch klang. Viel mehr klang er nach Baden-Württemberg. Aber nicht nach Schwaben. Das hätte Helene erkannt.

»Mein Mann ist Grieche. Ich komme ursprünglich aus Plankstadt.«

»Plankstadt? Das liegt doch in der Nähe von Heidelberg. Ich komme aus Eutingen im Gäu.«

»Das kenne ich auch. Das liegt in der Nähe von Nagold.«

»Genau.« Der Junge mit der Brille und der Zipfelmütze auf dem Kopf suchte hinter seiner Mutter Schutz.

»Und wie heißt du?« Eine Antwort erwartete Paul nicht. Dafür wirkte der Junge zu eingeschüchtert.

»Das ist Christos. Christos, sage mal, wie alt du bist.« Aber der Junge rührte sich nicht.

»Wir haben auch eine Tochter. Sie ist vier.«

»Das sind ja schöne Zufälle. Christos feiert in einem Monat seinen fünften Geburtstag. Möchten Sie heute Abend zum Essen kommen? Mein Mann ist zwar nicht daheim, aber dann lernen die Kinder sich schon mal kennen.«

»Das ist nett. Danke. Wir kommen gerne vorbei.«

»Aber Ihre Wohnung ... Wissen Sie schon, wann Sie wieder rein können?«

»Wir hoffen auf die nächsten Tage.«

Sonntag, 06. Mai
14:50 Uhr, LKA für Delikte am Menschen, Keithstraße, Tiergarten

Der erste Kriminalhauptkommissar Udo Golombek saß im Versammlungsraum. Neben ihm saß Oberstaatsanwalt Horst Klöckner. Der starrte auf seine Notizen und zwirbelte an seinem Oberlippenbart.

»Herr Golombek, Sie hätten mich doch auch persönlich ansprechen können. Oder misstrauen Sie mir? Wir haben doch immer gut zusammengearbeitet.« Golombek kratzte sich am Kinn.

»Ja, aber manchmal muss man die höchst offiziellen Wege gehen. Ich möchte nicht, dass mir irgendwelche Schreihälse die Stimmung im Team zerstören.«

»Das verstehe ich. Trotzdem hätten wir schon viel früher aktiv werden können. Es ist ja nicht das erste Mal, dass szenekundige Beamte das Vertrauen ihrer Vorgesetzten missbrauchen.«

Dietmar Schulz und Simone Otto kamen durch die Tür. Schulz grüßte wortlos und nahm auf einem der hinteren Stühle Platz. Simone Otto bediente sich zuerst an der Kaffeemaschine und platzierte sich anschließend neben ihrem Kollegen. Juliane Bergmann betrat als Nächste den Versammlungsraum. Ihre schwarzen Haare waren zu einem akkuraten Zopf gebunden. Sie lächelte Golombek zu und schnappte sich den nächsten freien Stuhl.

»Wir warten noch einen Moment.«

»Wieso? Gibts Neuigkeiten?«

»Oh ja!«, antwortete Golombek auf die Frage von Dietmar Schulz.

Nachdem auch Paul und Helene ihre Plätze eingenommen

hatten, startete Udo Golombek die Versammlung.

»Ich grüße Sie. Eine aufregende, aber aufschlussreiche Nacht liegt hinter uns. Wie Sie ja sehen, begleitet Oberstaatsanwalt Horst Klöckner unsere heutige Versammlung. Und das hat einen Grund. Ach, was sage ich. Es hat mehrere Gründe. Lassen Sie mich aber von vorne beginnen. Den versuchten Suizid von Jeff Erdmann gab es nicht. Das konnte inzwischen zweifelsfrei nachgewiesen werden. Vielleicht erinnern Sie sich noch an unseren letzten Fall, als Sebastian Strehlow von Brigitte Helms und Michael Kraft observiert wurde. Beide waren gestern in der Parallelstraße unterwegs. Jeff Erdmann war quicklebendig, als er das Haus verließ. Kommen wir zum zweiten Punkt. Zu Jerome Stark. Der steht unter dringenden Tatverdacht, Thorben Hoffmann totgeschlagen zu haben. Und nun liegt endlich ein Haftbefehl gegen ihn vor.« Dietmar Schulz gab als Einziger ein Räuspern von sich.

»Ja, Herr Schulz, an Sie habe ich eine besondere Bitte.«

»Wieso ich denn schon wieder?«

»Weil einige von uns ...«, Golombek deutete auf Paul und Helene, »... leider selbst Opfer von Michael Träumer waren. Das, was letzte Nacht in Sacrow passierte, ist ja nur die Spitze des Eisbergs.«

»Das heißt, dass dieser Michael Träumer für alle Taten verantwortlich ist?«, fragte Schulz.

»Den Anschlag auf das Auto von Herrn Paul können wir noch nicht nachweisen, aber die Fingerabdrücke, die an Frau Eberles Wohnungstür sichergestellt wurden, dazu die Urinspuren in der Wohnung, all das ergibt ein Netz, aus dem Michael Träumer von keinem Anwalt der Welt mehr herausgeboxt werden kann.«

»Lassen Sie mich raten, ich soll die Vernehmung machen?«

»Darum bitte ich Sie.« Helene grinste. Eine Vernehmung mit Dietmar Schulz stellte die Hauptkommissarin sich wie einen Boxkampf vor, in welchem Schulz seinem Gegner erst die Hände zusammenband und dann auf ihn einschlug. Doch ihr Mitleid mit Michael Träumer hielt sich in Grenzen.

Udo Golombek schaute auf seine Notizen, dann fuhr er fort. »Frau Otto, Sie begleiten die Vernehmung. Angesetzt ist sie für morgen um 11:00 Uhr. Frau Eberle, ich benötige dringend noch Ihre Zeugenaussage.«

»Sollten wir den Fall nicht abgeben? Das hat doch nichts mit Mord zu tun.«

»Da irren Sie sich, Frau Otto. Es liegen mehrere Morddrohungen vor. Das reicht für Ihren Zuständigkeitsbereich«, antwortete Horst Klöckner in einem klaren Ton. »Aber, Herr Golombek, bitte zurück zu Jerome Stark.«

»Danke schön. Der Haftbefehl gegen Jerome Stark wird noch heute vollstreckt. Um 17:00 Uhr werden wir mit einer Hundertschaft in der Parallelstraße auffahren. Dort hält Stark sich zurzeit auf. Der Staatsanwalt und ich werden die Festnahme begleiten. Frau Otto, Herr Schulz, auf Sie beide trifft das Gleiche zu.«

Präventiv wiegelte Udo Golombek jeden Einspruch ab und erklärte, warum der geplante Zugriff nicht gestern erfolgte. Denn so war es eigentlich geplant.

»Zeitgleich werden Frau Eberle und Herr Paul bitte die Meldeadresse von Jerome Stark aufsuchen. Auch Sie erhalten selbstverständlich Unterstützung von den Kollegen im Dauerdienst. Sämtliche Datenträger, PCs, Smartphones, werden beschlagnahmt. Es ist extrem wichtig, dass beide Zugriffe zeitgleich erfolgen. Dazu werden sämtliche Schuhe als mögliche Tatwerkzeuge mitgenommen. Und bitte bringen Sie die nötige Flexibilität mit. Es wäre möglich, dass Jerome Stark bis 17:00 Uhr die Wohnung in der Parallelstraße wieder verlassen hat. Auch dann ist die Observierung abgedeckt. Nur der Zugriff erfolgt dann natürlich woanders.«

»Wieso jetzt auf einmal? Wir kämpfen seit Wochen um jeden noch so kleinen Beschluss. Alles wurde abgelehnt. Und plötzlich dreht das Karussell sich in die richtige Richtung? An welchen Schrauben wurde hier gedreht?« Udo Golombek nickte zu Helenes Worten und sprach: »Diese Frage beantworte ich Ihnen mal in Ruhe. Gerne in einem Vier-Augen-Gespräch. Nur eines vorweg: Sie wissen ja, dass eine so schnelle Wohnungsdurchsuchung nur bei Gefahr im Verzug vollzogen werden kann. Dies ist hier der Fall. Wir reden hier immerhin von Mord bzw. Totschlag.«

»Okay, und was ist mit Thomas Breitner?«, fragte Walter Paul und beschrieb, was sich gestern vor dem Olympiastadion abspielte. Helene ergänzte: »Ich würde mir wünschen, dass diese Person bitte mehr unter die Lupe genommen wird.«

»Auch das ist in Arbeit. Aber je mehr Beweise wir haben, desto besser.« In Paul begann es zu brodeln.

»Wie viele denn noch? Helene erkannte Breitner im Haus von Julia Reichwein, der Freundin des Mordopfers. Ich weiß nicht, was für ein Spiel der spielt, aber wir sollten da nicht mitspielen. Wir können in seinem Spiel nur verlieren. Deshalb müssen wir es beenden. So schnell wie möglich.«

Jemand riss die Tür des Versammlungsraumes auf und die Aufmerksamkeit im Raum auf sich. Die blonde Dauerwelle von Rita, der Polizistin im Dauerdienst, sah im Schein der Deckenlampen unbeholfen aus.

»Entschuldigt bitte die Störung, aber es ist wirklich dringend.«

Ritas Augen suchten Helene, dann beugte sie sich zu ihr herunter und flüsterte etwas in ihr Ohr. Ohne Nachfrage folgte die ihrer Kollegin erst auf den Flur und anschließend in ein Büro, das in seiner Größe an eine Besenkammer erinnerte.

»Setz dich doch.«

»Was gibt es?«

»Ja ... Süße, ich weiß nicht, wie ich es dir sagen soll.«

»Sprich dich ruhig aus.«

»Es ist eigentlich nicht meine Aufgabe, dir das zu sagen. Aber bei dir will ich eine Ausnahme machen.« Helene schaute das geschminkte Gesicht an. Der Rusch saß makellos, der Lippenstift war gerade noch dezent aufgetragen, die Wimperntusche umspielte die Augen. War es die Brille oder die Tusche, die Ritas Augen größer wirken ließ? Für solche Schminkzeremonien hatte Helene am Morgen keine Zeit. Sie war froh, ihre Haare zusammenzubinden und sich den Schlafsand aus den Augen zu spülen.

»Dein Mann ...«

»Ex-Mann«, berichtigte Helene.

»Heute Morgen, um kurz vor 05:00 Uhr ...«

»Was war da?«

»In der Danziger Straße erwischte ihn eine Straßenbahn. Höchstwahrscheinlich Suizid.«

Sonntag, 06. Mai
16:55 Uhr, Parallelstraße, Steglitz

Das Treffen des harten Kerns der *Herthakingz* verlegte man in Jeff Erdmanns Wohnung, weil hier die Gefahr am geringsten war, dass die Bullen aufkreuzten. Schließlich versuchte Erdmann, Selbstmord zu begehen. Die Polizei würde deshalb nie damit rechnen, dass das Treffen in seiner Wohnung stattfinden würde.

Zwölf Mann saßen verteilt auf dem Boden und auf dem Sofa. Die meisten starrten noch immer auf ihre Smartphones und kamen aus dem Staunen nicht mehr heraus. Auch an diesem Sonntag gab es zahlreiche Proteste in den Fußballstadien. An vielen Orten waren es kreative Proteste, in Dresden und Rostock verwandelte man die Stadionvorplätze in Kampfarenen um. Einzig Jerome Stark fokussierte nicht das Display seines Handys. Er schaute zum Mann mit der Nickelbrille.

»Warum bist du weggelaufen?« Stark stand auf und vollzog drei Schritte zu Kai Blume. Der bekam nicht mit, dass Stark ihm eine Frage stellte. Durch einen gezielten Tritt gegen Blumes Hand flog dessen Telefon quer durch den Raum. »Ich habe dich was gefragt!« Blume wusste, wie diese Situation zu bewerten war. »Warum bist du gestern weggelaufen?«

»Es war doch klar, was die Pigs vorhatten. Die wollten provozieren und Leute von uns einkaschen. Ich dachte, ihr haut auch ab. Ich wusste doch nicht ...«

»Du hast die Bullen provoziert. Ohne dich wären die weggeblieben. Erst provozierst du die, dann lässt du uns allein. Ein toller Hertha-Fan bist du.« Nicht nur Kai Blume vernahm die Ironie in Starks Stimme. »Du hast die Gruppe hängenlassen. Wieso?«

»Das habe ich doch gerade gesagt«, verteidigte Blume sich und schob seine Brille zurecht.

»Du hast aber nicht die Wahrheit gesagt.«

»Woher...«

»Ich glaube, du spielst hier ein falsches Spiel. In Wahrheit ge-hörst du zur anderen Seite.«

»Also bitte, dann hätte ich ja wohl ganz andere Möglichkeiten, die Bullen auf euch zu hetzen.« Es donnerte gegen die Woh-nungstür. Die Rufe aus dem Hausflur waren eindeutig.

»Wir sprechen uns noch.«

Jeff Erdmann schaute fragend in die Runde. »Was machen wir jetzt?« Wieder trommelte es gegen die Wohnungstür. Diesmal lauter. Die Rufe klangen energischer. »Ich kann die nie im Leben abwimmeln.« Jerome Stark gab Erdmann recht.

»Blümi sollte mit seinen Kollegen sprechen. Vielleicht kann er sie beruhigen.«

»Du spinnst doch. Ich bin keiner von denen.«

»Du öffnest die Tür. Wir anderen verstecken uns im Wohn-zimmer.«

Sonntag, 06. Mai
17:00 Uhr, Am langen Weg, Spandau

Helene Eberle drückte auf den Klingelknopf. Eine zierliche Frau öffnete die Tür.

»Guten Tag. Kripo. Mein Name ist Hauptkommissarin Helene Eberle. Das ist mein Kollege Walter Paul. Wir haben einen Durch-suchungsbefehl für die Räume von Jerome Stark.« Die schmäch-tige Frau starrte erst Helene und Paul an, dann ging ihr Blick in Richtung der Bereitschaftspolizisten und des Staatsanwalts, die sich im Hintergrund hielten.

»Das musste ja irgendwann passieren. Kommen Sie rein. Schauen Sie, was sie brauchen. Sie können sich sicher sein, dass wir Sie in allen Belangen unterstützen werden.«

Für Helene war es unverkennbar, die Frau, die die Tür freimachte, war labiler, als sie vorgab. Sie kämpfte gegen ihre Tränen an und wirkte doch erleichtert, dass der Spuk rund um ihren Sohn hoffentlich bald vorbei war. Die Kollegen marschierten an den Frauen vorbei. Paul folgte ihnen.

»Bitte einmal Ihren Ausweis!« Die Frau öffnete eine Schublade, holte ihre Geldbörse heraus und zückte ihren Perso. Helene warf einen kurzen Blick auf das Dokument. »Sie wissen, warum wir hier sind?«

»Nein. Ja. Ich weiß es nicht. Wir mussten unseren Sohn in den letzten Monaten so oft aus dem Arrest holen. Ich glaube, wir haben ihn verloren.«

Ein Mann mit angegrautem Dreitagebart erschien im Flur. Der Bart wirkte wie das Haus. Zu neumodisch für Helenes Geschmack.

»Es besteht der dringende Tatverdacht, dass Ihr Sohn einen Menschen umgebracht hat.«

»Bitte entschuldigen Sie, das ist zu viel für mich.« Die Frau flüchtete durch die Tür, durch die eben ihr Mann im Flur erschien. »Sie sind der Vater von Jerome Stark?«

»Stiefvater. Also eigentlich ... ich kenne Jerome, seit er drei Jahre alt ist.«

»Wie ist Ihr Name?«

»Haller. Karsten Haller.« Auch von dem Mann in dem karierten Hemd verlangte Helene den Ausweis.

»Ist Ihnen in letzter Zeit etwas Merkwürdiges an ihrem Stiefsohn aufgefallen?« Die ersten Polizisten trugen einen Laptop und DVDs aus dem Haus.

»So vieles. Und ich gebe mir für alles die Schuld. Ich habe Jerome zu Hertha gebracht. Ich konnte doch nicht ahnen, ...«

»Nach dem aktuellen Stand trifft Sie keine Schuld. Aber nochmal. Was ist Ihnen aufgefallen?«

»Jerome hat sich immer mehr von uns abgekapselt. Zuletzt verließ er nicht mal mehr sein Zimmer. Außer, wenn er zur Uni oder zum Fußball ging. Wir dachten, er hätte die Pubertät längst hinter sich. Wobei, selbst in der Pubertät war er ein lieber Junge. Problematisch wurde es erst mit fünfzehn. Oder sechzehn. Ich weiß es nicht mehr genau.«

»Hat Jerome in den letzten Wochen Dinge getan, die er bis dahin nie tat?« Der Mann lachte und schnaubte gleichzeitig.

»So vieles. Aber was alles getoppt hat, war, ... also wir dachten, jetzt dreht er völlig ab. Ich glaube immer noch, dass er unter Drogen stand, als er das tat.«

»Was tat?«

»Er zündete im Garten den Komposthaufen an. Das ist noch keine vier Wochen her. Er benutzte Spiritus. Den verwenden wir normalerweise zum Grillen.« Während Karsten Haller das sagte, schüttelte er mit dem Kopf und lachte dabei. Es klang auch für ihn unglaublich, was er der Polizistin berichtete.

»Bitte zeigen Sie mir einmal den Komposthaufen.«

»Natürlich.« Helene folgte Karsten Haller durchs Wohnzimmer, wo die Mutter auf der Ledercouch saß und sich schnell die Tränen aus dem Gesicht wischte. Über die Terrasse gingen sie in die hinterste linke Ecke des Gartens.

»Sie können sich nicht vorstellen, wie die Nachbarn reagiert haben, als die das Feuer sahen.«

»Da würde ich mich auch erschrecken, wenn direkt neben meinem Grundstück Flammen in die Höhe schießen.« Helene dachte unweigerlich an die letzte Nacht zurück. An den Molotow-Cocktail und das Benzin vor dem Haus in Sacrow. Hätte Michael Träumer sich nur etwas geschickter angestellt ..., Helene wischte diese Gedankenspiele weg. Sie schaute auf den Berg mit dem Unkraut, das verbrannte Erde überdeckte. Brauchte Helene die Gummihandschuhe aus dem Auto? Und vielleicht die Überzieher für ihre Schuhe? Was für einen Grund hatte Jerome Stark, den Komposthaufen anzuzünden?

»Wir müssen davon ausgehen, dass Ihr Sohn hier Beweismaterial verbrannte. Ich muss Sie bitten, den Kompost so zu lassen, bis die Spurensicherung hier war.«

»Selbstverständlich.«

Sonntag, 06. Mai
17:20 Uhr, Parallelstraße, Steglitz

Sechs Personen lagen auf dem Boden des Korridors, Hände waren mit Kabelbindern auf Rücken gefesselt. Unter den sechs Personen befand sich auch Thomas Breitner alias Kai Blume. Weitere fünf Personen saßen auf dem Teppich im Wohnzimmer. Ohne Widerworte wiesen sich alle aus. Und wer seinen Ausweis nicht dabeihatte, gab freiwillig Auskunft über Namen und Anschrift. Jerome Stark stand als Einziger im Flur. Und als Einziger kam der in den Genuss von Metallgeschirr um seine Handgelenke. Die fraßen sich, anders als die Kabelbinder, immerhin nicht bei jeder Bewegung in die Haut. Dietmar Schulz stand dicht hinter Stark und knurrte:

»Ich hoffe, du hast dich von deinen Kumpels verabschiedet. Und von deiner Freiheit. Das wars für dich. Und bei Hertha wollen wir sowas wie dich sowieso nicht sehen. Wir sind ein anständiger Verein. So ein Pack wie euch brauchen wir nicht. Sowas wie euch braucht niemand.« Dann packte er Starks Arme und zog ihn aus der Wohnung. Stark schwieg, verlagerte aber sein Gewicht so, dass Schulz alle Kraft aufbringen musste, um ihn aus der Wohnung zu ziehen.

»Brauchst du Hilfe?«, fragte ein uniformierter Kollege.

»Mit dem? Der hat ja nicht mal gegen 'ne Barbiepuppe 'ne Chance.« Vor der Wohnungstür schob Dietmar Schulz seinen Mund an Starks linkes Ohr.

»Siehst du die Treppen? Wenn du meinst, hier weiter Faxen machen zu wollen, dann fliegst du da runter. Weil du zu blöd zum Laufen bist. Oder was denkst du, wem man glaubt?« Schulz Drohung zeigte Wirkung. Artig lief Stark Stufe für Stufe die Treppen hinunter. An der Haustür angekommen, kam ein weiterer Kollege auf Dietmar Schulz zu. »Ich kümmere mich um den. Kannst du bitte Breitner begleiten? Der sitzt im ersten Wagen und soll schon in die Keithstraße gefahren werden. Frau Otto soll euch ebenfalls begleiten.«

Minuten später setzte sich die vorderste Polizeiwanne in Bewegung. Breitner saß hinten und schüttelte immer wieder den Kopf.

»Mensch, Leute, ihr müsst mir glauben. Ich bin einer von euch. Fragt doch am Te-Damm nach.«

Der Te-Damm war die gebräuchliche Abkürzung für den Tempelhofer Damm, wo Breitners Dienststelle lag. Simone Otto reagierte auf Breitners Worte genauso wenig wie Dietmar Schulz.

»Ihr könnt mich nicht einfach festnehmen. Ich möchte meinen Vorgesetzten sprechen. Sofort. Was fällt euch überhaupt ein?« Die Polizeiwanne bog aus der Königsbergerstraße auf den Hindenburgdamm ab. »Das wird Konsequenzen haben. Für euch alle. Ihr werdet noch an mich zurückdenken und euch wünschen, dass ihr diesen Fehler, den ihr euch heute erlaubt habt, nie gemacht hättet.« Simone Otto saß neben Breitner und biss sich auf ihr Zungenpiercing, um nicht loszulachen. Das Auto bog am Wolfensteindamm auf die Stadtautobahn. Auf dem Beschleunigungsstreifen schaltete Udo Golombek, der auf dem Beifahrersitz saß, das Martinshorn an.

»Bitte Gas geben. Dieses Gejammere ist ja nicht zum Aushalten.«

Sonntag, 06. Mai
19:15 Uhr, LKA für Delikte am Menschen, Keithstraße, Tiergarten

Die untergehende Sonne tauchte das Büro der Mordkommission in ein romantisches Rot, während Paul seine letzten Kraftreserven mit teerähnlichem Kaffee aktivierte. Aus Helenes geöffneter Colaflasche hatte sich die Kohlensäure längst verabschiedet, so sehr war sie in die Akten vertieft. Die Stapel mit den roten Ordnern ließen dem Paar keine Wahl. Die Einladung zum Abendessen bei Familie Siopis mussten sie verschieben.

»Unterschreiben Sie bitte noch die Aussage?« Udo Golombek tauchte vor Helenes Schreibtisch auf und legte ihr die Blätter beinahe entschuldigend vor die Nase. Die schaute erschrocken auf.

»Entschuldigung, ich habe nicht ...«

»Ihre Aussage. Sie haben sie nicht unterschrieben.« Jetzt verstand Helene und setzte ihren Namen auf das Dokument.

»Die Vernehmung von Jerome Stark ... Sie beide ...«

»Wann?«, fragte Paul.

»So schnell wie möglich. Morgen Nachmittag?«

»Wir übernehmen das.«

»Gut. Ich übernehme dann zur selben Zeit Thomas Breitner. Und jetzt machen auch Sie erstmal Feierabend. Es gibt nichts, was nicht bis morgen warten kann.« Helene nickte geistesabwesend und widmete sich wieder den Unterlagen.

»Ich fahre morgen Vormittag nochmal zu der Freundin von Thorben Hoffmann«, sprach Helene zu Paul. Der fragte nach dem Grund. »Thomas Breitner saß bei ihr im Garten. Und ich möchte wissen, wieso. Bei der Vernehmung wird er wohl kaum etwas dazu sagen. Also sind wir es, die die Fakten auf den Tisch legen müssen.«

Paul stand auf, blieb aber an seinem Schreibtisch stehen. Jetzt, wo er und Helene alleine im Büro waren, war es Zeit, ein anderes Thema auf den Tisch zu packen. Schließlich gab es, neben der Arbeit, auch noch andere Dinge, über die dringend gesprochen werden mussten. Da war zum Beispiel die Frage, die seit heute Nachmittag in Pauls Kopf tobte. Es war eine Frage, die er nicht beantwortet haben wollte, weil die Antwort vielleicht schmerzte. Aber er musste es wissen.

»Warum guckst du so komisch?«, fragte Helene. Paul schluckte und spuckte zwei Wörter in den Raum.

»Dein Ex-Mann.«

»Was ist mit dem?« Pauls Augenbrauen schossen Richtung Zimmerdecke.

»Er ist tot. Lässt dich das kalt?«

»Ja, es lässt mich kalt. Ich habe mit diesem Menschen nichts mehr zu tun.«

»Und Klarissa?«

»Walter, Klarissa liebt dich mehr, als sie ihren leiblichen Vater je geliebt hat. Er hat sein trauriges Leben beendet. Mit mir hat das nichts mehr zu tun.«

»Aber ihr wart noch nicht offiziell geschieden. Ihr befandet euch gerade mal im Trennungsjahr. Vom Gesetz her geht es dich wohl noch etwas an.« Paul fühlte sich wie ein 13-Jähriger. Er war hin- und hergerissen. Er war froh, dass Helene nicht um ihren Ex trauerte, aber trotzdem musste auch dieses Kapitel zu Ende gebracht werden. Das schien Helene anders zu sehen.

»Ich trauere keinem Menschen hinterher, der mir nichts bedeutet. Ich weiß, dass meine Mutter anders reagieren wird. Und ich weiß, dass ich es Klarissa sagen muss. Irgendwann. Versuche bitte, mich zu verstehen. Ich bin nicht umsonst vor dem abgehauen. Jetzt ist *er* abgehauen. Gut so. Es war seine Entscheidung.«

»In den Akten steht, dass er über 2 Promille im Blut hatte. Ist man da noch fähig, Entscheidungen über Leben und Tod zu treffen?«

»Ist mir egal. Aber weißt du, wer mir leidtut? Der Straßenbahnfahrer. Weil der jetzt damit leben muss, so einen Besoffenen überfahren zu haben.«

Montag, 07. Mai
09:20 Uhr, Wiesenwinkel

Anders als bei den bisherigen Besuchen im Wurstmacherweg schien an diesem Morgen nicht die Sonne. Der Wind fegte Nieselregen in Helenes Gesicht, weshalb sie die Kapuze ihrer Windjacke bis unter ihre Stirn zog, als sie in der Straße Am

Wiesenwinkel aus dem schwarzen Audi, einem Zivilfahrzeug der Kripo, stieg. Und noch eine Sache war anders: Walter Paul begleitete Helene nach Rosenthal. Gemeinsam bogen beide zu Fuß in den Wurstmacherweg und steuerten das Haus von Julia Reichwein an. Helene fragte sich, wen sie heute antrafen? Julia Reichwein allein? Oder mit dem Sohn? War Markus Gallwitz wieder vor Ort?

Nur eines war sicher. Thomas Breitner war nicht hier. Der saß in U-Haft. Helene stieg über die weißen Kieselsteine und klingelte Sturm, während Paul durch den Garten schlich und durch die Fenster schielte. Ihm fiel auf, dass im Obergeschoss die Jalousien heruntergelassen waren, unten aber nicht. Er stapfte durch den vom Regen aufgeweichten Boden Richtung Terrasse. Die Tür zur Veranda war verschlossen. Auch hier waren die Jalousien nicht unten. Er hob seinen Kopf und sah, dass auch an dieser Hausseite oben die Rollos heruntergelassen waren. Paul lauschte, hörte aber lediglich das *tschewi tschewi dug dug dug* einer meckernden Amsel. Helene tauchte vor ihm auf.

»Es macht niemand auf.«

»Ja, ich sehe und höre auch nichts. Außer die Amseln. Und mich wundert, dass die Jalousien unten oben sind und oben heruntergelassen sind.« Helene schaute Paul fragend an. »Man lässt die Rollos ja eher oben offen und macht sie unten herunter. Wegen neugieriger Blicke und so. Oder nicht?«

»Vielleicht haben sie es wegen der Sonne so gemacht.«

»Sonne?« Paul schaute fragend Richtung grauem Himmel, dann schaute er mit der gleichen Mimik Helene an, die mit einem Lächeln antwortete. Es war wieder dieses Lächeln, dass Paul Böses vermuten ließ.

»Du hast wieder irgendwas vor ...« Paul konnte sich denken,

was es war. »Vergiss es. Ich steige nicht in das Haus ein. Weißt du, was wir für einen Ärger kriegen können?«.

»Wie kommst du denn auf so etwas?«

»Wie ich auf so etwas komme? Inzwischen kenne ich dich ganz gut. Ich merke, wenn du wieder was Verrücktes planst.« Die Skepsis in seinem Gesicht war nicht zu übersehen. »Also?«

»Wir fahren zu Markus Gallwitz. Der wohnt doch hier in der Nähe, im Prenzlauer Berg. Vielleicht ist der zu Hause.« Paul fiel eine große Last von den Schultern. Er war skurrilere Einfälle seiner Freundin gewohnt.

Minuten später polterte der schwarze Audi über das nasse Kopfsteinpflaster der Friedrich-Engels-Straße. Am Pastor-Niemöller-Platz bog Paul in den Kreisverkehr, setzte den Blinker und verließ den Kreisel. Helene schaute vom Beifahrersitz zu ihm rüber.

»Ja, ja! Ich weiß. Zu früh eingebogen. Kann doch mal passieren.« Paul fuhr den Audi in eine Auffahrt.

»Hier willst du wenden?«

»Ja. Klappt schon.« Helene schaute skeptisch.

Nach unzähligen Schaltvorgängen fragte sie, ob sie aussteigen solle, um zu helfen.

»Mach doch!«, raunte es ihr nicht ganz ernstgemeint entgegen. Also begab Helene sich noch einmal in den Regen und half Paul mit Handzeichen beim Wendevorgang. Zwei Minuten später war es geschafft und Helene nahm wieder auf dem Beifahrersitz Platz.

»Das üben wir nochmal.«

»Das sagt die, die sich den Berliner Straßenverkehr nicht zutraut.«

»Im Kreisverkehr die falsche Ausfahrt zu nehmen, hat ja nun

nichts mit dem Berliner Straßenverkehr zu tun.«

»Wir sprechen uns, wenn du auch mal fährst.« Paul steuerte das Zivilfahrzeug auf die B96A und fuhr bis zur Schönhauser Allee, wo er rechts in die Gleimstraße einbog. »O nee, hier gibts doch wieder keine Parkplätze.«

»Beim letzten Mal ...«

»Ja, ja. Ich weiß, da parkte ich in der Einfahrt.«

»Du parktest in der Einfahrt? Das klingt, als wenn ich mich auf die Schienen setze, um auf den Zug zu warten.«

»Da vorne ist einer frei«, stellte Paul fest. »Diesmal kannst du nicht meckern.«

»Will ich auch nicht. Aber wenn du wieder Hilfe brauchst, ich steige gerne wieder aus.« Paul schüttelte den Kopf, setzte den Blinker und legte den Rückwärtsgang ein.

»Fertig!« Helene quittierte dieses Einparkerlebnis mit einem Kuss auf Pauls Wange. Beide begaben sich hinaus in den Regen und überquerten die Straße. Doch auch hier war der Besuch von keinem Erfolg gekrönt. Es öffnete niemand die Tür.

»Das gibt es doch nicht«, stellte Helene fest.

»Vielleicht sind sie arbeiten.«

»Julia Reichwein hatte mit ihrem Freund einen Online-Shop. Und die Adresse des Shops war die im Wurstmacherweg. Und Markus Gallwitz wird Montagmorgen um 10:00 Uhr kein Spiel pfeifen.«

»Er geht bestimmt noch einer anderen Arbeit nach. Das machen alle Schiedsrichter.«

»Trotzdem komisch, dass wir keinen von beiden antreffen.«

»Egal, lass uns zurück ins LKA fahren. Wir müssen noch die Vernehmung von Jerome Stark vorbereiten.«

Montag, 07. Mai
13:35 Uhr, LKA für Delikte am Menschen, Keithstraße, Tiergarten

Helene studierte die Akten. Sie sog jeden geschriebenen Satz ein, sie schmeckte jedes Wort auf der Zunge. Und mit jedem Buchstaben wuchs die Gewissheit, dass ihr die schwerste Vernehmung in ihrer Polizei-Laufbahn bevorstand. Wenn sie Jerome Stark zum Sprechen brachte, würden die Ermittlungen auf die Zielgerade einbiegen. Und wenn nicht? Dann fuhr sie, im schlimmsten Fall, alles gegen die Wand. Zumal Stark und Breitner dann einen Vorteil hatten. Sie könnten noch mehr Lügen verbreiten und damit die Stimmung gegen die Polizei weiter anheizen.

»Kaffee ist alle!«, nölte Dietmar Schulz. »Bist du nicht dran, welchen mitzubringen?« Helene blätterte auf die nächste Seite.

»Ey, ich rede mit dir.«

»Was hast du gesagt?«

»Du bist dran, Kaffee zu besorgen.«

»Ich bringe morgen drei Packungen mit. Versprochen.« Schulz rümpfte die Nase und schlurfte zu seinem Schreibtisch.

»Aber nicht den Billigen. Und nicht den vom Aldi!«, murmelte der Oberkommissar, setzte sich und versank in seinem Bildschirm. Helene studierte jetzt den Bericht, den sie erst gestern verfasste. Es war der Bericht über die Wohnungsdurchsuchung im Elternhaus von Jerome Stark. Ihr kam eine Idee, doch *Knockin' on Heaven's Door* hinderte sie, diese sofort umzusetzen. Sie griff nach ihrem Handy, das neben dem Monitor lag. Auf dem Display blinkte der Name ihrer Mutter.

»Mama, was gibt es?« Durch das Telefon hörte sie ihre Mutter weinen. Das Sprechen fiel ihr schwer. »Mama, was ist passiert?«

»Es ... es ist so furchtbar. Ich weiß nicht, ob du ...«

»Ob ich was?« Helenes dachte an Klarissa, doch die zog im Hintergrund die Nase hoch. Das hörte Helene deutlich.

»Mama, ganz ruhig. Was ist passiert?«

»Ich will ..., ich kann nicht ...«, schluchzte es am anderen Ende des Telefons. »Ich weiß nicht, wie ich es dir sagen soll.«

»Wie du mir was sagen sollst?«

»Matthias ist tot!« Helene ließ ihre Schultern locker und atmete erleichtert aus. »Bist du noch dran?«

»Ja, ich bin noch dran.«

»Wusstest du es schon?«

»Ich habe es heute Vormittag erfahren«, log Helene. Sie erfuhr es bereits gestern. Nur hatte sie bisher keine Zeit, ihre Mutter über den Tod ihres Ex-Mannes zu informieren.

»Es ist so furchtbar!« Helene zog die Augenbrauen nach oben. Sie teilte die Meinung ihrer Mutter nicht. Sie spürte Pauls Blick von der Seite. Der fragte, ob alles okay sei, Helene nickte und winkte ab.

»Wie geht es Klarissa?«

»Sie weint. Aber sie ist wie du. Sie versucht, tapfer zu sein.« Kannte ihre Mutter sie so schlecht? Helene versuchte nicht, tapfer zu sein. Der Tod ihres Ex-Mannes war ihr so egal wie die aktuelle Wetterlage in Eutingen im Gäu. Oder sollte Helene sich dafür schämen, dass sie der Tod von Matthias Eberle nicht berührte?

»Mama, hör zu. Walter und ich beeilen uns. Wir haben noch eine Vernehmung, dann machen wir Feierabend.«

»Möchtest du nicht wissen, wie es passiert ist?«

»Ich weiß es bereits.«

Helene schaute auf die Uhr. Noch zehn Minuten. Sie musste sich neu sortieren und schaute wieder in die Akten.

»Was ist denn los?«, fragte Paul.

»Man, hier stehen gleich mehrere Vernehmungen an. Können wir uns vielleicht auf die konzentrieren?«

»Wird schwer, ohne Kaffee«, brummte Dietmar Schulz. Helene hätte gerne entgegnet, dass es auch noch andere Dinge gab, die man trinken konnte, aber dafür hatte sie weder Lust noch Zeit. Stattdessen wollte sie endlich ihre Idee umsetzen.

Da die Vernehmungsräume belegt waren, wollte Helene das Verhör im Büro der Mordkommission abhalten, weshalb jetzt nur noch sie und Walter Paul im Büro saßen. Pünktlich um 14:00 Uhr öffnete jemand die Bürotür. Helene starrte irritiert zu Simone Otto, die Helenes Schreibtisch ansteuerte.

»Ich soll dir das geben. Ging nicht früher.«

»Was ist das?«

»Irgendwas von der Spusi.« Helene griff die zusammengetakkerten Seiten und las.

»Das ist ja interessant.«

»Was ist interessant?« Paul weitete Augen und Ohren.

»Wirst du gleich sehen.« Paul strich über seine Stoppelfrisur und atmete tief ein. Auch er hatte das Recht, Neuigkeiten zu erfahren. Es ärgerte ihn, dass Helene immer alles für sich behielt. Um ihr das mitzuteilen, blieb aber keine Zeit. Wieder wurde die Bürotür geöffnet. Diesmal waren es drei uniformierte Kollegen, die Jerome Stark durch die Tür schoben. Stark blieb nichts anderes übrig, als sich auf den Stuhl zu setzen, der Helene gegenüberstand. Aber Stark setzte sich seitlich zur Hauptkommissarin.

So war es einfacher für ihn, ihrem Blick auszuweichen.

Die Kriminalbeamtin kannte diese verweigernde Haltung und lächelte. Sie belehrte Jerome Stark über seine Rechte und Pflichten, doch der bestätigte nicht einmal seinen Namen. Helene konfrontierte Stark mit der Zeugenaussage von Jeff Erdmann. Die schluckte Helenes Gegenüber genauso herunter wie die Aussage von Michael Träumer.

Im Kanon mit Walter Pauls Fingern auf der Tastatur klopften Regentropfen an die Fensterscheibe des Büros. Minutenlang waren das die einzigen Geräusche, die im Büro zu hören waren. Finger auf der Tastatur und Regentropfen, die an die Fensterscheiben klopften. Helene spielte auf Zeit. Sie hatte noch zwei Joker. Und sie rechnete damit, dass sie mit einem der beiden ihr Ziel erreichte. Joker Nummer eins näherte sich bereits dem Bürogebäude. Das wusste Helene.

»Herr Stark, Ihre Eltern bestätigten, dass Sie sich in letzter Zeit sehr eigenartig gaben. Sie setzten im Garten ihres Elternhauses den Komposthaufen in Brand. Die Spurensicherung konnte dort zweifelsfrei Restbestände von Gummisohlen feststellen. Die wollten Sie verbrennen. Aus welchem Grund?« Jerome Stark verharrte in seiner Position und atmete laut durch die Nase. So, als hätte die Beamtin einen Witz erzählt. Einen Witz, über den es verboten war, zu lachen. Immerhin eine erste Reaktion. Walter Paul notierte sie. Das Telefon auf Helenes Schreibtisch klingelte. Normalerweise waren Telefonate während einer Vernehmung ein No-Go, aber das galt in diesem Moment nicht, denn Helene erwartete ihren Telefonjoker.

»Ja?« Helene war erleichtert. »Bitte hochbringen. Danke.« Helene wendete sich wieder Jerome Stark zu. »Wir legen eine Pause ein.« Sie stand auf und öffnete das Fenster. »Das Wetter passt wunderbar zu Ihrer Stimmung, Herr Stark.« Der saß noch immer seitlich auf dem Stuhl.

»Kann ich jetzt gehen?«, fragte er.

»Sie können ja reden. Sie haben eine angenehme Stimme, wissen Sie das? Aber um auf Ihre Frage zurückzukommen, Sie dürfen auf den Flur gehen. Weiter nicht.« Stark sprang auf und marschierte Richtung Bürotür. Direkt in Helenes Falle. Öffnen musste er die Tür nicht. Das erledigten seine Eltern für ihn.

»Was macht ihr denn hier?«

Helene stand auf und begrüßte Starks Mutter und Karsten Haller mit einem Händedruck. »Schön, dass Sie kommen konnten.« Hinter dem Stiefvater erschien Celine Dion. »Das ist Frau Dr. Stock. Unsere Anwältin«, stellte Haller die Frau vor. Das lange Gesicht, der lange Hals. Diese Frau erinnerte Helene an die weltberühmte Sängerin.

»Dann begrüße ich auch Sie. Wie abgesprochen habe ich die Vernehmung bereits begonnen. Aber, wie zu erwarten, schweigt Ihr Sohn bisher.« Helene bat Paul, weitere Stühle zu besorgen.

»Warum seid ihr hier?«

»Weil du unser Sohn bist. Weil du uns wichtig bist. Vielleicht begreifst du das irgendwann mal.«

»Ich möchte, dass ihr geht.« Die Anwältin zog Stark am Arm zur Seite und redete auf ihn ein. Währenddessen bat Helene Starks Eltern zum Schreibtisch und zeigte ihnen den Bericht der Spurensicherung.

»Trug Ihr Sohn solche Schuhe?« Starks Mutter starrte auf ein Blatt Papier, auf dem ein Stiefel abgebildet war. »Es handelt sich höchstwahrscheinlich um sogenannte Schnürstiefeletten der Marke Dr. Martens. Die Farbe war hellbraun. Die Schuhgröße wird zwischen 44 und 46 geschätzt.«

»Jerome hat eine 45. Das würde passen. Aber er trug niemals solche Stiefel. Nicht einmal im Winter.«

In Begleitung der Anwältin schlich Stark zurück zum Schreibtisch. Auch Helene nahm wieder Platz. »Für das Protokoll: Jerome Stark ist zwar volljährig, aufgrund seiner aktuellen Lebenssituation und seines Entwicklungsstandes sind aber alle Beteiligten damit einverstanden, dass die Eltern die Vernehmung begleiten.« Niemand widersprach. Nicht einmal Jerome Stark, der nun in gebückter Haltung vor Helene saß. »Herr Stark, ich bin froh, dass Ihre Eltern herkommen konnten. Ihre Mutter und Ihr Stiefvater bestätigten, dass die Schuhe, die Sie auf dem Komposthaufen verbrannten, nicht ihnen gehörten. Wem gehörten sie?« Stark kostete es viel Kraft, sein Schweigen aufrechtzuerhalten. Seine Mutter legte eine Hand auf seine Schulter. Stark schüttelte nur noch mit dem Kopf.

»Jerome, bitte erzähle alles, was passiert ist. Wir halten doch zu dir. Egal, was war. Wir unterstützen dich. Aber bitte rede. Rede, um Gottes willen.«

»Frau Kommissarin, ich muss Ihnen eine Frage stellen.« Helene schaute gebannt zur Anwältin. »Es gibt zwei Aussagen, die meinen Mandanten massiv belasten, was wahrscheinlich sogar für eine Verurteilung reicht. Das Motiv der Tat ist, denke ich, mehr als deutlich zu erkennen. Das Opfer wurde erschlagen, weil es scheinbar Anhänger eines anderen Vereins war. Können wir das Ganze dann nicht abkürzen?«

»Nein! Dafür gibt es noch zu viele offene Fragen. Wieso verbrannte Ihr Mandant Schuhe, die ihm nicht gehörten? Wieso gab Jeff Erdmann sich ein falsches Alibi? Es gilt außerdem zu klären, inwieweit andere Personen an dem Mord beteiligt waren.« Die

Anwältin nickte. Dann redete der Stiefvater auf Jerome Stark ein. Der betonte noch einmal, dass es hier auch darum ging, Stark zu entlasten und dass die Polizistin ihn nicht für einen Einzeltäter hielt.

»Bitte, Jerome, mach mit. Die Polizistin könnte es sich auch einfach machen und den Fall abschließen. Dann wäre alles vorbei.« Hallers Worte bewirkten, dass Starks Kopfschütteln in ein Nicken überging.

»Ich wollte es nicht. Es tut mir alles so leid ...« Stark fehlte die Kraft, nach oben zu schauen. Helene Eberle nutzte dessen Haltung und hielt, für die anderen sichtbar, ihren Zeigefinger vor ihren Mund. Sie wusste, Stark würde jeden Moment reden. Er war wie eine Ketchup-Flasche, aus der erst lange nichts, doch dann alles auf einmal herausschoss. »Bitte, ich kann nicht mehr. Mich macht das alles fertig. Ich wollte nie jemanden umbringen. Ich schwöre es.« Starks Mutter beobachtete die Regentropfen, wie diese an der Fensterscheibe herunterliefen. Haller schaute ins Leere. Helene Eberle blickte voller Erwartung zu Stark.

»Kai ... der stachelte uns an.« Stark presste die Lippen zusammen. »Wir schnieften vorher Kokain. Das hat er mitgebracht. Er besorgte oft Drogen. Meistens nur Gras, aber an dem Tag auch Kokain. Ich habe es davor und danach nie wieder angerührt ... Kai heizte die Stimmung an. Wenn ich heute daran zurückdenke, glaube ich, dass er uns absichtlich zu genau diesem Auto mit dem Aufkleber geführt hat ... Aber woher sollte er wissen, dass das Auto dort stand? Er appellierte an unsere Hertha-Ehre. Er fragte, ob wir Muschis oder wahre Herthaner wären, wir standen ja alle unter Drogen. Vielleicht haben wir uns deshalb anstacheln lassen. Ich zog den Typen aus dem Auto. Ich dachte, wir geben dem 'ne Abreibung. Ich konnte mich nicht dagegen wehren. Vielleicht lag es an dem Koks ...

Kai zog seinen Stiefel aus und hielt ihn mir hin. Er meinte, dass das die Bullen verwirren würde, wenn die überhaupt was spitzkriegen. Ich sollte den Stiefel anziehen. Ich weiß nicht, warum ich das gemacht habe. Während ich den Stiefel mit meinem Schuh tauschte, legten die anderen den Typen so auf die Straße, wie Kai es befahl. Ich war es dann, der zutrat.«

»Und anschließend haben Sie den Leichnam auf der Pritsche eines Transporters versteckt.«

»Daran kann ich mich nicht mehr erinnern.«

»Und dieser Kai befahl Ihnen auch, die Schuhe zu verbrennen?«, fragte Helene.

Montag, 07. Mai
14:40 Uhr, Wurstmacherweg, Pankow

Markus Gallwitz zog den letzten Rollkoffer durch den Regen und hievte ihn in den Kofferraum. »Schnallst du unseren Sohn noch an? Dann schließe ich die Haustür ab«, hauchte Julia Reichwein ihrem Freund entgegen und drückte ihm einen Kuss auf seine nassen Lippen. Anschließend beugte Markus Gallwitz sich über den zweijährigen Eric im Kindersitz und schnallte ihn fest. Dann setzte er sich auf den Fahrersitz und drehte den Schlüssel im Schloss. Julia Reichwein nahm auf der Rückbank Platz, um ihrem Sohn während der Fahrt Gesellschaft zu leisten. Gallwitz stellte den Schalter des Automatikgetriebes auf »D«, Sekunden später war am Wurstmacher Weg eine Parklücke frei.

Montag, 07. Mai
15:10 Uhr, LKA für Delikte am Menschen, Keithstraße, Tiergarten

Mit einem Stapel Unterlagen betrat der erste Kriminalhauptkommissar Udo Golombek den Versammlungsraum. Hektisch und um Entschuldigung für seine Verspätung bittend, stapfte er Richtung Schreibtisch.

»Schön, dass Sie alle da sind. Aber ich sehe, es fehlt noch jemand.«

»Unser Freund Schönagel«, brachte es Dietmar Schulz auf den Punkt.

»Nein, Herr Schönagel wird nicht anwesend sein. Dies hat interne Gründe, auf die ich nicht weiter eingehen darf. Herr Schulz, Frau Otto, bitte berichten Sie uns von der Vernehmung von Michael Träumer.« Dietmar Schulz erhob sich und zog seine hellblaue Jeans eine Etage höher.

»Gibt nicht viel zu erzählen. Der hat alles gestanden. Er ist bei Helene eingebrochen, hat die Wände beschmiert und auf den Boden gepisst. Er hat auch den Bullenkopf an die Tür gehängt. Ja, und Walters Auto geht auch auf seine Kappe.«

»Was veranlasste Michael Träumer zu dieser Tat?«

»Er war sauer, weil Helene ihm sein Auto wegnahm. Sie soll ihm versprochen haben, dass er es wiederbekommt«. Helene schüttelte mit dem Kopf.

»Ich habe ihm sein Auto nicht weggenommen, sondern beschlagnahmen lassen, um Spuren zu sichern. Und ich versprach ihm auch nichts. Ich sagte ihm lediglich, dass ich mich darum kümmern würde.«

»Mir egal. Er erzählte, dass er seinen Job verloren hat, weil er kein Auto mehr besitzt.« Simone Otto mischte sich ein.

»Das glauben wir aber nicht. Der Typ arbeitete im IT-Bereich. Und da benötigt man ja nicht unbedingt ein Auto, oder?«

»Genau! Simone bringt es wieder mal auf den Punkt. Ach ja, und danke für die Steilvorlage.« Alle Augen im Raum schauten fragend zu Dietmar Schulz. Was meinte der mit Steilvorlage? »Durch seine Arbeit mit Computern gelang es Träumer, Helenes Adresse herauszufinden. Außerdem ortete er regelmäßig ihr Handy. So erfuhr er auch, dass sie sich in Sacrow aufhielt. Für IT-Spezialisten ist das alles ja nicht so schwer.«

»Okay, aber was ich nicht verstehe ...«, warf Helene ein, »... er steckte also Walters Auto in Brand und hing den Bullenkopf an die Tür, aber er kam doch erst danach zu mir auf die Dienststelle und bat mich, ihm sein Auto wiederzugeben.«

»Er wollte vorher Ausrufezeichen setzen. So nannte der das. Dann wollte er dir eine zweite Chance geben, deinen Fehler wiedergutzumachen«, erklärte Simone Otto.

»Meinen Fehler ...«

»Aber wieso mein Auto?«, fragte Paul energisch. »Jetzt sag mir nicht, Helene hatte kein eigenes.«

»Der dachte, ihr seid ein Paar.« Schulz hustete theatralisch in seine Faust.

»Aber ich war alleine in Bremen. Er kannte Walter gar nicht.«

»Genau. Er dachte, ihr seid ein Paar und das Auto gehört euch beiden. Und ja, er hat euch vorher beobachtet. Also alles Taten, die von langer Hand geplant waren.«

»Vielen Dank, Herr Schulz. Mit den weiteren Abläufen beschäftigt sich dann die Staatsanwaltschaft und das Landgericht.«

Jemand öffnete von außen die Tür. Es war Oberstaatsanwalt

Horst Klöckner.

»Bitte entschuldigen Sie die Verspätung. Es ging nicht eher.« Helene verzog das Gesicht, als sie Klöckners Begleitung erkannte. Dirk Krause vom LKA 6 setzte sich ausgerechnet neben sie. Es war der Dirk Krause, der sie vor Wochen niederschrie. Es waren nur ein paar Zentimeter, die Helene mit ihrem Stuhl von Krause wegrutschte, aber die Botschaft, die dahintersteckte, kam bei allen Anwesenden im Raum an.

»Frau Eberle, können Sie uns über die Vernehmung von Jerome Stark berichten?« Die Hauptkommissarin nickte. Sie ordnete erst ihre Gedanken und anschließend ihre Unterlagen. Dann berichtete sie von der Befragung. Dass bei dieser auch der Name Thomas Breitner alias Kai Blume fiel, genoss die Kriminalbeamtin. Weil Breitners Vorgesetzter neben ihr saß. Und mit jedem Wort, das Breitner belastete, schlug sie verbal auf ihren Sitznachbarn ein. Der starrte ausnahmslos geradeaus. Anschließend berichtete Udo Golombek, dass er Thomas Breitner nicht knacken konnte. Breitner schwieg und war inzwischen wieder auf freiem Fuß, weil der U-Haftantrag noch nicht bearbeitet war. Helene hörte es deutlich. Dirk Krause atmete jetzt lauter.

Montag, 07. Mai
17:20 Uhr, Wurstmacherweg, Pankow

Helene und Walter Paul standen wieder vor dem Haus von Julia Reichwein. Fisselregen sorgte dafür, dass Helene sich ihre Kapuze über den Kopf zog.

»Fällt dir was auf?«, fragte Paul. Helene antwortete, dass die Rollläden, anders als heute Morgen, nun unten und oben heruntergelassen waren. Julia Reichwein musste also zwischendurch in ihrem Haus gewesen sein. Helene schlich zur Eingangstür und setzte das Glockenspiel in Gang, das als Klingel diente. Der Ton verhallte, der Regen prasselte auf die weißen Kieselsteine, sonst hörte Helene nichts. Bis Schritte ertönten. Paul kam um die Ecke und meckerte über das Wetter.

»Ich will da rein«, sprach Helene und starrte ihren Freund an.

»Das darfst du nicht. Du kriegst Ärger.«

»Und du meinst, davon lasse ich mich abhalten?« Paul schaute genervt dem Regen entgegen. Er fragte Helene, was sie sich davon versprach und bekam als Antwort einen Kurzvortrag über mögliche Hinweise, die sie im Haus finden könnten. Leere Kleiderschränke könnten darauf hinweisen, dass man für lange Zeit wegfuhr, vielleicht fand man im Bad auch eine zweite Zahnbürste, was darauf schließen ließ, dass bereits ein neuer Mann eingezogen war. Oder Herrenunterwäsche, Schuhe die nicht Thorben Hoffmann gehörten.

»Das Einzige, was du darin findest, ist Ärger. Bitte erspar uns das.« Paul beobachtete seine Freundin genau. Es arbeitete in ihr. Allein diese Tatsache war für Paul ein gewaltiger Erfolg. Doch Erfolge sind nie für ewig.

»Im Haus liegen jede Menge Spuren. Die lassen wir einfach liegen. Das ist beinahe vorsätzlich.«

»Es ist vorsätzlich, wenn du da einbrichst.«

»Das ist kein Einbruch.«

»Aber es wird so ausgelegt werden, weil uns die Genehmigung für die Durchsuchung fehlt. Helene, bitte, mir ist kalt, ich bin nass bis auf die Knochen. Und wir sind noch zum Abendessen verabredet. Vergiss das nicht.«

»Aber erst um 19:00 Uhr.« Paul betete stumm gegen Helenes

Sturheit an. Die schob sich an ihrem Freund vorbei und schlich wieder um das Haus herum. Paul sah Helene hinterher. Sie sah aus, als suchte sie eine Möglichkeit ins Haus zu gelangen, ohne etwas aufbrechen zu müssen. Noch einmal bettelte Paul darum, doch bitte den Heimweg anzutreten. Darauf reagierte Helene nicht. Sie scannte mit ihren Augen das Haus ab, ging vor und wieder zurück, schaute nach oben, ging wieder vor, wieder zurück. Dann umrundete sie ein weiteres Mal das Gebäude.

»Ich habe was gefunden«, rief sie.

»Was denn?«, schallte es genervt zurück. Helene marschierte an Paul vorbei, weiter zum Auto.

»Kannst du mal aufmachen? Ich brauche die Handschuhe und eine Tüte.« Paul bestätigte aus der Ferne das Türschloss des BMWs.

Zwei Minuten später trug Helene eine Plastiktüte zum Auto. Darin lagen zwei Tassen, die sie unter der Hollywood-Schaukel fand. Paul fragte, was sie damit vorhatte und Helene erklärte, dass es unwahrscheinlich wäre, dass das noch die Tasse von Thorben Hoffmann wäre. Aus einer Tasse trank Julia Reichwein, aber wer trank aus der zweiten? In Gedanken ging Paul mögliche Antworten durch. Eine Freundin. Eine Nachbarin. Aber das behielt er für sich. Er wollte nur noch vor dem Regen ins Auto flüchten und den Duft nach Pfirsich-Vanille einatmen.

Montag, 07. Mai
19:20 Uhr, Metzer Straße, Prenzlauer Berg

Helene, Paul und Klarissa saßen in der Küche an einer langen Tafel in Holzoptik. Claudia Siopis und Christos saßen ihnen gegenüber. Dimitrios Siopis werkelte noch am Herd. Helene rechnete entweder mit griechischem Essen oder etwas, was sie aus der gemeinsamen Heimat kannte. Doch weit gefehlt. Auf dem Teller, den Dimitrios Siopis auf den Tisch stellte, lagen typisch bayerische Weißwürste. Dazu tischte der Mann Laugenbrezeln und süßen Senf auf. In der Luft lag aber noch der Geruch von etwas Deftigerem. Helene tippte auf etwas mit überbackenem Käse.

»Möchten Sie ein Bier? Oder lieber ein Glas Wein?«, fragte die Gastgeberin und stand auf. Paul schüttelte den Kopf. Helene sagte der Wein zu. Flüsternd fragte sie Klarissa, was sie trinken wolle, doch die starrte ausschließlich den vierjährigen Brillenträger an, der ihr gegenübersaß. Ohne die Zipfelmütze, die Christos das letzte Mal noch trug, und dem jetzt sichtbaren Topfschnitt, machte der Junge auf Helene einen charmanten Eindruck. Sie schaute zu Klarissa, die noch immer nicht ihren Blick von dem Jungen löste. Der störte sich nicht daran, dass Klarissa ihn anstarrte.

»Hey, was möchtest du trinken?« Klarissa reagierte noch immer nicht auf die Frage ihrer Mutter. »Junge Dame, darf ich dich aus deinen Träumen wecken?«

»Wasser!«, ertönte es kurz und knapp. Der scharfe Unterton ließ Helene aufhorchen. Ihre erste Befürchtung, Klarissa könnte sich in den Topfschnitt mit Brille verliebt haben, legte sich wieder. Wie kam sie überhaupt darauf? Ihre Tochter war vier Jahre alt. Walter Paul bediente sich an den Weißwürsten. Doch das, was der mit den Würsten anstellte, sah mehr zornig als gesund aus. Helene griff eine Laugenbrezel und biss genüsslich hinein.

»Schön, dass das gemeinsame Abendessen doch noch geklappt hat«, sprach Claudia Siopis und stellte Klarissa einen Becher Wasser neben den leeren Teller.

»Magst du gar nichts essen?« Der Kopf von Helenes Tochter wackelte im Zeitlupentempo nach rechts und links.

»Koste doch wenigstens mal. Schau, ich koste auch.« Doch Helenes Überredungskünste scheiterten.

»Hab keinen Hunger.«

»Klarissa, wir sind hier Gäste. Das ist nicht nett.«

»Ich bin auch nicht nett.« Der Rotschopf klang wie ein Vulkan, der kurz vor dem Ausbruch stand.

Helene fragte sich, was hier los war. So mies gelaunt erlebte sie ihre Tochter selten. Und auch Paul war kurz angebunden.

»Ich muss mal direkt fragen. Wie heißt das Parfüm, das Sie benutzen? Sie duften so wunderbar nach Pfirsich-Vanille.« Auf die Frage der Gastgeberin konnte Helene nicht antworten. Stattdessen ertönte aus ihrem Rucksack *Knockin' on Heaven's Door*. Für Helene kam diese Ablenkung zur rechten Zeit. Sie schaute auf das Display und suchte im Flur Ruhe zum Telefonieren.

»Udo, was gibt es?«

»Bitte entschuldigen Sie die Störung, Frau Eberle. Ich wollte Sie nur kurz darüber informieren, dass der U-Haft-Antrag für Thomas Breitner abgelehnt wurde.« Diese Nachricht passte perfekt zum bisherigen Abend. »Aber ich habe auch eine gute Nachricht. Der Widerspruch läuft bereits.«

Nachdem das Telefonat beendet war, atmete Helene tief durch. Ihr war klar, diesen Abend konnte sie in den Mülleimer stecken. Klarissa hatte miese Laune, Walter musste auch die berühmte Laus über die Leber gelaufen sein und nun der Anruf ihres Vorgesetzten. Jetzt zählte nur noch, es sich nicht mit den neuen Nachbarn zu verscherzen.

So war es Helene, die im Laufe des Abends die Fahne ihrer Familie hochhielt und Interesse an den neuen Nachbarn und den Weißwürsten zeigte. Paul schwieg weiter und Klarissa lehnte das Angebot, mit Christos im Kinderzimmer Playmobil zu spielen, kopfschüttelnd ab.

Der Stundenzeiger stand zwischen der Neun und der Zehn, als sich Helene, Klarissa und Walter Paul wieder auf den Weg in die Bötzowstraße machten. In ihre Wohnung konnten sie ja noch immer nicht zurückkehren. Kaum schloss sich die Haustür hinter den Dreien, gab es für Helene kein Halten mehr.

»Sagt mal, was war denn mit euch los?« Doch Helene schreckte auf. Ihre Tochter schaute sie aus zwei Augenschlitzen an. Dazu spitzte sie ihre Lippen. »Gut, dann redest du nicht. Musst du ja nicht.« Sie schaute zu Paul. Der lief bereits vor zur Hauptstraße. Helene folgte ihm schnellen Schrittes und packte ihren Freund am Arm.

»Sag mal, was ist mit dir?« Paul drehte seinen Kopf weg. Helene schaute zu Klarissa. Die stand, vom Laternenlicht erhellt, mit verschränkten Armen an der Stelle, wo sie ihrer Mutter eben noch einen giftigen Blick zuwarf. »Bin ich hier im Kindergarten? Was soll das?«

»Hat der dir gefallen?« Helene riss die Augen auf.

»Das ist jetzt nicht dein Ernst?« Paul schaute demonstrativ zur Seite.

»Du hast diesen Schönling doch die ganze Zeit angestarrt.«

»Also, das ist mir jetzt zu blöd.« Helene marschierte zurück zu Klarissa.

»Klarissa, was hast du?« Wieder folgte ein pikierter Blick. Helene dachte daran, dass sie Mörder zum Sprechen brachte, aber das Vorhaben, ihre vierjährige Tochter zum Reden zu bewegen, scheiterte grandios.

»Ich möchte jetzt wissen, was los ist. Du hast den Jungen die ganze Zeit angestarrt und hattest eine Laune ...« In diesem Moment dämmerte es Helene. »Kanntest du den Jungen aus dem Kindergarten?« Klarissas Reaktion überraschte die Mutter. Das Mädchen lief mit ihren Tränen um die Wette und suchte Trost auf Pauls Armen. Jetzt stand Helene allein vor dem Haus und wirkte wie ein verstoßenes Kind. Sie hatte das Gefühl, etwas falsch gemacht zu haben. Sie atmete tief ein und aus und schaute zum Nachthimmel. Dann sah sie Walter Paul mit Klarissa auf dem Arm an der Straßenecke stehen und lief kopfschüttelnd zu den beiden.

Das Schweigen in den nächsten Minuten fühlte sich für Helene wie ein tonnenschwerer Rucksack an. Gemeinsam überquerten die drei die Prenzlauer Allee. Vor der Total-Tankstelle war das Fass mit Helenes Geduld bis auf den letzten Tropfen geleert.

»Leute, das nervt nicht nur, das ist anstrengend. Dieses Kasperletheater spiele ich nicht mit.«

»Ist kein Theater!«, stellte Klarissa fest und schaute demonstrativ zur Preisanzeige der Tankstelle.

»Und was ist mit dir?«

»Weiß nicht ...«, antwortete Paul und schaute ebenfalls zur Preistafel der Tanke.

»Was weißt du nicht?«

»Na ja ...«

»Kannst du auch im Satz antworten?«

»Weiß nicht ...«

»Ich will da nie wieder hin.« Helene hätte ihrer Tochter gerne entgegnet, dass das nun einmal ihre neuen Nachbarn waren und man mit diesen auskommen müsse. Aber für eine Diskussion mit einer Vierjährigen fehlte Helene an diesem Abend die

Energie.

»Hat dir nicht sein volles Haar gefallen? Und sein durchtrainierter Körper? Seine strahlend weißen Zähne? Der sah aus wie ein Model.« Helene schüttelte fassungslos den Kopf, ließ Paul mit Klarissa stehen und marschierte die Straße am Prenzlauer Berg hinauf, um zur Bötzowstraße zu gelangen, wo sie hoffentlich nur noch eine Nacht verbringen mussten, bis die eigene Wohnung wieder bezugsfertig war.

Dienstag, 8. Mai
10:20 Uhr, Johannisthaler Chaussee, Neukölln

Der Gebrauchtwagenhändler hatte die Körperform, aber auch die Geschwindigkeit einer Kanonenkugel, so schnell stand er vor Walter Paul und Helene. Zur Begrüßung streckte er erst der Dame, dann dem Herrn seine Hand entgegen. Er fragte, ob sie ein Auto kaufen möchten. Warum besucht man bitte sonst einen Autohändler, fragte Helene sich. Sie starrte den Mann an, der über den Augen mehr Haare trug als auf dem Kopf. Seine Zähne hatten das gleiche Gelb wie die Sonne, die an diesem Vormittag Berlin erwärmte.

»Ich habe im Internet gelesen, dass Sie einen Dacia verkaufen.« Das waren Pauls erste Worte an diesem Tag. Abgesehen von der ausgelassenen Begrüßung, als Klarissa aufwachte.

»Dacia? Der Weiße?«

»Genau. Ist der noch zu haben?« Der Autohändler bejahte euphorisch.

»Ich hole den Schlüssel.«

»Und? Meinst du, der Typ hier passt auch in mein Beuteschema?«, fragte Helene und spielte auf Pauls Eifersucht an, die sich seit dem gestrigen Abend noch nicht wieder legte. Ihr Freund überhörte die Provokation.

Berliner Stadtverkehr hin oder her. Pauls Kindergartenverhalten hielt Helene die Wichtigkeit vor Augen, unabhängiger zu sein. Sie brauchte ein eigenes Auto. Irgendwie konnte sie das schon bezahlen. So schlecht verdiente sie ja nicht. Und dem Berliner Stadtverkehr musste sie sich irgendwann stellen. Sie löste sich von Paul und streifte über das Gelände des Gebraucht-wagenhändlers.

Paul erhielt den Autoschlüssel und machte sich auf, den Dacia zu begutachten.

»Sie suchen auch ein Auto?« Helene nickte dem Autohändler zu. »Ich habe etwas für Sie. Geheimtipp. Perfekt für eine Frau wie Sie.« Helene folgte dem Mann. Sie rechnete mit allem. Von einem Auto in Pink bis hin zu einer Karre, die nur noch Panzertape zusammenhielt. »Schauen Sie. Perfektes Auto für eine Frau wie Sie. Kinder, Einkauf, alles passt hinein. Und der Preis ist auch sehr gut.«

Sehr teuer hätte es in Helenes Augen besser getroffen. Aber sah sie aus wie die typische Mama, die ihre vier Kinder nur im Kindergarten abgibt, um den Einkauf für die Familie zu erledigen? Die Vorurteile gegenüber Frauen waren Helene bekannt. Frauen haben keine Ahnung von Autos und lassen sich daher jeden Müll andrehen. Frauen können nicht einparken. Weiter kam sie nicht.

»Da kriegen Sie alle Kinder rein. Wollen Sie viele Kinder? Das Auto hat Platz für viele Kinder.« Helene biss sich auf die Lippen, sonst hätte sie losgelacht. »Sie duften so verführerisch. Ihr Mann will bestimmt viele Kinder.« Helene hätte dem Autohändler mit dem schleimigen Lächeln zu gerne vor die Füße gespuckt.

Sie war sauer. Auf den Chauvi vor ihr, auf Paul, der sie mit seinem Verhalten an ein Kindergartenkind erinnerte, und auf sich selbst. Doch wieso auf sich selbst? Sie hatte nichts getan, was Pauls Verhalten rechtfertigte. Und sie konnte auch nichts dafür, dass dem Autohändler sein veraltetes Frauenbild bei Verkaufsgesprächen im Weg stand.

»Ich kann Ihnen beim Preis einen Rabatt geben. Zehn Prozent? Sie kriegen zehn Prozent. So viel Rabatt gebe ich sonst niemandem. Nur Frauen, die so schön duften.« Helene Blick suchte Paul, fand ihn aber nicht. Sie entschuldigte sich und lief zum weißen Dacia. Paul stieg aus dem Auto.

»Kann man eine Probefahrt machen?«

»Leider nein. Das Auto ist ja zugeparkt.« Der Autohändler zeigte auf die umstehenden Autos. »Aber wenn Sie den Kaufvertrag unterschrieben haben, können Sie eine Probefahrt machen. Dann steht das Auto vorne auf dem Parkplatz.«

»Ich brauche einen Tag Bedenkzeit.«

»Aber morgen ist das Auto vielleicht schon weg.«

»Dann soll es so sein.«

»Und was ist mit der Frau? Was ist mit dem großen Auto für die hübsche Frau, die so schön duftet? In das Auto passen auch viele Kinder. Hübsche Frau, hübsche Kinder.« Helene dachte wieder an gestern Abend und an Pauls Eifersucht zurück. Für Paul mussten diese Worte Schläge in die Magengrube sein.

»Ich möchte keine Kinder mehr. Aber Danke für die Mühe. Und ein Tipp von mir: Überdenken Sie mal Ihr Frauenbild.« Helene schwang theatralisch ihren Rucksack über die Schultern und stapfte Richtung U-Bahnhof.

Dienstag, 08. Mai
12:30 Uhr, LKA für Delikte am Menschen, Keithstraße, Tiergarten

Helene und Walter Paul trafen Udo Golombek auf dem Flur des Dienstgebäudes. Paul und der erste Kriminalhauptkommissar verfielen in einen Smalltalk, Helene marschierte weiter Richtung Büro. Juliane Bergmann winkte Helene zur Begrüßung zu und widmete sich wieder den Unterlagen.

»Gibt es was Neues?« Die Bergmann schüttelte den Kopf.

»Obwohl. Doch. Dem Widerspruch zum U-Haftantrag für Thomas Breitner wurde stattgegeben.«

»Immerhin etwas.«

»Jetzt warten wir auf den ersten Zwischenbericht.« Helene zog drei Pakete Kaffee aus ihrem Rucksack. Dann fingerte sie eine Filtertüte aus der grün-roten Pappschachtel, setzte sie in die Kaffeemaschine, öffnete eine Packung Kaffee und löffelte das braune Pulver hinein.

»Von wem soll ein Zwischenbericht kommen?«

»Das Fahndungsdezernat hat die Suche nach Breitner übernommen.«

»Ach, plötzlich ist es so wichtig?« Juliane Bergmann antwortete nicht darauf. Sie schaute Helene nur an.

»Ist bei euch alles okay?«

»Alles bestens!«, log Helene. Sie fragte sich, ob Juliane Bergmann ihr den Stress mit Paul ansah.

»Sicher?«

»Ja, wieso denn nicht?«

»Du wirkst etwas zerstreut.«

»Wie kommst du darauf?«

»Wenn du das Kaffeepulver in die Maschine löffelst und das Ding anschaltest, solltest du auch Wasser hineingeben.« In diesem Moment fing die Maschine an zu husten. Helene griff die Glaskanne, hielt diese unter den Wasserhahn und goss das kalte Wasser in die aufgeheizte Maschine. Aus dem Husten wurde ein Spucken. Dampf stieg auf.

»Scheiße!«, entwich es Helene. Juliane Bergmann schaute besorgt.

»Ist wirklich alles okay bei euch?« Helene antwortete mit einem kaum erkennbaren Nicken. In diesem Moment trotteten Udo Golombek und Walter Paul durch die Tür. Helene schaute ihrem Freund nach, wie er zu seinem Schreibtisch lief. So, als kenne er sie nicht. Was spielte Paul hier für ein Spiel? Warum missachtete er sie? Aber egal, was er damit erreichen wollte, er konnte dieses Spiel nicht gewinnen. Nicht, wenn Helene mitspielte. Aber sollte sie mitspielen?

»Die Fahndung nach Thomas Breitner läuft auf Hochtouren«, sprach Golombek. »In der Parallelstraße, also da, wo Jeff Erdmann wohnt, ist er nicht aufgefunden worden. Im Wurstmacherweg war er auch nicht. Der gesamte Bekannten- und Verwandtenkreis von Breitner wird durchleuchtet. Wir werden ihn finden. Wenn nicht heute, dann morgen.« Helene lächelte. Ihr kam eine Idee. Sie lief zu ihrem Arbeitsplatz und nahm das Telefon in die Hand. Sie wollte zwei Fliegen mit einer Klappe schlagen.

»Ja? Hallo, hier ist Helene Eberle vom LKA aus Berlin.« Sie schielte zu Pauls Schreibtisch. Und sie war sich sicher, dass er ebenfalls für einen kurzen Moment zu ihr schaute. Er bekam also mit, was sie sagte. »Ich freue mich, Ihre Stimme zu hören. Wie geht es Ihnen?« Sie trug dick auf. Der Grund dafür saß am Nachbartisch und war jetzt bewegungsfreudig wie ein Stein. »Wir brauchen in dem Ermittlungsfall Thorben Hoffmann nochmal Ihre Hilfe.« Helene genoss diesen Moment. »Gelöst ist er. Wir wissen, wer die Täter sind, müssen sie nur noch schnappen. Und das Motiv kennen wir noch nicht. Kann ich auf Sie zählen?« Erwartungsvoll schielte sie jetzt zu dem Telefon, das an ihrem Ohr klebte. »Das ist nett. Danke. Ich werde mich revanchieren, sobald es möglich ist.«

Dienstag, 08. Mai
18:20 Uhr, Metzer Straße, Prenzlauer Berg

Helene Eberle stand im Flur ihrer neuen Wohnung. Die Drohungen und Beleidigungen waren nicht mehr zu erkennen. Sie lehnte sich mit dem Rücken an die Wand und ließ sich nach unten gleiten. Sie öffnete ihren Zopf, strich durch ihre braunen Haare und starrte auf die frisch gestrichene Tapete gegenüber. Die Ruhe, die Helene umgab, war trügerisch. In Wellen spülte die Stille Gedanken in ihren Kopf.

Von Michael Träumer ging keine Gefahr mehr aus. Von ihrem Ex-Mann auch nicht mehr. Aber warum trauerte sie nicht um Matthias? War sie inzwischen so abgestumpft? Gehörte sie jetzt auch zu diesen gefühlskalten Seelen, die ausschließlich an sich dachten? Helene hörte in sich hinein. Sie vernahm Erleichterung. All der Ballast der letzten Jahre klebte vielleicht noch an den Straßenbahnschienen, aber sie konnte nun endlich unter einem Stück ihrer Vergangenheit einen Schlussstrich ziehen. Sie lächelte erleichtert.

Mit der nächsten Welle tauchte Nancy Richter in ihren Gedanken auf. Mit der feierte sie noch Silvester auf der Insel Usedom. Jetzt zählte ihre ehemalige beste Freundin zu den Menschen, die Helene nie wieder sehen wollte. Und wie erging es dem Straßenbahnfahrer?

Sie schaute zur Tür. Sie war allein. Tatsächlich. Niemand kam jeden Moment in die Wohnung. Es war beruhigend zu wissen, dass dieser Moment allein ihr gehörte. Sie lehnte ihren Kopf gegen die Wand und schloss die Augen. Ruhe fand aber weiterhin nur außerhalb ihres Kopfes statt. Tausende Gedanken tanzten Lambada. Wo war Paul? Hatten sich seine Gefühle für sie geändert? Aber warum war er dann gestern Abend eifersüchtig? Starrte sie Dimitrios Siopis wirklich andauernd an? Wieso fiel das dann nicht seiner Ehefrau auf? Helene kam die Idee, Paul anzurufen. Aber nein, sie hatte es nicht nötig, sich aufzudrängen. Er war es, der ein Arschloch-Verhalten an den Tag legte, nicht sie. Abgesehen von dem Telefonat mit Staatsanwalt Schröder, wo sie dick auftrug, um Paul aus der Reserve zu locken. Im Büro. Ausgerechnet. Und wie sollte sie es schaffen, all die Sachen aus der Bötzowstraße zurück in ihre Wohnung zu schleppen? Allein. Ihre Mutter war körperlich nicht mehr in der Lage, zu helfen. Helene stellte sich vor, wie oft sie zwischen der Bötzow- und der Metzer Straße pendeln musste, bis ihre Sachen wieder dort waren, wo sie hingehörten. Aber was nutzte es, zu jammern? Selbstmitleid war wie Alkohol. Es löste nie Probleme. Im Gegenteil.

Helene stand auf. Sie schaute sich noch einmal um, zog ihre Schuhe an und öffnete die Tür. Zur gleichen Zeit öffnete jemand die Wohnungstür der Nachbarn.

»Ach, das ist ja ein Zufall. Schön, dich zu sehen. Du siehst müde aus.« Helene lächelte Claudia Siopis zu und streifte sich

eine Strähne aus dem Gesicht. Sie erzählte, dass sie nun endlich wieder ihre Wohnung beziehen kann. Am Abend wollte sie
noch die Sachen aus der Bötzowstraße holen, ehe sie die Füße
hochlegen und endlich ankommen wollte.

»Aber das machst du nicht alleine. Wenn Walter noch nicht da
ist, schicke ich dir Dimi mit. Der hilft dir.« Helenes Nachbarin
verschwand in der Wohnung. Dimi! Wohl die Abkürzung für
Dimitrios. Helene war hin- und hergerissen. Schon wieder. Sie
würde sich über Hilfe freuen. Jetzt, wo Paul sich nicht blicken
ließ. Aber Hilfe von Dimitrios? Wenn Paul das erfuhr, hatte er
noch mehr Grund, eifersüchtig zu sein. Aber war das nicht egal?
Dimitrios Siopis erschien im Hausflur.

»Ich fahre dich rüber. Das ist kein Problem.«

»Danke, das ist lieb.« Helene trottete hinter dem durchtrai-
nierten Griechen die Treppen hinunter. Schlecht sah er ja nicht
aus. Nur schleimig wirkte er. Viel zu perfekt für ihre Verhält-
nisse. Aber war das nicht egal? Wenn Walter nicht so eine Ei-
fersuchtsnummer schieben würde, würde Helene sich keine
Gedanken um andere Männer machen.

Dimitrios trat aus der Haustür und zeigte in Richtung eines
Vans. Das Auto sah dem ähnlich, dass der Autohändler am
Morgen angeboten hatte. Das Taxi, das vor der Haustür hielt,
sah Helene nur aus den Augenwinkeln. Sie folgte weiter ihrem
Nachbarn.

»Maaamaaaa!«, schallte es plötzlich durch die Metzer Straße.
Helene drehte sich um und sah Klarissa in ihre Richtung rennen.
Am Horizont zog Walter Paul Taschen aus dem Auto und stellte
diese vor der Haustür ab.

»Haha, ein wahrer Gentleman!«, quittierte Dimitrios Siopis
das Geschehen. »Dann müssen wir gar nicht fahren.« Dimitrios

lief auf Walter zu. »Walter, mein Freund, wir wollten gerade die Sachen abholen. Warte, ich helfe dir beim Tragen.« Der Grieche ließ seine Muskeln spielen und griff vier Taschen auf einmal, ehe er im Hausflur verschwand.

»Du wolltest mit dem die Sachen abholen?«

»Wir haben nette Nachbarn, oder nicht?«

»Du hast nette Nachbarn!«, berichtigte Paul, marschierte zurück zum Taxi und setzte sich auf die Rückbank. Dieser Kinnhaken saß.

»Fährt Waldi nochmal zurück zu Oma?« Helene schaute zu Klarissa.

»Ich weiß nicht. Sind denn noch Sachen bei Oma?«

»Eigentlich nicht ...«

Dienstag, 08. Mai
19:10 Uhr, Pariser Platz, Mitte

Das Gefühl, sich wie ein dreijähriger Junge benommen zu haben, saß neben Paul auf der Rückbank des Taxis, das ihn zu seinen Eltern nach Charlottenburg fahren sollte. Ein dreijähriger Junge, der zurück zu seiner Mama rennt, weil ihn jemand ärgerte. Paul bat den Taxifahrer, anzuhalten. Er wollte aussteigen. Auch wenn die Krumme Straße noch weit weg war.

»Wäre auch teuer geworden bis nach Charlottenburg«, maulte der Fahrersitz. Das Auto fuhr rechts heran, Paul drückte dem Fahrer einen Zwanzig-Euro-Schein in die Hand und meinte, dass das so passe. Mit Blick auf das Taxameter antwortete der Fahrer mürrisch:

»Von dem Trinkgeld kaufe ich mir einen Tee.«

Am Horizont schimmerte das Brandenburger Tor in der Abendsonne. Dafür hatte Paul aber keinen Blick. Auch das Wachsfigurenkabinett, neben dem er stand, beachtete er nicht. Einzig die vielen Touristen, die ihre Smartphones in die Luft hielten, fielen Paul auf. Von denen genervt, trabte er über die Straße, besorgte sich beim *Starbucks* einen Kaffee und stieg in die Buslinie 100, um erstmal bis zum Alexanderplatz zurückzufahren.

Um 20:30 Uhr erreichte Paul wieder die Metzer Straße. Er klingelte, wartete aber vergebens auf das Ertönen des Türöffners. Ein weiteres Mal drückte er mit seinem Zeigefinger auf den Klingelknopf. Offiziell war hier nicht seine Wohnung. Er war noch bei seinen Eltern gemeldet, um auf der Dienststelle nicht in Erklärungsnot zu geraten. Ein Liebespaar arbeitet gemeinsam in einer Kommission, das war ungern gesehen. Paul wusste, dass sich so manche Paare im LKA fanden, was dann oft eine Trennung auf der Dienststelle zur Folge hatte. So manches Mal stellte Paul sich die Frage, was ihm wichtiger war. Offiziell zusammenwohnen, zu seiner Liebe zu stehen, oder zusammenarbeiten. Er hatte noch nie mit jemandem zusammengearbeitet, der mit so viel Feingefühl ermittelte, so schlagfertig war, sich nicht unterbuttern ließ. Aber dafür hatte er nun das Problem, dass die schlagfertige Person, die sich nicht unterbuttern ließ, ihm den Zutritt zur Wohnung verwehrte. Wieder drückte Paul auf den Knopf. Wieder warten. Ein müdes »Ja« ertönte aus der Gegensprechanlage. Paul hätte sich gewünscht, dass Helene ohne Nachfrage die Tür öffnet. Aber das konnte er nicht erwarten, nach den Geschehnissen der letzten Wochen.

»Hier ist Walter. Ich habe meinen Schlüssel bei deiner Mutter vergessen.«

»Was willst du?« Diese Nachfrage saß. Er wollte rein. Weil er doch auch hier wohnte. Eigentlich. Aber diese Blöße gab er sich nicht.

»Ich wollte meine Sachen holen«. Der Dialog mutierte zu einem Schlagabtausch über die Gegensprechanlage.

»Schon mal was von Rücksicht gehört? Ich habe schon geschlafen.«

»Woher soll ich das wissen? Ich kann ja nicht durch die Wand sehen.«

»Das wundert mich. Du siehst doch sonst Sachen, die andere nicht sehen.« Paul war klar, er hatte die schlechtere Ausgangslage. Er wollte etwas von Helene, was sie ihm nicht geben musste. Er war auf ihr Entgegenkommen angewiesen. »Warte kurz. Ich muss Dimitrios noch rausschmeißen. Danach lasse ich dich rein.«

»Ach, ich dachte, du hättest schon geschlafen?«

»Habe ich. Aber ich schlafe so ungern allein.« Endlich ertönte der Türöffner. Paul betrat den Hausflur. Jede Treppenstufe, die er hinaufstieg, fühlte sich wie ein steiler Berg an, den es zu erklimmen galt. Die Botschaft der angelehnten Wohnungstür war klar. *Du kannst in die Wohnung kommen, aber ich beachte dich nicht.*

Hätte Walter eine alternative Schlafmöglichkeit gehabt, er hätte auf sie zurückgegriffen. Abgesehen von seinen Eltern in der Krumme Straße gab es aber keine. Bei seinen Freunden hatte er sich ewig nicht mehr gemeldet. Das lag vor allem an seinem Beruf. Das hätte Fragen aufgeworfen, wenn er plötzlich angerufen hätte, weil er eine Schlafmöglichkeit brauchte.

Die Tür fühlte sich so schwer wie ein Zementblock an. Der Flur war durch das inzwischen abnehmende Tageslicht nur noch leicht erhellt. Paul zog seine Schuhe aus und schlich in die

Küche. Was er dort auf dem kleinen Campingtisch stehen sah, sorgte für ein kurzes Strahlen in seinem Gesicht. Helene hatte gekocht. Currywurst mit Pommes. Als Fertigmahlzeit aus der Mikrowelle. Ein typisches Helene-Essen. Nur Helene selbst ließ sich nicht mehr sehen.

Mittwoch, 09. Mai
09:50 Uhr, LKA für Delikte am Menschen, Keithstraße, Tiergarten

Auf der Suche nach neuen Informationen durchwühlte sie zum x-ten Mal die roten Pappordner, welche unter der Masse an Blättern zu reißen drohten. Neue Erkenntnisse, die Helene so sehnsüchtig herbeisehnte, standen aber nicht in den Ordnern. Die warteten am Telefon.

»Frau Eberle ...«, sprach Udo Golombek, »... Ich glaube, das ist für Sie. Ich stelle durch!« Helene schaute auf und nahm das Gespräch an. Es war Staatsanwalt Schröder aus Hannover, mit dem Helene gestern so überschwänglich telefonierte. Diese Show musste sie heute nicht abziehen, denn Paul war nicht im Büro. Er besuchte den nächsten Gebrauchtwagenhändler.

Der Staatsanwalt bestätigte Helenes Vermutung, die sie am gestrigen Tag äußerte. Man sichtete Julia Reichwein in ihrem Ferienhaus an der niedersächsischen Nordseeküste.

»Julia Reichwein hatte einen circa 2-jährigen Sohn dabei. Einen Mann an ihrer Seite erkannte man auch. Der sah Thomas Breitner aber in keiner Weise ähnlich.« Helene bedankte sich für die Unterstützung der Kollegen. Mit diesen Informationen konnte sie etwas anfangen.

»Julia Reichwein ist vermutlich mit Markus Gallwitz an der Nordsee. Das wäre doch eine Reise wert?«

»Was willst du denn an der Nordsee?«, fragte Dietmar Schulz und hob seinen Kaffeebecher.

»Ich möchte gerne mit Julia Reichwein reden.«

»Schon mal was vom Telefon gehört?«

»Persönlich ist besser.« Die Begeisterung von Dietmar Schulz, an die Nordsee zu fahren, war in etwas so ausgeprägt, als hätte Helene ihn zu einem Heimspiel von Union eingeladen. Am Ende war er es vielleicht noch, der fahren musste. Udo Golombek mischte sich ein.

»Frau Eberle, es gibt auch noch weitere Hinweise auf den Aufenthalt von Thomas Breitner. Vielleicht interessiert Sie das mehr. Die Hinweise werden aktuell abgearbeitet.«

»Ist denn eine heiße Spur dabei?«

»Ja, tatsächlich. Jemand gab an, Breitner in einem Waldstück in Brandenburg gesehen zu haben.«

»Viel Spaß beim Blumenpflücken. Kannst ja einen Baum für mich mit umarmen.« Simone Ottos Provokationen überhörte Helene. Für sie stand fest, dass Breitner sich niemals in einem Waldstück verstecken würde. Dafür hatte er zu gute Kontakte, auf die er zurückgreifen konnte.

»In dem Waldgebiet fand man Spuren, die mit Breitners Schuhgröße identisch sind.«

»Und wo?«

»Hinter Strausberg.« Helene verkniff sich die Frage, wo das lag. Breitner war nicht der Typ, der sich im Wald versteckte, weil er auch nicht der Typ war, der tagelang Beeren und Kräuter aß oder Tiere jagte. Das passte nicht ins Täterprofil.

»Udo, ich bin mir sicher, der richtige Weg führt uns an die

Nordsee.«

»Du willst doch nur auf Staatskosten Urlaub machen.« Helene schaute ihre dunkelbraungebrannte Kollegin an. Die Provokationen weiter zu überhören, hatte keinen Sinn. Und sie musste sich nicht alles bieten lassen. Es war Zeit, eine klare Grenze zu ziehen.

»Es kann sich halt nicht jeder den halben Tag unter den Assi-Toaster legen.« Simone Ottos Blick war deutlich. Sie dachte, sich verhört zu haben. Um auf Helenes verbalen Gegenschlag zu reagieren, blieb aber keine Zeit.

»Frau Eberle, das ergibt tatsächlich wenig Sinn. Julia Reichwein wird früher oder später wieder in Berlin eintreffen, dann können Sie sie ja befragen. Die Situation wäre eine andere, wenn Breitner bei Julia Reichwein wäre. Aber man sah ihn dort nicht.«

Helene stand von ihrem Schreibtisch auf und stellte sich ans offene Fenster. In ihr brodelte es. Sie musste sich beruhigen, sonst hätte sie etwas gesagt, was für eine Abmahnung gereicht hätte. Sie spürte die Sonnenstrahlen in ihrem Gesicht. Dann setzte sie Wasser auf, rührte einen Cappuccino ein und setzte sich wieder vor ihren Computer.

»Wie hießen die Mitarbeiter des Online-Shops, den Julia Reichwein betrieb?« Eine befriedigende Antwort der Kollegen blieb aus. Also recherchierte Helene im Internet. »Der Shop von Julia Reichwein schloss am 31. März.«

»Worauf wollen Sie hinaus?«, fragte Golombek interessiert.

»Da war Thorben Hoffmann noch am Leben. Bei der Befragung gab Julia Reichwein aber an, dass sie einen Online-Shop führt. Sie sagte nichts davon, dass sie ihn abmeldete.«

»Aus dem Zusammenhang gerissen klingt das unwichtig. Aber wie Herr Paul gerne sagt, man muss das Gesamtpaket sehen.

Und dann könnte es tatsächlich ein Indiz sein. Aber wofür?«

»Man kann es als Falschaussage werten.«

»Ob man nun sagt, dass man einen Online-Shop führt oder ob man ihn führte. Ein weggelassener Buchstabe macht noch keine Falschaussage.« Helene sah ein, dass sie bei ihrem Vorgesetzten nicht weiterkam. Nicht auf diesem Weg. Noch einmal durchforstete sie die Unterlagen und fand schließlich das Protokoll vom 21. April. An diesem Tag besuchte sie Julia Reichwein zum ersten Mal und sprach mit ihr über ihre Beziehung mit Thorben Hoffmann, über den Online-Shop und über Marcel und Susi. Helene wollte damals die Adressen der beiden haben, vergaß aber, am Ende des Gesprächs Julia Reichwein nochmal darauf anzusprechen. Jetzt hatte sie nur die Vornamen, aber vielleicht reichten die. Immerhin gab es auf der Website des Shops auch Bilder der beiden. Dann kam Helene die Idee, die sozialen Medien nach dem Shop zu durchsuchen. Sie stieß auf zahlreiche Werbebeiträge auf Facebook. Der Letzte stammte vom 26. März.

Mittwoch, 09. Mai
11:50 Uhr, Taddigsweg, Bensersiel (Nordseeküste)

Der Junge saß auf den Schultern von Markus Gallwitz, als seine Mutter ihm die Gummistiefel über die Kinderfüße stülpte. Sie drückte ihrem Freund einen Kuss auf die Lippen und öffnete die Haustür. Der Wind schob die Regenwolken beiseite, was die Sonne sofort ausnutzte. Julia Reichwein streckte ihr Gesicht den Sonnenstrahlen entgegen. Gallwitz griff mit seiner Rechten ihre Hand, mit der Linken hielt er die Hand seines Sohnes. Sie spazierten Richtung Deich, wollten am Wasser weiter Richtung Hafen schlendern. Möwen schrien am Horizont und übertönten für einen Moment das Klingeln des Telefons. Julia Reichwein schaute auf das Display. Die Nummer der anrufenden Person hatte sie nicht abgespeichert.

»Ja, Reichwein?« Sie blieb stehen und lauschte der Stimme am anderen Ende. Es war die Stimme des Mannes, der sich Bernhard Falk nannte. Wegen des Windes verstand sie seine Worte nur häppchenweise, aber das reichte für eine ungesunde Blässe in ihrem Gesicht. Schweißperlen bildeten sich auf ihrer Stirn. Ihre Zunge war trocken und tonnenschwer.

»Ja ..., ja ... Sie bekommen Ihr Geld. Ich habe Ihnen doch mein Wort gegeben.«

»... Zahltag ... 1. Mai. Morgen ... 21:00 Uhr. Letzte Chance.«

»Das schaffe ich nicht ...« Das hörte der Mann schon nicht mehr.

Mittwoch, 09. Mai
12:20, Nordendstraße, Pankow

Vor Helene saß ein Endzwanziger, der sie durch zwei dicke Brillengläser anstarrte. Er saß in seinem grauen Sessel, als wollte er deutlich machen, dass das der Chefsessel war. Und wer in diesem Sessel saß, war der Boss.

»Und Sie sind wirklich Polizistin?«

»Ja, ich bin wirklich Polizistin.«

»Aber sie tragen gar keine Uniform.«

»Ach, die meisten Polizisten tragen keine Uniform.«

»Ich habe immer nur Polizisten gesehen, die eine Uniform

tragen.« Helene verkniff sich den Kommentar, dass ihr Gegenüber die Polizisten ohne Uniform vermutlich nie als solche erkannte. Lieber schenkte sie der Igelfrisur mit den Pausbacken ein Lächeln und baute damit weiter Vertrauen auf. Eine zierliche Frau mit graumelierten, kurzen Haaren betrat das Wohnzimmer. In den Händen hielt sie einen Orangensaft für Helene und ein Wasser für Helenes Gesprächspartner.

»Ich will auch Orangensaft«, beschwerte sich der Boss. Doch seine Mutter spielte das Spiel nicht mit.

»Marcel, du weißt, du bekommst Ausschlag von Citrusfrüchten.«

»Nur abends!«, stellte der Mann richtig.

Helene kam direkt zur Sache. »Sie haben also für Julia Reichwein und Thorben Hoffmann gearbeitet?« Die Brillengläser starrten ins Leere. Die dicken Lippen wurden zusammengepresst. Helene erkannte, dass der Körper des Mannes bebte. Offensichtlich hatte sie mit ihrer Frage in eine offene Wunde gebohrt. Ihr fehlte die Erfahrung mit Menschen, die mit Trisomie 21 lebten. Leider. Sie überlegte, was jetzt besser war. Einfach weiter Fragen stellen oder schweigen und warten, bis Marcel Riehmann redete? Es könnte respektlos wirken, jetzt einfach mit der Mutter weiterzusprechen. Und wie würde der Mann darauf reagieren? Helene warf den graumelierten Haaren einen dezenten Blick zu. Die Frau nickte leicht. Helene erkannte ihre Handbewegung. Die verdeutlichte, dass es gleich weiterging. Plötzlich sprang der Mann auf.

»Muss aufs Klo!« Helene musste an ihre vierjährige Tochter denken. Mareike Riehmann erklärte, dass ihr Sohn mit der Situation überfordert war. Und wenn er überfordert war, versteckte er sich grundsätzlich im Bad.

»Können Sie etwas über das Arbeitsverhältnis Ihres Sohnes berichten?« Mareike Riehmann erzählte, dass ihr Sohn, gemeinsam mit einem anderen Mädchen, das ebenfalls mit der Erbkrankheit Trisomie 21 lebte, seit September letzten Jahres für den Onlineshop von Julia Reichwein und Thorben Hoffmann arbeitete. Doch die zunehmenden Streitereien zwischen den Eigentümern des Shops setzten ihrem Sohn emotional zu. Natürlich verdiente er mehr als in einer Behindertenwerkstatt, dafür musste die Mutter sich jedoch bereiterklären, für entstandene Schäden, die ihr Sohn verursachte, aufzukommen. Dadurch lag der Verdienst ihres Sohnes nur marginal höher als in einer Werkstatt. Aber Marcel fühlte sich gebraucht, er fühlte sich nicht mehr behindert, wie er selbst einmal betonte. Und dieses Gefühl zeigte Mareike Riehmann, dass sie das Richtige tat. Im Januar überwiesen die Eigentümer plötzlich nur noch die Hälfte des Lohns. Mit dem Versprechen, die zweite Hälfte im Februar zu überweisen. Im Februar floss dann kein Lohn mehr. Auch im März blieb die Lohnzahlung aus, weshalb die Mutter den Arbeitsvertrag fristlos kündigte. Das setzte ihrem Sohn ebenfalls stark zu. Er weinte viel, schrie und schlug Imme öfter um sich. Er konnte nicht verstehen, warum er nicht mehr arbeiten gehen durfte.

»Auf der Website des Shops steht, dass dieser seit Ende März geschlossen ist.«

»Dazu kann ich Ihnen lediglich sagen, dass mein Sohn bis zum 15. März noch arbeitete und dann haben wir gekündigt. Die Gründe kennen Sie ja jetzt.«

Helenes Wunsch, doch noch einmal mit Marcel Riehmann zu sprechen, blieb unerfüllt.

Mittwoch, 09. Mai
15:15 Uhr, LKA für Delikte am Menschen, Keithstraße, Tiergarten

Helene betrat das Büro und erkannte Walter Paul. Der saß an seinem Schreibtisch und hob den Kopf. Sie las es in seinem Gesicht, dass ihm etwas auf der Zunge lag. Doch statt es auszusprechen, schluckte er es hinunter. Helene schloss die Bürotür, hängte ihre graue Strickjacke an den Haken und setzte sich an ihren Schreibtisch.

»Was ergab Ihr Besuch bei dem ehemaligen Mitarbeiter des Online-Shops?«, fragte Golombek. Helene, die mit ihren Gedanken ganz woanders war, musste sich erstmal sortieren. Viel Neues gab es zwar nicht zu berichten, doch das, was sie an neuen Informationen erhielt, reichte, um einen Wunsch zu äußern.

»Ich möchte die Kontoaktivitäten von Julia Reichwein einsehen. Gewerblich und privat. Darüber finden wir mit Sicherheit neue Informationen.«

»Das bekommen wir ohne begründeten Verdacht niemals durch. Meinen Sie nicht, dass sie einer falschen Spur folgen? Wir tun doch wirklich alles, um Thomas Breitner zu schnappen. Es ist uns schon einmal gelungen. Und es wird uns wieder gelingen.«

»Und dann? Du wolltest ihn schon einmal zum Reden bringen. Das klappte nicht. Was passiert, wenn es wieder nicht klappt? Wir können uns nicht allein darauf verlassen, Breitner zu fassen und von dem das Motiv zu erfahren. Wir müssen alle Möglichkeiten ausschöpfen. Und Julia Reichwein ist eine dieser Möglichkeiten. Wenn wir das Motiv kennen, wird der Kreis, in welchem

Breitner sich aufhalten könnte, sehr viel kleiner.«

»Auch wir müssen uns an das Bankgeheimnis halten. Ohne Grund ist die Einsicht in die Kontoaktivitäten von Julia Reichwein schlicht nicht durchsetzbar.«

Das Telefon auf Golombeks Schreibtisch klingelte. Er griff den Hörer und lauschte der Stimme am anderen Ende, bis er genervt entgegnete, dass das doch keine neue Information sei, dass Thomas Breitner noch immer auf der Flucht wäre. Helene kramte eine Flasche Apfelschorle aus ihrem Rucksack und drehte den Verschluss auf.

»Das ist ein weiterer Beleg, dass wir nicht vorwärtskommen«, rief sie dazwischen. Jetzt setzte sie die Flasche an ihre Lippen und trank einen großen Schluck.

Dezernatsleiter Schönagel, Krause von der Direktion 6, Udo Golombek. Dazu Simone Otto in Dauerschleife. Das waren zu viele Kollegen, die ihre Arbeit behinderten. Aber warum ausgerechnet Golombek? Der war für Helene eigentlich eine Vertrauensperson. Doch scheinbar basierte das nicht auf Gegenseitigkeit. Jeden Ansatz von Helene bremste er aus.

Die gewünschte Pressekonferenz – abgelehnt!

U-Haft-Antrag für Thomas Breitner – auch zuerst abgelehnt!

Die direkte Konfrontation mit Julia Reichwein an der Nordsee – abgelehnt!

Einsicht in die Kontoaktivitäten von Julia Reichwein – abgelehnt!

Helene schüttelte den Kopf, dann führte sie die kleine PET-Flasche erneut zum Mund. Es waren für Helene keine Absprachen möglich. Also nahm sie sich vor, ihr Ding ab sofort allein durchzuziehen. Sie wollte diesen Fall lösen. So schnell wie möglich.

»Wir müssen Geduld haben«, sprach Paul. Es war aber nicht das, was er sagte. Es war der Punkt, dass er überhaupt zu Helene sprach. Die verschluckte sich an ihrer Apfelschorle und nieste zweimal in ihre Armbeuge, weil sich das kohlensäurehaltige Getränk den Weg aus ihrer Nase suchte. Paul unterdrückte ein Lachen. Aber wäre das ein Lachen über sie oder mit ihr gewesen? Und sprach er zu ihr oder warf er seine Worte planlos in den Raum? Helene schnappte sich eine Packung Taschentücher und wischte ihren Schreibtisch trocken. Dabei murmelte sie:

»Ich brauche keine Geduld. Ich brauche Fakten. Aber das scheint hier nicht gewollt zu sein.«

Mittwoch, 09. Mai
18:50 Uhr, Bötzowstraße, Prenzlauer Berg

Irene Siefert und Helene saßen am Küchentisch. Helene erzählte von ihrer Idee, morgen früh an die Nordseeküste fahren zu wollen. Sie wollte von Julia Reichwein Antworten auf all die Fragen bekommen, die im Raum standen. In welcher Beziehung stand Julia Reichwein zu Thomas Breitner und Markus Gallwitz? War es wirklich nur Zufall, dass der Online-Shop beinahe zeitgleich mit dem Mord an Thorben Hoffmann aufgegeben wurde? Die Mutter von Marcel Riehmann berichtete von Streitereien zwischen Hoffmann und Julia Reichwein. All das waren Puzzleteile, die zusammengehörten. Nur fehlten noch einzelne Teile. Und die fand Helene an der Nordsee. Da war sich die Kommissarin sicher.

Irene Siefert stierte auf die Holztischplatte. Es fiel ihr schwer, ihrer Tochter in die Augen zu schauen. Sie wollte ihr nicht in den

Rücken fallen, wusste aber, dass Helene kurz davor war, einen Fehler zu begehen. Berufliche Konsequenzen inklusive. Murmelnd fragte sie, ob die Fahrt an die Nordsee denn auch mit der Dienststelle abgesprochen wäre. Helene wunderte sich über das Verhalten ihrer Mutter.

»Mama, sprichst du mit mir oder mit der Tischplatte?« Irene Siefert hob ihren Kopf, wich aber weiter Helenes Blick aus. Sie starrte jetzt an den geblümten Lampenschirm.

»Du hast noch nicht auf meine Frage geantwortet«, flüsterte ihre Mutter.

»Es ist alles mit der Staatsanwaltschaft in Hannover abgesprochen.«

»Hannover!?«

»Ja, Hannover. Dort fing ja alles an.«

»Und Klarissa lässt du bei Walter?« Diese Vorlage kam Helene sehr gelegen. Sie erklärte ihrer Mutter, dass sie Klarissa morgen früh zu ihr bringen wird. Wobei Paul auch eine Option war. Eine Option, die sie nicht auf dem Zettel hatte. Warum nicht? Sie müsste ihre Tochter nicht extra in die Bötzowstraße bringen und könnte den Wecker, statt auf 05:00 Uhr auf 05:30 Uhr stellen. Eine halbe Stunde mehr Schlaf. Wie kostbar. Irene Siefert schob ihren Stuhl vom Tisch weg und holte ein Tetra-Pack Apfelsaft aus dem Kühlschrank.

»Möchtest du auch ein Glas?« Helene hatte keine Möglichkeit, auf diese Frage zu antworten, denn ihre Mutter warf die nächste Frage gleich hinterher. »Findet ihr es richtig, das Kind mit euren Streitereien zu belasten? Sie spürt doch, was zwischen euch abgeht. Das belastet sie. Erst bricht ihr Elternhaus auseinander, dann stirbt der Papa, jetzt droht wieder alles zu zerbrechen, woran sich die Kleine klammert.« Wenn Helenes Augen

Blitze gewesen wären, sie hätte schwarze Löcher in den Rücken ihrer Mutter gebrannt. Dabei wusste sie, dass ihre Mutter keine Schuld an dem Konflikt mit Walter hatte. Sie legte nur, wie so oft, den Finger in die Wunde und sorgte damit für Schmerzen, die Helene zum Reagieren zwangen.

Eine halbe Stunde später überquerte Helene auf Höhe der Wörther Straße die Prenzlauer Allee und bog in die Metzer Straße ein. Draußen war es noch so hell wie warm. Viele Menschen waren noch unterwegs. Vor dem Haus blieb Helene stehen und schaute nach oben. Paul holte Klarissa vorhin von der Oma ab. Er war also in der Wohnung. Mühevoll, weil ihre Hände zitterten, steckte Helene den Schlüssel ins Schloss der Haustür. Im dritten Stockwerk das gleiche Spiel. Nur zitterte ihre Hand nicht mehr. Ihr gesamter Körper bebte. Paul jetzt aus dem Weg zu gehen, war unmöglich. Ihre Mutter hatte recht. Sie mussten den Konflikt klären. Vor allem für Klarissa. Und Helene hatte auch keine Lust mehr, die eigene Wohnung zu betreten und dabei das Gefühl zu haben, einen Vulkan zu besteigen.

Sie betrat den Flur und lauschte. Die Stimmen, die sie vernahm, kannte sie nicht. Sie hörte die Stimme eines Mädchens. Es war aber nicht Klarissas Stimme. Helene schlich durch den Flur und sah ins Wohnzimmer. Auf dem Sofa lag Walter Paul, der dezent und gleichmäßig schnarchte. Auf seinem Bauch der Kopf ihrer Tochter. Aus dem CD-Player unterhielt sich ein Mädchen mit einem Ungeheuer. Helene drückte die Stopp-Taste. Sie schaute zu Paul und Klarissa. Wenn der Stress zwischen ihnen nicht wäre, das Bild auf dem Sofa hätte ihr gezeigt, wie perfekt ihre kleine Familie war. Sie beugte sich über Paul und flüsterte: »Du bist der perfekte Papa. Nur als Partner musst du noch üben.«

Paul schnarchte weiter. Dann gab Helene ihrer Tochter einen Kuss auf die Stirn. Auch Klarissa schlief weiter. Anschließend schaltete Helene das Licht aus und schlich ins Schlafzimmer.

Mittwoch, 09. Mai
22:15 Uhr, Taddigsweg, Bensersiel (Nordseeküste)

Sie schaute aus dem Fenster und erkannte unzählige Sterne am Himmel. In Berlin erkannte sie oft nicht einen, hier füllten die kleinen Himmelskörper das Firmament wie die Nordsee das Watt, wenn Flut war.

Juliane Reichwein genoss die klare Luft und das Zirpen der Grillen. Endlich ist ihr Sohn eingeschlafen. Sie schloss das Fenster und setzte sich auf die Bettkante. Sie holte tief Luft. Bis ihr der Atem stockte. Sie kämpfte gegen den Schwindel in ihrem Kopf. Es war unmöglich, aufzustehen. Hatte sie sich die schwarze Gestalt, die am Fenster vorbeirannte, nur eingebildet? Der Anblick brachte sie völlig aus der Fassung. Was hatte sie nur getan? Sie träumte von einem glücklichen Leben mit Markus Gallwitz und dem gemeinsamen Sohn. Dafür setzte sie alle Hebel in Bewegung. Zur Not mit der größten Kraftanstrengung und Überwindung. Und jetzt war sie kurz davor, selbst zum Opfer zu werden, weil sie ihren Teil der Abmachung nicht einhalten konnte. Oder spielten ihr ihre Gedanken und die Angst vor Thomas Breitner einen Streich? Die schwarze Gestalt war da. Sie hat sie gesehen. Nur kurz, trotzdem deutlich. Vielleicht war es jemand, der sich verlaufen hatte und nicht als Einbrecher gelten wollte? Vielleicht lief diese Person deshalb so schnell. Der Glaube daran war aber gering. Ihr Körper fühlte sich an, als wäre sie aus einem Eiskeller geflohen. Mit ihren Händen stützte Juliane Reichwein sich von der Bettkante ab und stand auf. Auf wackligen Beinen tastete sie sich behutsam bis zur Schlafzimmertür und öffnete sie. Im Flur brannte noch Licht. Sie sah Markus Gallwitz im Wohnzimmersessel sitzen. Er schaute von seinem Smartphone auf und blickte in ein aschfahles Gesicht. Juliane Reichwein erzählte unter Tränen, was sie gesehen hatte. Gallwitz versuchte gar nicht erst, seine Freundin zu beruhigen. Ihm kam eine bessere Idee.

Donnerstag, 10. Mai
06:00 Uhr, U-Bahnhof Senefelder Platz, Prenzlauer Berg

Helene Eberle stieg am U-Bahnhof Senefelder Platz in die Bahn und ergatterte noch einen der raren Sitzplätze im Wagon. Zwei Stationen später, am Alexanderplatz, quoll der Wagen beinahe über. Der Fahrer forderte die Fahrgäste wiederholt auf, doch bitte aus den Türbereichen zu treten, sonst würde das mit der Weiterfahrt nicht funktionieren. Das wäre das Schlimmste, was ihr an diesem Morgen hätte passieren können. Um kurz nach sechs Uhr am Alexanderplatz zu stranden. Sie musste das LKA möglichst früh erreichen. Wenn schon jemand im Büro der Bereitschaftsmordkommission saß, hätte sie sich erklären müssen. Außerdem musste sie ihren Zug bekommen. Alles war genauestens durchgetaktet. Sie betete stumm, dass die Bahn ohne weitere Zwischenfälle ihren Zielbahnhof erreichte.

Am Wittenbergplatz angekommen eilte sie weiter zum Dienstgebäude, begrüßte im Vorbeigehen den Pförtner, der nur kurz seinen Blick von seiner Zeitung löste. Helene flitzte die Treppen zum Büro hinauf. Dort wühlte sie in den Akten, kopierte das

Wichtigste heraus und packte ihre Heckler und Koch in den Rucksack. Das, was sie hier tat, war verboten. Sie agierte nicht nur auf eigenem Risiko, sie widersetzte sich auch den Worten ihres Vorgesetzten. Da nutzte es nichts, dass sie mit der Staatsanwaltschaft in Hannover zusammenarbeitete. Sie widersetze sich dem Mann, der bisher immer zu ihr hielt. Bis zu diesem Fall. Hier blockte Golombek fast schon mantraartig ab. Wir brauchen Beweise, das dürfen wir nicht, eine Pressekonferenz? Keine Chance.

Sie starrte auf die Pistole, die in ihrem Rucksack zwischen den Wechselklamotten und zwei Flaschen Wasser lag. Sie schluckte und zog den Reißverschluss zu. Wenn das, was sie vorhatte, schiefging, würde sie ihren Job verlieren. Das stand fest. Wenn das, was sie vorhatte, schiefging, konnte sie keine Hilfe von ihrem Vorgesetzten erwarten. Aber wenn das, was sie vorhatte, klappte, gab es keine offenen Fragen mehr zum aktuellen Fall. Bevor sich Helene Eberle endgültig auf den Weg zum Hauptbahnhof begab, legte sie dem ersten Kriminalhauptkommissar einen Zweizeiler auf seine Tastatur.

Donnerstag, 10. Mai
07:50 Uhr, Metzer Straße, Prenzlauer Berg

»Waldi, Mama ist nicht da«, hörte er Klarissa reden, die auf seinem Rücken saß und seine Wirbelsäule als Trommel nutzte. »Weißt du, wo Mama ist?« Paul war irritiert. Da war der zwanghafte Wunsch, aufzustehen, um sich selber von Klarissas Worten zu überzeugen. Er bat das Mädchen, von seinem Rücken abzusteigen, doch das Trommel-Solo war noch nicht beendet. Einen

Roboter imitierend, fuhr er seinen Körper Stück für Stück nach oben. Das Mädchen hielt sich lachend an seinen Schultern fest. Sie ließ es zu, dass Paul sie auf der Matratze absetzte. Ein erstes Erfolgserlebnis an diesem Morgen.

Helenes Schuhe standen nicht im Flur, ihre Strickjacke hing nicht am Haken und in der Küche vergaß sie wohl, den Käse und den Toast wieder wegzuräumen. Paul war sich sicher, wohin seine Freundin unterwegs war.

»Wo ist denn Mama jetzt?«

»Ich finde es heraus. Versprochen. Lass mich kurz telefonieren.«

»Rufst du Mama an? Darf ich dann auch mit ihr reden? Ich will sie was fragen.« Paul nickte und tippte Helenes Nummer in seinem Handy ein. Es klingelte mehrere Male, aber auf den Klang von Helenes Stimme wartete Paul vergebens. Auch ein zweiter Versuch scheiterte. Anschließend rief Paul Udo Golombek an. Der nahm das Gespräch gleich nach dem ersten Klingeln an. Paul hörte deutlich die Enttäuschung aus Golombeks Stimme, als er von Helenes Nachricht auf seinem Schreibtisch berichtete.

»Warum macht sie so etwas? Ich dachte, wir arbeiten zusammen. Wir können sie nicht mal unterstützen. Und das Schlimmste, es wird Konsequenzen geben. Dagegen kann ich dann gar nichts machen. Herr Paul, bitte sagen Sie mir, warum macht Frau Eberle so etwas?« Paul hatte keine Antwort, dafür aber Wut auf Helene. Und diese Wut wuchs im Sekundentakt. Aufgerissene Kinderaugen, die Neugier ausdrückten, schauten zu Paul. Ihm war klar, seine Wut auf Klarissas Mutter durfte er dem Mädchen nicht zeigen.

»Udo, hör zu. Ich fahre hinterher. Wenn das alles durchgestanden ist, arbeiten wir das auf.«

»Meinen Sie, das ist der richtige Weg?«, fragte Golombek.

»Eine andere Möglichkeit sehe ich nicht.«

»Ich würde Sie ja gerne begleiten, aber ich habe hier Termine und ...«

»Ich mache das schon.«

»Versuchen Sie wenigstens, Frau Bergmann zu erreichen. Sie brauchen Unterstützung. Bitte, geben Sie mir Ihr Wort, dass Sie Frau Bergmann mitnehmen.«

»Ich gebe dir mein Wort.« Mit einem Gefühl, als laste ein Rucksack Steine auf seinen Schultern, beendete Paul das Telefonat. Doch die fragenden Augen des Rotschopfes neben ihm verdeutlichten, dass die nächste Aufgabe noch herausfordernder war.

Paul war nie ein guter Schauspieler, doch jetzt musste er Klarissa das Gefühl vermitteln, alles sei in Ordnung. Erstmal musste ein leckeres Frühstück mit Schoko-Pops und Vanillemilch her, doch was kam danach? Klarissa ins Auto zu packen und mit ihr nach Niedersachsen zu fahren, war undenkbar. Paul musste sie bei Irene Siefert abgeben. Also eigentlich wie immer, doch auch der Oma musste Paul vorspielen, dass alles in Ordnung war. Und die würde ihm das niemals abkaufen.

Donnerstag, 10. Mai
10:25 Uhr, Hauptbahnhof, Hannover

Helene Eberle öffnete die Augen und schaute sich um. Neben ihr im Gang standen Menschen mit Reisegepäck, die darauf warteten, dass der Zug in den Bahnhof einfuhr. Der Intercity drosselte sein Tempo. Ein Blick aus dem Fenster ließ Helene den industriellen Charakter Hannovers erkennen. Sie griff den Pappbecher, der vor ihr auf dem Klapptisch stand. Angeekelt vom Temperatursturz des einstigen Heißgetränks, warf die Kriminalbeamtin einen Blick auf ihr Smartphone. Paul versuchte es dreimal, Irene Siefert neunmal, sie anzurufen. Udo Golombek sprach ihr auf die Mailbox. Zeit für einen Rückruf hatte sie nicht. Das redete sie sich ein. Sie stand auf, streifte sich ihre Strickjacke über und reihte sich in die Reihe der Menschen ein, die in Hannover aussteigen wollten.

Ein heftiger Wind begrüßte die Polizistin auf dem Bahnsteig. Ihre Haare flogen in alle Richtungen. In ihrer Jackentasche suchte sie einen Zopfgummi. Vergeblich. Sie zog ihre Kapuze über den Kopf und hielt nach Staatsanwalt Schröder Ausschau. In den Menschenmassen war ihre Verabredung nicht zu sehen. Sie suchte Zuflucht unter der Überdachung am Bahnsteig und schaute sich noch einmal um. Noch immer konnte sie den Staatsanwalt nicht erkennen. Dafür hörte sie ihn rufen. Schröder schritt mit offenen Armen auf sie zu. Die harkte sich anschließend bei ihrer Begleitung ein und ließ sich zu dessen Kombi bringen, mit dem die Reise weiterging.

Donnerstag, 10. Mai
10:35 Uhr, A24, Autobahndreieck Wittstock/ Dosse

Auf der A19 steuerte Paul den schwarzen BMW von einer Baustelle in die nächste, weshalb die Anzeige auf dem Display selten drei Ziffern anzeigte. Paul fluchte ohne Unterlass. Wäre er doch die Strecke über Hannover gefahren. Von der Kilometeranzahl machte das keinen Unterschied, und dort gab es nicht so viele

Baustellen. Endlich fuhren sie, über das Autobahnkreuz Witt-stock, auf die A24 und hatten freie Fahrt. Jetzt galt es, die verlorene Zeit aufzuholen. Das Automatikgetriebe des Zivilfahrzeugs hatte Schwierigkeiten, mit den Schaltvorgängen hinterherzukommen, weil Paul das Gaspedal bis zum Anschlag durchdrückte. Bis eben hätte Juliane Bergmann noch die weißen Striche, welche als Fahrbahnmarkierung dienten, zählen können. Jetzt sahen diese Striche wie eine durchgezogene Linie aus. Juliane Bergmann schaute ihren Kollegen scharf an.

»Sorry, geht nicht anders.«

»Doch, es ginge anders. Aber das Essen in den Brandenburger Krankenhäusern soll ja bekanntlich sehr lecker sein. Wenn wir noch was essen können.«

»Wie meinst du das?« Mit der Lichthupe zwang Paul einen roten Kleinwagen, sich einen Platz zwischen zwei LKW zu suchen.

»Alternativ landen wir irgendwo im Kühlregal eines Leichen-schauhauses.«

»Verstehe ich nicht«, log Paul. Sein Telefon schrie nach Auf-merksamkeit. Bei Tempo 190 hielt er das Lenkrad mit der Linken und kramte mit der anderen Hand sein Handy aus der Hosenta-sche. Empört riss seine Kollegin ihm das Telefon aus der Hand.

»Jetzt reicht es aber mal!«

»Udo ist dran. Kannst du rangehen?«

»Ich gehe ran, wenn du langsamer fährst.«

Paul nickte und tippte ein paar Mal dezent das Bremspedal an.

»Ja, Udo.«

»Hallo Herr Paul, ich ...« Juliane Bergmann hatte Schwierig-keiten, den Motor zu übertönen.

»Udo, hier ist Juliane, Paul sitzt gerade am Steuer und testet die Blitzer auf Funktionstüchtigkeit.«

»Ach, Frau Bergmann. Ich habe tolle Neuigkeiten. Können Sie den Lautsprecher anstellen?«

»Das ist keine gute Idee. Ich muss mir das Telefon schon fast ins Ohr stecken, um dich zu verstehen.« Paul verstand die Anspielung seiner Kollegin. Und ihren Blick ebenso. Das Tempo hielt er aber konstant.

»Frau Bergmann, haben Sie einen Stift und einen Zettel? Ich habe wichtige Informationen. Es geht um die Handydaten von Julia Reichwein und Markus Gallwitz.«

Donnerstag, 10. Mai
13:30 Uhr, Taddigshörn, Bensersiel (Nordseeküste)

Staatsanwalt Schröder steuerte den Kombi vom Taddigshörn in den Taddigsweg. Auf dem Parkplatz vom Hotel Aquantis stellte er das Auto ab. Vom dort waren es keine fünfhundert Meter mehr bis zu Julia Reichweins Ferienhaus. Sie liefen den Taddigsweg entlang. Instinktiv wurden die Schritte langsamer, je näher sie der Rauchsäule kamen.

»Meinst du, das ist das Haus von Julia Reichwein, das da brennt?«, fragte Schröder.

»Ich ahne es.«

Vor einem rot-weißen Absperrband blieben sie stehen und hielten Ausschau nach möglichen Ansprechpartnern. Helene bekam Gänsehaut, als sie das Haus sah. Schröder starrte ebenfalls auf das bis auf die Grundmauern niedergebrannte Haus, aus dem noch dichter Qualm gen Himmel zog. Dann endlich näherte sich eine Person in Feuerwehrmontur der Absperrung.

»Noch nie an Huus upbrannen sehn?«, schallte es Helene und Schröder in friesischem Platt entgegen. Schröder wies sich unaufgefordert aus, Helene tat es ihm nach.

»Aver es sind doch al da van hör.«

»Können Sie die zu uns bringen? Wir haben ein paar Fragen.« Helene war dankbar, dass Schröder dieses Kauderwelsch verstand. Die Frau in der Feuerwehrmontur nahm ihren Helm ab und schob das Absperrband zur Seite. Helene und Schröder folgten ihr zu den Polizeiautos. Helene erkannte an der Art der Begrüßung, dass Schröder hier im Norden ein bekanntes Gesicht war. Durch diesen Umstand war es nicht schwer, an die ersten Informationen zur Brandursache zu gelangen. Eine Statur in Uniform, die es nicht für nötig hielt, den Helm abzunehmen, sprach in übertriebenem Hochdeutsch:

»Sehr wahrscheinlich, dass hier jemand mit Brandbeschleuniger spielte. Aber was für ein Spiel es war, können wir nicht sagen. Und Personen hielten sich auch nicht mehr im Haus auf. Und wenn doch, wären die nur noch reif für die Urne. Aber das schließe ich nahezu aus.«

Helene sah zum Staatsanwalt und war sicher, dass Julia Reichwein ihr Haus nicht selbst angezündet hat.

»Eine Eigentümerin heißt Reichwein. Der Miteigentümer heißt Hoffmann. Die müssen wir noch informieren.«

»Hoffmann ist tot. Und wenn wir uns nicht beeilen, wird auch Julia Reichwein bald sterben.«

Staatsanwalt Schröder schaute irritiert und fragte, ob Julia Reichwein zur Fahndung ausgeschrieben werden soll.

»Gemeinsam mit Markus Gallwitz. Ich bin mir sicher, dass der Weg über die beiden zu Thomas Breitner führt«, sagte Helene.

Schröder bedankte sich bei den Kollegen und machte sich mit Helene wieder auf den Weg zum Parkplatz. Während Schröder im LKA Hannover anrief, blieb Helene stehen. Am Horizont erkannte sie ihre Kollegin Juliane Bergmann. Walter Paul stapfte auf seine Freundin zu.

»Du verdammte Egoistin. Warum denkst du immer nur an dich? Da sind Menschen, die sorgen sich um dich. Die lieben dich. Und ich liebe dich auch. Leider viel zu sehr.« Paul hoffte, dass Helene etwas auf seine emotionale Ansprache erwiderte. Doch das, was von ihr kam, sorgte für Sprachlosigkeit.

»Julia Reichwein und Markus Gallwitz werden zur Fahndung ausgeschrieben. Das Ferienhaus ist bis auf die Grundmauern niedergebrannt. Sehr wahrscheinlich hat da jemand nachgeholfen.« Helene sagte diese Sätze in einer Lautstärke, dass auch Juliane Bergmann jedes Wort verstand. Helene marschierte auf sie zu, während Paul fassungslos Wurzeln schlug. Er fragte sich, warum Helene nicht auf seine Worte reagierte.

Donnerstag, 10. Mai
14:00 Uhr, Bötzowstraße, Prenzlauer Berg

Irene Siefert beobachtete Klarissa, wie die mit dem scharfen Messer die Zwiebel voll konzentriert in Scheiben und dann in Würfel schnitt. Die Frau mit den hellgrauen Haaren fragte sich, ob die Zwiebeln der Grund für die Tränen in Klarissas Augen waren.

»Schau mal Oma, ich weine.« Irene Siefert lächelte erleichtert. Sie sah das lachende Mädchengesicht und die Tränen, die die Wangen herunterkullerten.

»Pass auf, dass du dich nicht schneidest.«

Das Mädchen erwiderte empört, dass es sich niemals schneiden würde. Dafür passe es doch viel zu gut auf.

»Zum Glück ist Mama nicht da.«

»Wie kommst du jetzt darauf?«

»Na, Mama würde nur wieder rummäkeln. Weil ihr das Essen nie schmeckt.«

»Aber Bratkartoffeln isst sie doch gerne. Nur das Gemüse nicht.«

»Dann ist es schade, dass Mama nicht da ist. Und bei Waldi ist es auch traurig.« Irene Siefert war froh, dass das Mädchen endlich über Helene und Paul sprach. Die Situation belastete die Vierjährige, das stand außer Frage. Da war der Streit zwischen Paul und Helene, der Papa starb, die Mama fuhr, ohne sich zu verabschieden, an die Nordsee. Niemand steckt sowas einfach weg. Vor allem nicht, wenn man vier Jahre alt ist.

»Vermisst du Mama?«

»Nö, Waldi ist ja hinterhergefahren. Der passt auf Mama auf. Jetzt kann er zwar nicht auf mich aufpassen, aber dafür bist du ja da.« Irene Siefert streichelte ihrer Enkelin über die Wange. Dann zog sie die nächste Kartoffel aus dem Sack und setzte den Schäler an. »Hoffentlich passt Waldi wirklich gut auf Mama auf. Nicht, dass sie auch noch tot ist, wenn sie wiederkommt. Dann habe ich nur noch Waldi und nur noch dich.«

»Ich bin mir sicher, dass er gut auf Mama aufpasst.«

»Meinst du, Mama hört auf Waldi? Das muss sie, sonst kann er sie gar nicht beschützen.«

»Ich denke schon.«

»Aber zuletzt hat sie nicht mehr so doll auf ihn gehört. Sie hat ja nicht mal mehr mit ihm geredet. Erwachsene sind komisch.

Mama, Papa und Waldi auch ein bisschen.«

»Und ich? Bin ich auch komisch?«

»Nee, aber du bist ja schon alt. Du bist nicht mehr erwachsen. Du bist schon omisch. Da ist man nicht mehr komisch. Zum Glück. Omisch, komisch. Das reimt sich.« Das Mädchen wiederholte noch ein paar Mal die ähnlich klingenden Wörter.

»Weißt du was? Du hast recht. Erwachsene sind oft komisch. Und ich finde, du und ich, wir sollten den beiden zeigen, wie es besser geht.«

»Genau! Und wie?«

»Wenn sie wieder da sind, sagen wir ihnen klipp und klar, was uns stört.«

»Klipp und klar. Das machen wir.«

Donnerstag, 10. Mai
14:45 Uhr, Taddigsweg, Bensersiel (Nordseeküste)

Mit den Händen in den Hosentaschen schaute Walter Paul zu Helene. Die marschierte auf dem Schotter des Hotelparkplatzes auf und ab. Zum wiederholten Mal fragte sie, wie lange das denn noch dauerte. Die Zeit spielte gegen sie, aber der Staatsanwalt antwortete jedes Mal:

»Wir müssen warten!«

»Warten ist scheiße!«, schrie Helene in Richtung dreier Möwen, welche über ihr kreisten.

»Uns bleibt nichts anderes übrig. Wir wissen nicht, wo wir die beiden suchen sollen. Die Handyortung ist noch nicht abgeschlossen.« Das braune Haar von Helene flatterte wie ein Drache im Wind. Für Paul sah das aus, als stand seine Freundin unter

Strom. Viel zu gern hätte er seinen Blick von dieser Frau gelöst, aber dann hätte er auch versuchen können, das abgebrannte Haus wieder aufzubauen. Die Erfolgsaussichten waren ähnlich hoch. Endlich mischte sich das Piepen eines Mobiltelefons mit dem Geschrei der Möwen. Helene stapfte zurück zum Staatsanwalt, der sein Handy ans Ohr drückte. Mit hochgezogenen Augenbrauen lauschte Schröder der Stimme am Telefon. Mehr als »Ja!«, »Ja!«, »Ist gut, danke!«, hörte niemand im weiten Rund. Helene verzog genervt das Gesicht. Sehnsüchtig wartete sie auf neue Informationen. Der Staatsanwalt beendete das Telefonat und steckte im Zeitlupentempo sein Handy wieder in die Hosentasche. Dabei lächelte er und schielte zu Helene. Paul fragte sich, ob Schröder Helene damit provozieren wollte.

»Was ist jetzt?«, fragte sie in scharfem Ton. Schröder grinste noch immer. Auch Paul musste jetzt schmunzeln, weil Schröder mit Helenes Geduld spielte. Paul wusste, dass das ein Spiel mit Dynamit war. Und Schröder wusste das wohl auch.

»Ich möchte Ihre Geduld nicht überstrapazieren. Reichwein und ihr Begleiter haben sich in einer Ferienwohnung in Flachsmeer eingemietet.«

»Was bitte? Wo liegt das?«

»Das ist ein Stadtteil von Westoverledingen.«

»Damit kann ich nichts anfangen.«

»Das liegt im Süden Ostfrieslands. Ungefähr achtzig Kilometer von hier.«

Donnerstag, 10. Mai
15:15 Uhr, Krummspät, Westoverledingen

Die letzte Frist war verstrichen. Deshalb blieb Julia Reichwein keine andere Wahl. Mit Markus Gallwitz und dem gemeinsamen Sohn packte sie vorhin das Nötigste ins Auto und flüchtete aus ihrem Ferienhaus in Bensersiel. Eine Rückkehr nach Berlin war erstmal ausgeschlossen. In der Hauptstadt wäre sie Falk oder seinen Schergen in die Hände gefallen. Mit Sicherheit.

Nun saß sie im Obergeschoss einer Ferienwohnung in Westoverledingen und starrte durch das Balkonfenster. Markus Gallwitz saß in einem mit Leder überzogenen Ohrensessel und tippte auf seinem Smartphone herum, während ihr Sohn im Schlafzimmer den verspäteten Mittagsschlaf nachholte. Das Zwitschern der Vögel war durch die geschlossenen Fenster zu hören. Es klang so unschuldig, so rein, es klang nach Urlaub an einem Ort, der noch nicht vom Massentourismus überschwemmt war. All das hätte Julia Reichwein gerne genossen, wenn sie nicht um ihr Leben hätte fürchten müssen.

Sie schlich in die Küche. Den Geschirrschrank fand sie auf Anhieb. Sie holte ein Glas heraus, dann drehte sie den Wasserhahn auf. Auf den Fliesen über dem Waschbecken las sie: Gott erschuf die Zeit – von Eile hat er nichts gesagt. Sie führte das Glas zum Mund. Jemand betätigte die Türklingel und Julia Reichwein verschluckte sich. Hustend stellte sie das Glas ab und rannte unter Tränen ins Wohnzimmer. Markus Gallwitz marschierte ihr entgegen.

»Wo willst du hin?«

»Zur Wohnungstür.«

»Nicht, wir sind nicht da.«

»Und wenn es die Besitzerin der Wohnung ist? Ich habe im Internet gelesen, dass die überall nach uns suchen. Wir dürfen keinen Verdacht aufkommen lassen«, flüsterte Gallwitz. Wieder klingelte es. Gallwitz drückte die Türklinke herunter und erkannte die dicken Brillengläser der Vermieterin.

»Entschuldigen Sie, aber Ihr Auto steht im Parkverbot. Sie können es auf unserem Grundstück parken. Auf der Wiese. Das ist kein Problem. Aber dort, wo es jetzt steht, wird man es abschleppen.« Nervös tastete Gallwitz seine Hosentaschen nach dem Autoschlüssel ab.

»Einen Moment, ich kümmere mich sofort.« Julia Reichwein beruhigte ihren Freund.

»Der Schlüssel liegt auf dem Wohnzimmertisch. Neben der Fernbedienung.« Gallwitz rannte zum Couchtisch. Zurück an der Wohnungstür schloss Julia Reichwein Gallwitz in die Arme und flüsterte: »Pass bitte auf dich auf.«

Nachdem die Tür wieder ins Schloss gefallen ist, schlich Julia Reichwein zurück ins Wohnzimmer. In dem klobigen Ohrensessel, in dem gerade noch ihr Freund saß, fühlte sie für einen Moment so etwas wie Sicherheit. Sie streifte über die Lehne, an welcher das Alter des Sessels sicht- und fühlbar war. Mindestens zwanzig Jahre musste er alt sein.

Julia Reichwein wusste nicht, wie es so weit kommen konnte. Warum ließ sie sich auf diesen Bernhard Falk ein? Es war ein Leichtes, mit seiner Hilfe ihren Ex-Freund loszuwerden. Es klang alles so einfach und sie entging dem üblichen Trennungswahnsinn. Mit Stalking, Vaterschaftstests und was sonst noch alles dazuzählte. Sie konnte doch nicht damit rechnen, dass der Plan misslang und sie nun selbst um ihr Leben bangen musste.

Wieder läutete es an der Tür. Hatte ihr Freund den Schlüssel für die Wohnung vergessen? Mit zitternden Beinen schleppte sich die junge Mutter zurück zur Wohnungstür.

»Ja? Wer ist da?«

»Ich bin es.« Julia Reichwein öffnete.

»Gott sei Dank!« Gallwitz schloss die Tür und griff die Hand seiner Partnerin.

»Du musst keine Angst haben. Wir müssen nur die Ruhe bewahren. Glaube mir, niemand ahnt, dass wir hier sind. Wir sind hier sicher.« Gallwitz wollte seine Freundin in den Arm nehmen, stattdessen warfen beide einen verängstigten Blick zur Wohnungstür. Jemand schloss sie von außen auf.

»Markus Gallwitz? Julia Reichwein? Kripo. Wir kennen uns ja bereits.« Die Gesichtsfarbe von Julia Reichwein erinnerte Helene an die Farbe, womit sie die neue Küche in der Metzer Straße streichen wollte. Altweiß.

»Wenn ich noch irgendwie helfen kann, melden Sie sich einfach«, schallte die Stimme der Vermieterin durch den Flur. Jetzt wussten Julia Reichwein und Marcus Gallwitz, wer die Polizei informiert hatte.

Helene Eberle nahm ihr Handy und rief Paul an. Der sicherte die Terrasse, um eine mögliche Flucht durch den Garten zu verhindern. Im Obergeschoss waren die Chancen, durch den Garten zu flüchten, aber gering, denn einen Sprung vom Balkon hätte man mit zahlreichen Knochenbrüchen bezahlt. Helene bat Paul, ebenfalls ins Haus zu kommen.

Julia Reichwein nahm im Wohnzimmer Platz. Ohne Vorankündigung drückte Helene Eberle Gallwitz gegen die geblümte Tapete im Flur. Sie tastete ihn ab und zog ein Smartphone in einer schwarzen Hülle aus der Hosentasche. Paul erschien im

Flur. Helene bat ihn, Gallwitz zu übernehmen, während sie das Handy kontrollierte. Sie fragte Gallwitz nach der PIN-Nummer.

»Die werde ich Ihnen nicht sagen. Oder haben Sie ...« Weiter kam Gallwitz nicht. Paul drückte ihn jetzt mit solch einer Kraft gegen die Wand, für Helene sah es aus, als wollte er testen, wie stabil die Rigipswand war. Die Botschaft verstand Gallwitz.

»0198!«, presste er unter Schmerzen heraus. »Sie tun mir weh. Lassen Sie mich los.« Diesem Wunsch kam Paul nach. Im Schlafzimmer begann der zweijährige Eric zu schreien.

»Darf ich mich kurz um meinen Sohn kümmern?« Staatsanwalt Schröder nickte Julia Reichwein zu. Eine Flucht war ja nicht möglich, da Helene vor der Wohnungstür stand. Die starrte auf das Telefon und schüttelte ungläubig mit dem Kopf. Schröder ging zu ihr und warf ebenfalls einen Blick auf das Display.

»Sollen wir die Befragung getrennt abhalten?«

»Nein. Die Frau darf gerne erfahren, dass hier noch jemand, außer sie, vor Mord nicht zurückschreckt.«

Minuten später saß Markus Gallwitz auf dem grauen Sofa. Neben ihm Julia Reichwein mit ihrem Sohn auf dem Arm. Schröder saß links im Sessel, Helene in der Mitte auf einem Stuhl, der knarzte, als sie sich setzte. Mit sorgenvoller Miene schaute sie in Richtung der Stuhlbeine. Der Stuhl hielt, so schwer war sie ja nicht, Paul saß rechts von Helene. Juliane Bergmann stand in Bodyguard-Manier mit verschränkten Armen vor der Wohnzimmertür. Für Helene war der Anblick von Julia Reichwein gewöhnungsbedürftig. Noch nie verhörte sie eine Person, die dabei ihr Kind stillte. Sie dachte an die Zeit zurück, als sie ihrer Tochter noch die Brust gab. Zum Glück dauerte diese Zeit keine sechs Monate. Eine andere Möglichkeit der Vernehmung gab es auch nicht. Es war unmöglich, Julia Reichwein aus dem Haus zu bringen. Die Nachrichten, die Helene auf Gallwitz' Handy las, waren zu eindeutig. Thomas Breitner hielt sich in Westover-ledingen auf. Er würde so viel Abstand zur Unterkunft halten, damit er unentdeckt blieb. Aber er war bestimmt so nah dran, dass er in wenigen Minuten hier sein konnte. Doch eine Frage konnte Helene sich durch die Nachrichten auf Gallwitz' Telefon nicht beantworten. Hatte Breitner schon mitbekommen, dass die Polizei bereits in der Ferienwohnung aufmarschiert war?

»Frau Reichwein, Sie ließen ihren Freund Thorben Hoffmann von einem Auftragskiller ermorden. Und dieser Auftragskiller heißt Thomas Breitner. Und vor diesem flüchten Sie nun. Jetzt erzählen Sie doch mal, was schiefgelaufen ist.«

Helenes Wortwahl erinnerte Schröder und Paul an eine Fuß-ballkommentatorin, die nach dem Spiel fragte, was denn der Grund für die Niederlage war. Lediglich der bissige Unterton passte nicht zu der Sportreporterin. Julia Reichwein blickte die Hauptkommissarin verdutzt an.

»Ich ..., ich kenne keinen Thomas Breitner.« Helene und Paul warfen sich fragende Blicke zu. Staatsanwalt Schröder war es schließlich, der am schnellsten schaltete.

»Wie heißt die Person, vor der Sie sich hier verstecken?«

»Wir verstecken uns nicht«, gab Markus Gallwitz empört zu-rück.

»Da lesen sich die Nachrichten auf Ihrem Smartphone anders. Aber auf die kommen wir später zurück. Also, wie heißt die Person, vor der sie sich hier verstecken?«, wiederholte Helene Schröders Frage.

»Bernhard Falk.«

»Bitte beschreiben Sie Bernhard Falk.« Beinahe devot kam Julia

Reichwein Helenes Aufforderung nach. Schnell war allen Anwesenden klar, dass Bernhard Falk Thomas Breitner war. Breitner, der in der Fußballszene als Kai Blume agierte.

»Ich möchte zurück zu meiner eigentlichen Frage kommen. Was ist schiefgelaufen?«

Julia Reichwein zitterte und verbarg ihre Tränen in den Haaren ihres Sohnes. Dann schüttelte sie immer wieder ihren gesenkten Kopf. Helene wusste, dass sie auf ihre Frage keine Antwort mehr erhielt. »Okay, dann zäumen wir das Pferd von hinten auf. Herr Gallwitz, Sie hielten bis vor zwanzig Minuten Kontakt zu Bernhard Falk. Oder zu Morton, wie er in Ihrem Telefon abgespeichert ist.« Julia Reichwein schaute mit aufgerissenen Augen zu ihrem Freund. Auf Helene wirkte die Frau, als wüsste diese nicht, was sie zuerst sagen sollte. Also schwieg sie. Gallwitz mied ihren Blick. Ihm war klar, dass sich die Schlinge um seinen Hals zuzog.

»Habe ich nicht das Recht auf einen Anwalt?« Helene konterte: »Natürlich haben Sie das Recht auf einen Anwalt. Und bis der hier ist, nehmen wir Sie beide in Gewahrsam und beantragen einen Haftbefehl. Das geht schnell. Der Staatsanwalt ist bereits anwesend. Das Kind kommt so lange in eine Pflegefamilie. Ist es das, was Sie möchten?« Julia Reichwein umklammerte ihren Sohn und schluchzte noch lauter. Gallwitz hatte seinen letzten Joker verspielt. Er musste die Karten auf den Tisch legen. Damit der das auch wirklich verstand, setzte Helene noch ein Argument drauf.

»Sie sind ja auch nicht so doof. Wenn Sie, Herr Gallwitz, wirklich vorgehabt hätten, mit ihrer kleinen Familie unterzutauchen, wären sie wohl kaum die ganze Zeit mit ihrem eigenen PKW unterwegs gewesen.« Gallwitz gab auf.

»Julia und ich sind seit drei Jahren ein Paar. Vorher war sie mit Thorben zusammen. Der durfte aber nichts von unserer Beziehung erfahren. Julia hatte Angst vor ihm.«

»War Thorben Hoffmann gewalttätig?«, fragte Paul.

»Nein, aber er konnte Menschen manipulieren, ihnen Sachen unterstellen, die sie nie sagten. Das konnte er so gut, irgendwann glaubte man das, was er einem einredete. Die Trennung mit ihm wäre für Julia niemals sauber verlaufen. Das wussten wir. Und wenn er erfahren hätte, dass wir ein Paar sind, hätte ich meine Schiedsrichterkarriere an den Nagel hängen können. Wir hatten keine andere Wahl, als es kurz und schmerzlos durchzuziehen. Wir wollten ja auch Eric schützen.«

»Eric ist ihr gemeinsamer Sohn?«, fragte Paul weiter.

»Richtig, doch Thorben war immer der Meinung, dass Eric sein Sohn war.« Helene fragte, wie der Kontakt zu Bernhard Falk alias Thomas Breitner entstand

»Durch das Darknet.«

»Von welchem Geld wollten Sie Bernhard Falk bezahlen? Ihren Online-Shop gibt es ja nicht mehr.« Helene und Paul wechselten sich jetzt mit den Fragen ab.

»Wir hatten vor, uns nach Spanien abzusetzen. Das Haus in Berlin wollten wir verkaufen und Falk davon bezahlen. Das Haus in Bensersiel wollten wir auch verkaufen und damit ein neues Leben anfangen.«

»Und jetzt wartet Falk auf sein Geld? Wie viel ist es?«

»250.000 Euro.«

»Allein, wie Thomas ...«

»Bernhard«, berichtigte Staatsanwalt Schröder Helene.

»Entschuldigung. Allein wie Bernhard Falk Thorben Hoffmann beseitigen ließ, spricht dafür, dass Sie einen richtigen Profi anheuerten. Und der Preis spricht auch dafür.« Gallwitz Lächeln irritierte Helene. Der fasste ihre Worte tatsächlich als Kompliment auf.

»Und was haben Sie mit Falk zu tun?«, fragte Paul Gallwitz. Der schaute beschämt auf den Teppich. Helene und Paul schauten sich wieder an. Sie waren bereit, zu warten.

Fünf Minuten. Dann war Helenes Geduld aufgebraucht.

»Herr Gallwitz, Sie sind ein ganz toller Schauspieler. Das durften wir schon am 19. April feststellen, als wir Sie das erste Mal besuchten. Erinnern Sie sich? Da wussten Sie bereits, dass ihr Schiedsrichterkollege nicht mehr lebte. Und nun brillieren Sie hier selbst vor ihrer Freundin mit ihrem schauspielerischen Talent. Alle Achtung.« Julia Reichwein schüttelte mit dem Kopf. Ihr Weinen erinnerte an eine Polizeisirene. Helene hätte sich am liebsten die Ohren zugehalten, aber ihr kam eine andere Idee.

»Warum weinen Sie, Frau Reichwein? Sie haben es doch ganz ähnlich abgezogen. Sie spielten die schockierte Frau, dessen Freund man ermordete. Nur wissen Sie, was ich mich frage? Warum meldeten Sie sich bei der Polizei, als in den Medien gefragt wurde, wer den unbekannten Toten aus Berlin kennt? Haben Sie sich gemeldet, weil Bernhard Falk es von Ihnen verlangt hat? Ja, das haben Sie. Und Falk hat es verlangt, weil der geplante Mord an ihrem Ex-Freund nicht wie geplant verlief. Ist das richtig?« Julia Reichwein wirkte, als wollte sie in ihrem Sohn verschwinden. Ihr Körper bibberte, dann nickte sie.

»Zurück zur Ausgangsfrage«, sprach Paul. »Was haben Sie, Herr Gallwitz, mit Bernhard Falk zu schaffen?« Wieder wanderte Gallwitz` Blick Richtung Teppich. Am liebsten hätte Paul dem durchtrainierten Mann angeordnet, ihn gefälligst anzuschauen, aber das hätte vielleicht zu autoritär gewirkt. Oder war diese Art der Autorität sogar, in dieser besonderen Situation, angebracht? Konfrontation statt vorgetäuschter Kooperation? »Ich rede mit Ihnen.« Gallwitz nickte, während Staatsanwalt Schröder Julia Reichwein eine Packung Taschentücher reichte.

»Thomas hat mir fünftausend Euro geboten, damit ich ihn auf dem Laufenden halte, was Julias Aufenthaltsort angeht. Er meinte, er würde sie sowieso finden. Aber mit meiner Hilfe wäre es für ihn einfacher.« Julia Reichwein sprang heulend auf. Die Flucht aus dem Wohnzimmer endete in Juliane Bergmanns Armen.

»Bitte setzten Sie sich wieder.«

»Ich kann nicht mehr.« Das nahm Helene der Mutter nicht ab.

»Das wundert mich, so eiskalt wie sie vorgegangen sind.« Juliane Bergmann bat die Mutter, ihr ihren Sohn zu reichen.

»Ich glaube, das möchte er nicht. Er hatte bisher kaum Kontakt zu fremden Menschen.« Helene konnte sich einen bissigen Kommentar nicht verkneifen.

»Dann wird er sich jetzt an fremde Menschen gewöhnen müssen.«

»Ich wollte Julia und mich eigentlich in Sicherheit bringen ...«

»Herr Gallwitz, Bernhard Falk schreibt in einer der Nachrichten, dass die Reichwein ihre letzten Stunden genießen soll. Sobald er das Geld hat, ist sie tot. Sie wollten ihre Freundin ans Messer liefern, um ihre eigene Haut zu retten.« Helenes Stimme überschlug sich beinahe vor Empörung. Sie fragte sich, ob ein Rückzug in die Küche nötig war. Musste sie mit Paul, Juliane Bergmann und Staatsanwalt Schröder neue Absprachen treffen? Nein, denn Gallwitz und Julia Reichwein hatten keine Möglichkeit mehr, Infos nach draußen zu geben. Und dann war da noch der 21. April. An diesem Tag besuchte Helene Julia Reichwein zum ersten Mal im Wurstmacherweg. Julia Reichwein verwies damals auf das schöne Wetter. Das nahm sie zum Anlass, sich mit Helene Eberle in den Garten zu setzen. Schon damals fand Helene dieses Verhalten eigenartig. Es passte nicht zum Besuch einer Kriminalbeamtin, mit der man über den Tod des Freundes reden wollte. Vermutlich saß Gallwitz damals schon im Haus. Vielleicht sogar mit Thomas Breitner. Helene war der Spur an dem Tag also schon verdammt nah. Aber das spielte hier, an diesem Donnerstag, im Süden Ostfrieslands, keine Rolle mehr. Helene nahm das Telefon von Gallwitz zur Hand und las noch einmal die Nachrichten zwischen ihm und Bernhard Falk. Paul schaute Helene gespannt an. Er ahnte nicht, er wusste, Helene hatte wieder irgendwas vor. »Also, wir organisieren die Geldübergabe. Ich trete über dieses Telefon hier ...«, Helene schaute dabei, statt in die Runde, ununterbrochen auf das Display, »... mit Bernhard Falk in Kontakt.«

»Meinen Sie, der fällt auf diesen alten Trick herein?«, fragte Schröder skeptisch.

»Was bleibt ihm anderes übrig. Er wird kaum in die Wohnung kommen. Aber er will das Geld. Und dafür geht er über Leichen.«

»Okay, ich kontaktiere die Kollegen in Hannover. Die sollen das SEK schicken.«

»Nein, das ist zu auffällig. Wir machen das selber. Die Gefahr, dass Falk bzw. Breitner Wind von der Aktion bekommt, ist zu groß.«

Was dann folgte, sorgte bei Walter Paul für Staunen. Der Staatsanwalt ließ sich auf keine Diskussion mit Helene ein. Ihr Argument, sich bei der Geldübergabe auf die Lauer zu legen und dann einzugreifen, wischte Schröder weg wie unliebsame Brotkrümel auf dem abgeräumten Esstisch. Auch das Argument, dass eine Person die gefakte Geldübergabe übernehmen soll, die mit dem Fall vertraut ist, widerlegte Schröder in einer Klarheit, die Paul aufhorchen ließ. So setzte man sich Helene gegenüber also durch.

»Das SEK weiß, was zu tun ist«, erinnerte Schröder. »Niemand begibt sich unnötig in Gefahr. Außer die Leute, die mit dieser Gefahr umgehen können. Und uns hier fehlt allein schon die Ausrüstung für diese besondere Situation.« Paul schaute zu Helene. Und er hätte es nicht geglaubt, wenn er es nicht selbst erlebt hätte. Helene fügte sich der klaren Ansage Schröders. Ohne Widerworte. Sie atmete lediglich laut durch die Nase aus.

Donnerstag, 10. Mai
16:10 Uhr, Wurstmacherweg, Pankow

Die Stehlampe beleuchtete das Wohnzimmer. Auf dem Glastisch lagen drei Handys. Ein klappbares Telefon der Marke Motorola und ein graues, sowie ein blaues Nokia 3310. Die Akkus lagen jeweils daneben. Ein viertes Telefon befand sich in der Hand von Thomas Breitner. Der lag auf dem Sofa mit dem geblümten Überzug. Seine Finger sprangen auf den kleinen, weißen Buttons umher.

Breitner glaubte, mit Markus Gallwitz per SMS zu kommunizieren. Die Rechtschreibfehler waren noch immer zahlreich vertreten. Auch die Wortwahl ließ nicht vermuten, dass Helene Eberle inzwischen zu Breitners Schreibpartnerin mutierte. Doch Breitner fuhr zweigleisig. Er hatte es nicht nötig, sich selbst die Hände zu beschmutzen. Das vermied er schon bei vorigen Aufträgen, das vermied er, als Hoffmann beseitigt wurde, und das würde er auch bei der anstehenden Geldübergabe vermeiden. Jeder Mensch war käuflich. Es war immer nur eine Frage des Preises. Markus Gallwitz verriet seine Freundin für läppische fünftausend Euro. Ein anderer *Geschäftspartner* verlangte da schon einen höheren Anteil. Dafür ging der bei der anstehenden Geldübergabe aber auch ein höheres Risiko ein. Nach unzähligen Kurznachrichten stand fest:

Übergabe des Geldes am Sportplatz am Grenzweg in Westoverledingen. Uhrzeit: 22:30 Uhr. Keine Polizei. Und kein Thomas Breitner. Doch das ahnte in Ostfriesland niemand.

Donnerstag, 10. Mai
22:15 Uhr, Krummspät, Westoverledingen

Inzwischen wussten alle, dass Markus Gallwitz bis zuletzt engen Kontakt zu Thomas Breitner hielt. Von Gallwitz erfuhr Breitner auch, wo sich Julia Reichwein aufhielt. Es war also klar, dass der sich noch einmal bei Gallwitz oder direkt bei Julia Reichwein meldete. Das geschah vor zehn Minuten. Und seitdem versuchten die örtlichen Polizeibehörden, herauszufinden, in welcher Funkzelle sich Reichweins Gesprächspartner einwählte. Ohne Erfolg.

Wieder rief Breitner bei Julia Reichwein an. Wieder mit unterdrückter Nummer. Er gab die Informationen, die er von seinem Geschäftspartner erhalten hatte, weiter.

»Stell die Tasche am Baum ab. Hinter dem Tor, das näher am Grenzweg ist.« Breitners Stimme wurde direkt von einem Piepen abgelöst, nachdem er die Angaben weitergegeben hat.

Fünf Minuten später griff Julia Reichwein die schwarze Sporttasche der Firma Nike, welche mit Zeitungspapier gefüllt war. Sie verließ die Wohnung. Helene Eberle setzte sich in den Ohrensessel, stand auf, lief durch das Wohnzimmer, setzte sich wieder und stand wieder auf. Sie marschierte in die Küche, leerte ein Glas Wasser und saß kurz darauf auf dem Sofa. Paul beobachtete jeden Schritt seiner Freundin. Er presste seine Lippen zusammen, um nicht loszulachen.

Juliane Bergmann war das Gegenteil von Helene. Sie saß mit übereinandergeschlagenen Beinen auf dem Stuhl und betrachtete die Weingläser in der Schrankwand. Staatsanwalt Schröder war im Schlafzimmer und telefonierte. Helene hielt die Spannung nicht mehr aus. Am liebsten hätte sie sich allen Absprachen widersetzt. Es wäre nicht das erste Mal gewesen. Was waren das überhaupt für Absprachen, fragte sie sich. Schröder traf die doch allein. Und Schröder war nicht ihr Vorgesetzter. Dem Befehl ihres Vorgesetzten widersetzte sich Helene ja bereits am Morgen. Bei dem Gedanken fiel ihr ein, seit wann sie auf den Beinen war. Prompt gähnte sie.

»Denk nicht mal dran.« Paul durchschaute seine Freundin. Die trat gegen den leeren Sessel. Lange konnte sie ihre Anspannung nicht mehr unterdrücken. Aber was hatte sie für Möglichkeiten? Paul und Schröder hatten recht. Helene musste dem Spezialeinsatzkommando vertrauen.

Den folgenden Schuss vernahmen alle in der Wohnung. Schröder kam aus dem Schlafzimmer gerannt. Paul und Juliane Bergmann schauten sich an. Helene öffnete die Tür des Balkons und trat auf die kühlen Steinplatten.

Ein zweiter Schuss.

In der Dunkelheit konnte Helene nichts erkennen.

Ein dritter Schuss.

Helene kannte sich hier nicht aus. Wahrscheinlich hätte sie nicht einmal etwas erkennen können, wenn es draußen hell gewesen wäre.

Ein vierter Schuss durchzog die Stille des Ortes. Ein Fünfter folgte.

Helenes Knie zitterten. Eine Hand legte sich auf ihre Schulter. Es war die von Paul. Der nächste Schuss. Dann herrschte Ruhe. Bis Sirenengeheul die Bewohner Westoverledingens daran hinderte, einzuschlafen.

Freitag, 11. Mai
08:50 Uhr, Bötzowstraße, Prenzlauer Berg

Irene Siefert umklammerte ihre vierte Tasse Kaffee. Auf ihrem Schoß blickte Klarissa in ein Märchenbuch. Sie waren dabei, den Sterntaler zu Ende zu lesen.

Klarissa fielen erst kurz vor Mitternacht die Augen zu. Um 02:00 Uhr riss sie sie wieder auf und fragte, ob Mama jetzt da wäre. Irene Siefert wusste, auch ohne ihre Enkelin hätte sie nur schlecht geschlafen. Aus Sorge um Helene. Noch immer fragte sie sich, warum Helene sich unnötig in Gefahr begab. War es wirklich so, dass sie nur an sich dachte, statt an Klarissa, an ihrem Freund, überhaupt an alle, denen sie wichtig war?

»Oma, meinst du, dieses Sterntaler-Mädchen hat das nur gemacht, um am Ende die Belohnung zu bekommen?«

»Das Mädchen konnte doch nicht wissen, dass es am Ende mit Gold überhäuft wird.«

»Aber das steht doch nirgendwo, dass die es nicht wusste. Vielleicht war es ja schon mal so und man hat es nur vergessen, hinzuschreiben.« Klarissa erzählte von einem Mädchen aus dem Kindergarten. Dieses Mädchen räumte immer freiwillig auf, um anschließend Süßigkeiten zu bekommen. Als dann aber alle Kinder für Süßigkeiten aufräumten, bekam das Mädchen nicht mehr genug Schokokekse ab. Sie war dann diejenige, die lieber malte, als es hieß, die Puppen und die Bücher zurück in die Regale zu räumen.

Kurz dachte Irene Siefert an Helene. War es bei ihr ähnlich? Das wäre eine mögliche Antwort auf die Frage, weshalb sich ihre Tochter andauernd in Gefahr begab. Buhlte Helene um Anerkennung? Irene Siefert wusste, dass ihre Tochter das nicht nötig hatte. Im Beruf bekam sie nur wenig Anerkennung, doch privat umso mehr. Von Klarissa, von Paul, von Irene Siefert persönlich.

Auf dem Flurschrank klingelte das Telefon.

»Mama«, rief Klarissa und stolperte über ihre Beine, als sie aus der Küche in den Flur rannte. Irene Siefert wollte das Mädchen trösten, doch die stand wieder auf und rannte weiter in Richtung Telefon. »Mama?« Irene Siefert betete, dass wirklich die Mama anrief. Wie Klarissa wohl reagieren würde, wenn sie eine fremde Stimme hörte?

Die aufgerissenen Kinderaugen waren ein klares Zeichen. Es war ihre Mama, die anrief. Endlich. Nach über vierundzwanzig Stunden ein Lebenszeichen. Irene Siefert kämpfte mit den Tränen der Erleichterung.

»Mama will dich sprechen«, sprach das Mädchen und hielt ihrer Oma den Hörer hin.

Mit jedem Wort, dass Irene Siefert vernahm, löste sich ihre Anspannung. Helene ging es gut, Paul ging es gut, am Abend kommen beide zurück nach Berlin.

Samstag, 12. Mai
10:20 Uhr, LKA für Delikte am Menschen, Keithstraße, Tiergarten

Draußen klopfte der Sommer an und drinnen betrat Helene mit Walter Paul den Versammlungsraum. Helene hielt eine lauwarme Cola in der Hand, Paul einen lauwarmen Kaffee. Aber beides taugte nicht dazu, den mangelnden Schlaf der letzten dreißig Stunden zu verschleiern. Allein für die Augenringe der beiden hätte es einen Edding mit extrabreiter Miene gebraucht. Juliane Bergmann schlich hinter den beiden in den Raum und sah nicht wacher aus.

Als sie endlich die Heimreise aus Ostfriesland antreten konnten, erklärte sich Juliane Bergmann bereit, das Steuer zu übernehmen. Aber nur, wenn Helene und Paul sich vorher aussprachen. Und Juliane Bergmann erhöhte ihren Einsatz. Sie drohte, allein zurück nach Berlin zu fahren. Keine dreißig Minuten und ein paar Tränen später steuerte sie, mit Paul und Helene auf der Rückbank, die Hauptstadt an.

Alle drei suchten sich einen Platz im Versammlungsraum. Dietmar Schulz war der Erste, der sich einen Kommentar nicht verkneifen konnte.

»Ihr seht zwar aus wie Leichen, aber wenigstens atmet ihr noch. Kann man ja nicht von allen behaupten, die vorgestern dabei waren.« Am Pult bat Udo Golombek räuspernd um Ruhe und begrüßte anschließend das Team der Bereitschaftsmordkommission. Dann fasste er alle nötigen Informationen noch einmal zusammen. Julia Reichwein überlebte die gefakte Geldübergabe nicht. Zwei Personen vom Sondereinsatzkommando erlitten lebensgefährliche Verletzungen. Breitners Komplize starb durch einen gezielten Schuss in den Kopf. Der Schock saß tief, als sich herausstellte, um wen es sich bei Breitners Helfer handelte. Es war Dirk Krause vom LKA 6. Dann kam Golombek zu den Informationen, von denen noch niemand wissen konnte.

»Nun, da es jetzt Gewissheit ist und alle Sanktionen bereits greifen, möchte ich Sie darüber in Kenntnis setzen, dass Frank Schönagel lange über die Ungereimtheiten im LKA 6 Bescheid wusste. Nur hielt er es nicht für nötig, dies an uns weiterzutragen. Er wollte nicht wahrhaben, dass es auch Polizisten gibt, die ihren Beruf verfehlt haben. Frank Schönagel ist bis auf Weiteres vom Dienst suspendiert.« Udo Golombeks Stimme klang fast entschuldigend.

»Wie war das? Am Ende des Falles werden Köpfe rollen? So drückte es Schönagel doch aus.« Udo Golombek ging nicht auf Pauls Spitze ein.

»Frau Eberle, wie geht es eigentlich Staatsanwalt Schröder? Ich habe gehört, er macht sich große Vorwürfe, Julia Reichwein geopfert zu haben.«

»Ihm geht es den Umständen entsprechend gut. Ich habe ihm erklärt, dass ihn keine Schuld trifft. Schließlich war es Julia Reichwein, die ihren Freund ans Messer lieferte. Mit dem Ergebnis, dass jetzt beide tot sind.«

»Das war das erste Mal, dass Helene sich von jemandem was sagen ließ. Das rettete ihr Leben.« Auf die Worte von Juliane Bergmann folgte leises Gelächter. Nur Udo Golombek blieb mit ernster Miene vorne am Pult stehen.

»Frau Eberle, ich muss Sie nachher alleine sprechen.«

Helene schloss die Augen und nickte. Sie wusste, sie hätte

die Fahrt an die Nordsee nicht antreten dürfen. Sie wusste aber auch, dass der Fall noch lange nicht gelöst wäre, wenn sie auf Golombek gehört hätte.

Eine Stunde später saß Helene Eberle ihrem Vorgesetzten im Büro gegenüber.

Sie widersetzte sich Golombeks Anweisungen, stellte seine Autorität infrage. Das war nie ihre Absicht. Sie schätzte Golombek und war froh, einen so toleranten Chef zu haben. Aber jetzt war sie ihm eine Erklärung schuldig. Und eine Entschuldigung. Golombek atmete tief ein und schaute Helene mit einem neutralen Blick an. Helene nahm sich vor, ihren Fehler einzusehen. Den Fehler, der den Fall löste. Sie hatte recht. Aber darum ging es hier nicht.

»Es tut mir leid.« Golombek schüttelte den Kopf. »Ich weiß, ich habe einen Fehler begangen. Ich hätte deine Anweisungen befolgen sollen.« Helene saß vor Golombek wie eine Schülerin vor ihrem Lehrer, der sie beim Abschreiben erwischte. Und sie hoffte, dass Golombek ihr glaubte.

»Ach, Frau Eberle ...«

»Ich verspreche, ich werde nie wieder auf eigene Faust handeln. Ab sofort werde ich alles absprechen. Ich kann nur um Entschuldigung bitten.«

»Frau Eberle ...« Golombek holte tief Luft.

»Ich wollte niemals deine Autorität anzweifeln. Ich schätze dich ungemein. Bitte glaube mir das.«

»Frau Eberle ..., ich habe nicht mehr viele Jahre bis zur Pension. Ich dachte wirklich daran, dass Sie irgendwann meinen Aufgabenbereich übernehmen könnten.« Darauf war Helene nicht besonders scharf. Wenn die einzige Sanktion die wäre, dass sie nun nicht mehr für Golombeks Nachfolge infrage kam, dann konnte sie damit gut leben. Aber auch das behielt sie für sich. Sie wollte Golombek kein zweites Mal kränken. »Frau Eberle, ich kann nicht sagen, wo wir hier heute stünden, wenn Sie uns nicht mit ihren Kompetenzen überrascht hätten. Der Fall wäre definitiv noch nicht abgeschlossen. Wobei, Breitner ist noch auf der Flucht, aber das ist nicht mehr unsere Aufgabe. Sie sind stur, wissen aber, was sie wollen. Ihre Teamfähigkeit ist sicherlich ausbaufähig, aber ihre Kompetenzen ..., ich fände es schlimmer, wenn es andersherum wäre. Wissen Sie, was ich meine?« Helene antwortete mit einem Nicken. »Arbeiten Sie daran, dass Sie sich mehr mit dem Team absprechen, aber vergessen Sie niemals, was Sie können. Sie hier, in dieser verrückten Stadt, in meinem Team zu haben, ist großes Glück. Das meine ich so, wie ich es sage.« Helene lächelte. »Und jetzt lassen Sie uns das Protokoll nachträglich ausfüllen, um nachweisen zu können, dass ich mit Ihrem Vorhaben einverstanden war. Das wäre ich schließlich gewesen, wenn ich gewusst hätte, dass die Staatsanwaltschaft in Hannover Kenntnis von Ihrem Handeln hatte.«

Samstag, 12. Mai
13:15 Uhr, Rennbahnstraße, Weißensee

Ihre Unterschrift unter das Dokument zu setzen, war die pure Erleichterung. Vielleicht lag es daran, dass sie nun ein Stück Unabhängigkeit zurückgewann. Und nach dem, was sie inzwischen in Berlin erlebte, würde ihr auch der Stadtverkehr keine Angst mehr einflössen. Helene reichte den Kugelschreiber an die Frau mit dem Pelzkragen weiter, die ihr Kürzel neben das von Helene setzte. Helene schaute sich in dem Kabuff um, dass in der Größe an ein Dixi-Klo erinnerte. Nur die Wände waren mit Bildern und Urkunden geziert. Und statt nach Urin roch es nach billigem Parfüm.

»Gute Wahl. Sehr gute Wahl. Auto ist in vier Tagen abholbereit.« Dann wendete sich die Frau an Paul. »Ihr Auto ist fertig. Sie können es mitnehmen.«

Zehn Minuten später saß Helene auf dem Beifahrersitz neben Paul, der mit einem breiten Grinsen am Steuer eines Hochdachkombis mit Elektroantrieb saß. Auf dem Lenkrad prangte wieder die Raute der Automarke Renault.

»Ich finde es toll, dass du jetzt auch endlich ein Auto bekommst.«

»Mir bleibt ja nichts anderes übrig. Wenn du wieder eifersüchtig bist und nicht mehr mit mir redest ...«

»Du hast Schröder am Telefon dermaßen vollgeschleimt ...«

»Um dich zu ärgern.« Paul gab Gas, um die gelbe Ampel noch zu erwischen.

»Schröder hat vier Kinder und ist verheiratet. Damit konntest du mich nicht ärgern.«

»Ach, und der Herr Dimitrios Siopis ist nicht verheiratet?«

»Der hat nur ein Kind. Das ist was anderes ...«, gab Paul flapsig zurück.

»Ah ja!«

»Außerdem ist das ein Schönling.«

»Du nicht?«

»Ich sehe eher nicht wie ein durchtrainierter Südeuropäer aus.«

»Dafür hast du den Mut, dich mit mir einzulassen.« Paul schielte Helene aus den Augenwinkeln an. Er grinste. »So mutig ist nicht einmal Thomas Breitner.«

»Wie kommst du jetzt auf den?«

»Weil der es wagte, vor mir abzuhauen.«

»Mit Erfolg. Und niemand weiß, wo er ist.«

»Wir werden ihn finden. Irgendwann.«

»Oder er wird uns finden. Hast du davor keine Angst?«

»Davor nicht. Viel mehr bereitet mir Sorge, dass dieser Ratten-schwanz bis in die LKAs hineinragte. Und Typen wie Schönagel taten nichts.«

»Dafür hat er die Quittung bekommen.«

»Und wenn sein Nachfolger auch wieder nichts unternimmt? Außerdem glaube ich nicht, dass Schönagel der Einzige war, der, trotz seines Wissens, nichts unternahm.«

Von der B2 bog Paul in die Indira-Gandhi-Straße ein. Wenige Minuten später fand er auf dem Gelände des Sportforums Hohenschönhausen eine große Auswahl an Parkplätzen. Er schaltete den Motor ab und sah, wie Helene aus dem Fenster starrte.

»Alles okay?« Sie nickte nur und öffnete die Autotür. Paul folgte seiner Freundin Richtung Betriebshof der Berliner Verkehrsbe-triebe. Kurz hinter dem Eingangstor kam Ihnen ein Brillenträger mit weißem Resthaar und ausgestreckter Hand entgegen.

»Guten Tag, Sie sind von der Polizei?« Helene schaute verwun-dert. Udo Golombek war so freundlich und machte den Fahrer der Straßenbahn ausfindig, vor die sich ihr Ex-Mann warf. Doch meldete ihr Vorgesetzter sie scheinbar als Polizistin an, nicht als Ex-Frau. Helene spielte dieses Spiel erst mal mit. Sie nannte nicht ihren Namen, als sie sich vorstellte. Das wäre aufgefallen, wenn sie den gleichen Familiennamen wie das Opfer gehabt hätte.

»Es ist schade, um jeden Menschen, den es trifft. Aber in all den Jahren waren es dermaßen viele, man kreuzt es im Kopf nur noch ab.« Helene konnte die Worte des Mannes, der sich mit Holger Schwegler vorstellte, nachvollziehen. Schließlich arbeitete sie bei der Mordkommission. Dort war sie tagtäglich mit dem Tod konfrontiert. Sie schaute zu Paul und lächelte. Beide folgten dem Depotleiter über das Gelände. Vorbei an Bussen und Straßenbahnen.

»Wo finden wir den Fahrer?«

»Vermutlich zu Hause.«

»Ist er krankgeschrieben?«

»Nein. Er ist gekündigt worden. Fristlos.«

»Wieso?«, fragte Helene.

»Sie kennen das Endergebnis nicht?« Helene und Paul schüttelten den Kopf.

»Nicht nur bei dem Opfer, auch bei dem Fahrer stellte man einen erhöhten Promillewert fest. 1,6 Promille, um das Kind beim Namen zu nennen.«

Helene schämte sich, weil sie es nicht schaffte, ihr Grinsen zu unterdrücken. Es kam also doch genau so, wie sie es immer ahnte. Der Alkohol hatte ihren Ex-Mann hingerafft, wenn auch anders als erwartet.